狂風 ❶

狂風 ❶

환생

스토리뱅크
story bank 2010

저자의 말

광풍(狂風)은 북큐브에 연재 중인 화천광풍(和天狂風)을 출간한 것입니다.

화천(和天)이란 주인공을 내세워 명말(明末)에서 근세에 이르기까지 시공을 넘나드는 환상무협을 기획했습니다.

중국무협에 치우치지 않고 역사와 접목된 환상소설을 염두에 두었으나 스케일이 크면 잔재미가 적어지고 잔재미로 이어지면 줄거리가 없어지는 결점을 끊임없이 보완하며 집필하였습니다.

여러 인사들께서는 수년 전부터 통계를 들이대며 우리 국민이 책을 읽지 않는다고 우려하시지만, 우리 국민처럼 읽기 좋아하는 국민도 없는 것 같습니다.

지하철, 커피숍, 식당에서, 또는 보행 중이나 심지어는 운전 중에도 대한민국 국민은 '읽고' 계십니다. '스마트폰'을 통해서지요.

읽는 '매체'만 달라졌을 뿐 읽는 분량으로 계산하면 통계의 1백배는 되리라고 생각합니다. '종이책'만 집계된 통계니까요.

'광풍'을 종이책으로 변환하여 여러분께 보입니다. 종이책으로도 읽어보시지요.

재미있게 읽어주시면 기쁘겠습니다.

2016. 5. 10

이원호

목 차

저자의 말 | 4

1장 어허, 용문사(龍門寺) | 9

2장 청천벽력(靑天霹靂) | 48

3장 혈우 | 84

4장 환생(還生) | 124

5장 혼(魂)을 찾아서 | 163

6장 귀신소동 | 202

7장 상봉 | 243

1장
어허, 용문사(龍門寺)

명말(明末), 사천성 계양산 용문사, 가을날 오후.

숲속에서 우렁찬 노랫소리가 울린다.

"나 화천(和天), 용문사."

목소리가 골짜기 바위에 맞고 튕겼다.

"백상교의 제자."

바위틈으로 목소리의 임자가 나타났다.

"천하제일 무공인."

몸집은 컸지만 얼굴이 어리다. 목소리도 아직 성대가 트이지 않았다. 등에 나뭇짐을 지고 손에 지팡이를 쥐었는데 행색은 남루했으며 머리는 흐트러졌다. 막일하는 하인 행색이다. 다시 노래가 나온다.

"나 화천, 백상교 수제자."

마디마다 구성지게 올리고 내리지만 듣기가 좋지는 않다. 개울물 소리에 막혀 목소리가 자갈 굴러가는 것 같다.

"천하제일……."

그 순간 날아온 돌멩이가 소년의 어깨에 맞았다. 주먹만 한 돌멩이였으므로 소년이 걸음을 멈추면서 등에 멘 나뭇짐도 떨어뜨렸다.

"누구야!"

소리친 소년 앞에 두 사내가 나타났다. 개울 건너편 나무 사이로 모습을 드러낸 두 사내는 깨끗한 바지저고리에 머리에는 흰 두건을 썼다.

"이놈아, 네가 천하제일검이야?"

사내 하나가 웃으며 묻는다.

"천하제일 불목하니지."

다른 사내가 말을 받았다. 흰 두건에 백상(白象)이라고 수가 놓여 있다.

"아전, 아만 형님."

두 손을 모은 소년이 머리를 숙여 절을 했다. 넓은 얼굴에 웃음을 띠고 있다.

"수행은 끝나셨는지요?"

"그렇다. 오늘은 파격술을 배웠다."

둘 중 키가 작은 사내가 가는 눈을 치켜뜨고 한 걸음 다가섰다.

"네가 오늘도 파격술을 받아 보겠느냐?"

"아이고, 형님."

나뭇짐 옆으로 비켜선 소년이 두 손을 저었다. 얼굴은 벌써 울상이다.

"지난번에는 비호술 시범을 보이신다면서 제 갈비뼈를 세 대나 부러뜨렸지 않습니까?"

"너한테 파격술 시범을 하려고 이곳에서 한식경이나 기다렸다."

그때 지금까지 잠자코 있던 키가 큰 사내가 달려오더니 개울을 건너 뛰었다.

"아이고!"

두 손으로 얼굴을 가린 소년에게 덮치는 사내 모습이 마치 비호같다.

"저 애가 화천(和天)이오."

바위 위에 엎드린 전균(全均)이 말했다.

"백상교에 들어온 지 10년이 되었지요. 네 살 때 길에 버려진 아이를 시장에 나갔던 주방 하인이 업어 왔으니까요."

"저런, 저놈들이 아주 잔인하군."

옆에 엎드린 광마(狂馬)가 혀를 찼다. 둘이 내려다보는 아래쪽에서 두 사내가 불목하니를 무자비하게 두들기고 있다. 불목하니는 두 손으로 머리를 감싸쥐고 몸을 둥그렇게 웅크리고 있었는데 비명 한 번 뱉지 않는다.

"저러다 죽겠다."

광마가 눈을 부릅떴지만 전균이 웃음 띤 얼굴로 말했다.

"저놈은 지금까지 맞으면서 단련했습니다. 저렇게 맞으면서 저놈들이 배운 무공을 빨아들이는 것입니다."

"설마 흡공술(吸攻術)을?"

놀란 광마가 머리를 돌려 전균을 보았다.

"아니오, 사형."

쓴웃음을 지은 전균이 턱으로 아래를 가리켰다.

"보시오. 저놈은 그저 본능적으로 빨아들이고 있소. 마치 야생 늑대가 본능대로 한 번 겪은 위험을 피하는 것처럼 말이오."

과연 불목하니는 몸을 이리저리 굴릴 뿐 반응하지 않는다.

"저놈 이름이 화천(和天)이라고?"

"예, 주워 온 주방 하인이 지어준 이름이라고 합니다."

"열넷인데 어른처럼 신체가 크지 않나?"

"주방에서 이것저것 집어먹었기 때문이지요. 머리도 나쁘지 않아서 귀동냥으로 글도 떼었습니다."

전균이 광마를 향해 이를 드러내고 웃었다.

"저놈이 용문사 어느 곳에도 출입할 수 있는 유일한 인물이오, 사형."

"또 맞았느냐?"

후노자가 소리쳐 묻더니 부지깽이로 주방 바닥을 두드렸다.

"개 같은 놈들, 개도 그렇게 두드리지 않을 것이다. 그렇게 무공을 배워서 살인을 하려는가?"

"할아버지, 송이를 두 개나 땄습니다."

화천이 저고리 가슴에서 헝겊에 싼 송이 두 개를 펴서 후노자에게 내밀었다. 말의 양물만 한 송이 두 개가 그렇게 맞았는데도 멀쩡하게 뻗어 있다.

"가슴에 안고 맞았더니 주름 하나 잡히지 않았네."

상처투성이가 된 얼굴을 펴고 화천이 웃었다.

"자요. 생으로 드세요, 할아버지."

"과연 대물(大物)이다."

어느새 분이 식은 후노자가 송이를 받아들더니 한 개를 화천에게 도로 주었다.

"옜다. 너도 하나 먹어라."

송이를 받아든 화천이 주방 땅바닥에 쪼그리고 앉아 생으로 먹기 시작했다. 두 눈은 눈꺼풀이 부었으며 코피가 터진 콧구멍에 풀을 박아 막았다. 볼은 찢겼고 입술이 터져서 아직도 피가 흐른다. 넝마 같은 옷을 벗기면 성한 곳은 없을 것이었다. 그러나 화천은 송이를 먹으면서 웃는다. 마주보고 쪼그리고 앉아 송이를 씹던 후노자가 문득 말했다.

"너는 대성(大成)할 놈이다."

후노자가 화천을 주워 와 이름까지 붙여준 은인이다.

"마교의 세력이 위축된 것은 상관수의 능력이 부족했기 때문이야."

백상교주 정현상이 쓴웃음을 짓고 말했다. 술시(저녁 8시) 무렵, 식사를 마친 정현상이 딸 정명과 마주보고 앉아 있다. 바람이 센 날이다. 백상교가 자리 잡은 계양산 골짜기는 본래부터 바람이 세다. 그래서 골짜기에 세워진 용문사(龍門寺)는 용이 바람을 타고 하늘로 올라간다는 곳이었다. 정명이 맑은 눈으로 정현상을 보았다. 방년 17세, 이제 여인(女人)으로 성숙해지는 나이, 막 피어난 꽃과 같다.

"아버님, 시중에 소문이 퍼져 있답니다. 머지않아 천하가 바뀌면 마교가 세상을 지배하게 된다는군요."

"허헛헛."

머리를 든 정현상이 소리 내어 웃었다. 정현상은 올해 52세, 백상교의 3대 교주로 조부 정운, 부친 정교선의 뒤를 이었다. 백상교는 60여 년 전, 정운이 인도에 들어가 심신(心身)을 연마하는 도술을 익힌 후에 사천성 용문사에 자리를 잡고 세(勢)를 일으켰는데 3대째가 되는 지금, 교인(敎人)이 10만여 명에 용문사에 기거하는 도인(道人)은 2천여 명으로 성장했다. 웃음을 그친 정현상이 말했다.

"세상이 험악해질수록 백성은 백상교를 찾게 될 것이다. 마교는 근심을 부르는 사교(邪敎) 집단이야."

"아버지, 백상교 비전을 풀면 도인들은 물론이고 교인들까지 반색할 텐데요."

정명이 주저하며 말했다.

"지금처럼 어지러운 시국에 비전을 내는 것이 적당하지 않겠습니까?"

"쓸데없는 소리."

정색한 정현상이 머리까지 저었다.

"그 비전은 나도 읽어보지도 않았다. 그저 표지만 보았을 뿐이야. 그리고……."

정현상이 엄격한 표정으로 정명을 보았다.

"그 비전은 내 증조부께서도 한 번 시행하시고 접으셨다."

"왜 그렇습니까?"

"증조부께서도 능력이 닿지 않는다고 하셨다. 그래서 네 조부는 보지도 않으셨어."

"그럼 그 비전은……."

"증조부께서 사부인 하람브라 님으로부터 유언으로 받은 것이라고 하셨다. 그래서 앞쪽 한 장만 시전해보신 것이야."

그러고는 정현상이 입맛을 다셨다.

"비전에 대한 소문이 너무 퍼져 있어서 걱정이야. 교인들이 과장된 소문을 믿게 되면 실망이 커지는 법이다."

"비전이 두 권이야."

아전이 넓은 어깨를 부풀리며 아만을 보았다.

"백상교에 무도(武道)수련법이 14권이나 있지만 그 두 권만 단련하면 천하영웅 소리를 들을 수 있어."

"넌 그 비전이 무슨 책인지 알고나 있는 거냐?"

키가 큰 아만이 아전을 흘겨보았다. 둘은 선방에서 나와 어둠에 덮인 마루에 앉아 있다. 만날 싸우면서도 함께 지내는 단짝이다. 용문사에 거주하는 백상교 도인이 된 지 어언 3년, 둘의 직책은 108호법 휘하의 3번째, 4번째 도인이었으니 말단 수행자다. 백상교의 체제는 엄격하다. 교주 휘하에 3천장, 9대천, 18대용, 36대교, 108호법 순인데 위계질서가 엄격했고 수련 과정이 혹독했다. 2천 도인은 모두 직급을 갖고 있어서 하루의 절반은 문무(文武)수련을 받아야만 하는 것이다.

"무슨 책인데? 무술 비전이 아닌가?"

아전이 되묻자 아만은 쓴웃음을 지었다.

"절정의 색(色)과 무술 비전이야. 초대 교주께서 신인(神人)이 되신 인도인 사부로부터 받으셨지만 무술서 한 장만 읽고 나서 넣어두셨다는 거다."

"아니, 왜?"

"중원에는 어울리지 않는 무공과 색술이었던 것 같다."

"색술(色術)이라니?"

"글쎄, 인도 놈들이 여자를 홀리는 술법이라는 소문이야."

"그것, 참. 그것을 읽어야 되는데."

아전이 눈을 가늘게 뜨고 앞쪽을 보았다. 앞쪽 어둠 속에 교주의 딸 정명의 나신이 나타났는데 물론 아전의 머릿속에서다.

용문사의 주방은 커서 무쇠 솥이 10여 개나 있고 쌓아놓은 그릇 때문에 벽이 보이지 않는다. 주방 폭이 50보나 되어서 한 번 식사를 치르면 불목하니 화천은 온몸이 땀으로 젖는다. 화천의 일은 불 때는 것부터 물 긷기, 씻기, 나르기, 청소하기 등 대중없었는데 후노자가 주방 용인(用人) 30여 명을 관리하는 용인장(用人長)이어서 밤까지 시달림을 받지는 않는다. 오늘도 화천은 어두운 주방 바닥에 서서 무술(武術) 시전을 한다. 낮에 아전과 아만한테서 얻어맞던 장면을 떠올리면서 이제는 자신이 가해자가 되는 것이다. 몸을 둥글게 웅크리고 있었지만 두 팔 사이로 놈들의 기법은 다 보았다.

"에잇, 얏."

발길로 차고 주먹을 내지르는 모습이 처음에는 어색하더니 수없이 반복하자 몸에 익숙해졌다. 나중에는 아전과 아만의 허점이 보였고 화천은 이제 그 허점을 공격했다. 어느덧 온몸이 땀으로 덮였지만 화천은 쉬지 않았다. 이렇게 8년을 보내고 있다. 여섯 살 때부터 장난으로 시작한 혼자만의 공부가 지금은 걷는 것처럼 일상이 되었다. 아전과 아만의 흉내만 내는 것이 아니다. 밥 짓는 때 외에는 용문사 어느 곳에도 출입할 수 있었기 때문에 3천장의 고급 무술 단련 광경을 훔쳐보고 흉내를 내기도 했다. 겉으로 바보 행세를 하는 것이 이로웠기 때문에 보호자 노릇을 하는 후노자도 속고 있다.

"화천이 올해 몇 살이지?"

불쑥 정현상이 물었으므로 정명이 눈을 깜박이며 바라만 보았다. 누군지 생각하는 표정이다.

"화천이라뇨?"

정현상이 쓴웃음을 지었다. 교주의 집무실 안은 조용하다. 이곳은 용문사의 맨 위쪽, 천 길 낭떠러지 밑에 세워져서 바람 길이 막혔다.

"모르느냐? 주방 불목하니, 용문사에 들어온 지 10년이 되었다."

그러더니 눈을 가늘게 떴다.

"어제 보니 눈빛이 좋았다."

"주방 불목하니 눈빛이 좋다니요?"

정명이 묻자 정현상이 보료에 등을 붙이더니 길게 숨을 뱉었다. 정현상은 지금까지 단 하루도 수련을 거른 적이 없다. 몇 년 전 지독한 고열에 시달렸을 때에도 누운 채로 심기(心氣)를 일으키는 수련을 할 정도였다. 마른 체격이나 뼈대가 강했고 백상교의 14계를 통달한 백상무술의 후계자인 것이다. 정현상이 다시 입을 열었다.

"너도 단련이 되면 눈빛만으로도 내외공(內外功)의 깊이를 알 수가 있을 것이야. 불목하니 화천은 지금까지 한 번도 도인 수련을 받지 않았어도 경지에 올랐다."

"경지라니요?"

"내가 보기에는 108호법은 넘고 36대교 수준까지 오른 것 같다. 본인은 모르겠지만 말이야."

"아이고, 설마요."

"그놈이 모퉁이를 꺾어가는 뒤를 따라가 보았는데 분신법은 9대천의 경지였다."

"아이고머니."

그러자 정현상이 빙그레 웃었다.

"신통했다. 그놈이 바보 불목하니여서 용문사 경내를 아무데나 출입할 수 있었기 때문에 담 너머로 구경하고 연습을 한 것 같구나."

"아버님, 그럼 그놈을 놔둡니까?"

"놔둬라, 신통하지 않느냐?"

"이제 기억나요."

그때서야 눈을 크게 뜬 정명이 정현상을 보았다.

"그 비렁뱅이 같은 놈. 우물에서 물을 긷다가 내가 지나가니까 납작 엎드렸어요."

"그때 네 치마가 짧았느냐?"

"네."

"그놈이 네 치마 밑으로 안을 보았을 것이다."

"어머나."

정명이 눈을 치켜떴지만 곧 얼굴이 빨개졌다. 두 눈이 번들거린다.

"아버님이 어떻게 아세요?"

"네 증조부가 네 조부께 비전을 권하지 않으신 것도 그 때문이다."

"무슨 말씀이세요?"

"네 증조부가 비전 앞 장 한 쪽만 읽으신 것도 증조부님 품성에 맞지 않으셨기 때문이야."

역시 영문을 모르는 터라 다시 묻기도 거북해진 정명이 입을 다물었고 정현상의 말이 이어졌다.

"내가 네 조부님으로부터 들었어. 바로 내 부친 말이다. 그 비전의 색 공과 무공은 모두 인도의 고유 비전이었다는 것이야. 인도인한테도 잊힌 고대의 비전, 즉 색(色)으로 사람을 죽이고, 사람을 이끌며 무공 또한 색(色)으로 연결되는 기괴한 도술이라고 하셨다."

"……."

"내가 비전을 내놓지 못하는 이유도 그것이야. 내 부친의 엄명이 있었어. 감당할 수 없는 품성으로는 열지 말라고 하셨어."

그러더니 정현상이 쓴웃음을 지었다.

"그놈 이야기를 하다가 문득 네 증조부, 조부님을 떠올린 것도 그 때문이야.”

“…….”

“네 조부님이 항상 그러셨어. 그 비전을 익히려면 먼저 짐승 같은 본능으로 움직이는 자여야만 된다고 하셨다. 네 조부나 증조부는 물론이고 나도 이미 인간의 품성을 갖추고 있어서 그 비전을 익히면 오장이 뒤틀리고 반도 못 미쳐서 미치게 될 가능성이 많다고 하셨다.”

“…….”

“네 증조부는 한 장만 익히셨어도 한 달 동안이나 먹은 것을 다 토하셨고 정신을 잃었다가 깨어나면 개와 함께 뒹굴고 있는 자신을 발견하셨다는 것이다.”

그러고는 정현상이 얼굴을 일그러뜨리고 웃었다.

“본능에 충실하게 자란 그 불목하니가 그 비전에 적당할지 모른다는 생각이 들었기 때문에 이런 말을 했다.”

“그럴 리가요.”

어깨를 늘어뜨린 정명이 긴 숨을 뱉고 나서 쓴웃음을 지었다.

“감히 그럴 기회가 있겠어요?”

“그러니 세상이 공평하지 못한 것 아니겠느냐? 하지만.”

정현상이 다시 보료에 몸을 기댔다.

“운(運)은 하늘이 내린다고 했으니 모르겠다.”

상관수가 흰 수염을 쓸어내리며 앞에 앉은 전균(全均)을 보았다.

“지난달에 오대산의 정령교가 산적의 습격을 받아 교사(教舍)의 절반이 불에 타 소실되고 수백 명이 죽었어. 난세다.”

다 아는 사실이었으므로 전균이 눈만 끔벅였다. 이곳은 마교(磨教)의 본당(本堂)이 위치한 유창산의 골짜기 안이다. 유창산은 사천성 북쪽에 위치하고 있었으니 계양산 용문사의 백상교 본당과 1백여 리밖에 떨어지지 않았다. 마교의 교주 상관수가 작게 헛기침을 했다. 당년 67세, 풍채가 좋고 흰 수염에 붉은 얼굴, 상관수는 마교의 7대 교주로 36신(神)이라고 불린다. 36가지 무기(武技)로 신의 경지에 닿았다는 말인데 지금도 하루 반나절은 무예를 닦는다.

"그래, 백상교의 비전을 훔쳐올 수는 있겠느냐?"

상관수가 묻자 전균의 시선이 옆쪽에 앉은 광마에게로 옮겨졌다가 돌아왔다.

"한두 사람으로는 어려울 것 같습니다."

"우리가 공을 들인 지 꽤 오래되었다."

상관수의 이맛살이 찌푸려졌다. 상관수의 집전실에는 넷이 앉았는데 전균만 앞쪽에 엎드렸고 광마와 또 다른 사내는 옆에 앉았다. 그것은 광마와 다른 사내가 마교의 일원이라는 것을 의미한다. 전균이 대답했다.

"소인이 광마 대형께 계양산 지리를 익혀드렸지만 비전은 맨 위쪽 교주의 사채 비밀 창고에 있습니다. 그곳까지 가려면 광마 형의 둔갑술만으로는 불가능합니다."

그때 광마 옆에 앉아 있던 사내가 입을 열었다. 40대쯤으로 피부가 검고 얼굴이 길어서 늑대 상이다.

"그래서 내가 교주님의 명을 받고 온 것이네."

사내의 목소리는 마치 쇠를 손톱으로 긁는 것 같다.

"난세일수록 괴소문이 판을 칩니다."

3천장(天長) 중 1인인 곽기평이 말했다. 곽기평은 3명 천장 중 수석으로 관리를 맡고 제2천장 홍오단은 포교, 제3천장 지공은 수련을 맡았는데 오늘 3천장이 모여 교주와 회의를 하고 있다. 곽기평이 말을 이었다.

"현청 마을로 내려갔던 대천(大天) 하나가 마을에서 떠도는 소문을 들었다고 합니다. 그것은……."

곽기평의 얼굴에 쓴웃음이 번졌다.

"우리 백상교가 산에서 내려와 난세를 잠재울 것이라고 합니다."

정현상은 그대로 담담한 표정이었지만 나머지 두 명 천장도 피식거리며 웃었다.

"좋은 일입니다."

홍오단이 말했고 지공이 받았다.

"그랬으면 오죽 좋습니까?"

그때 정현상이 물었다.

"무엇으로 난세를 잠재울 것이라고 하던가?"

"백상교의 교리(教理)에 모두 순응한다는 것입니다."

정현상이 입을 다물었고 천장 셋도 모두 분위기에 밀려 침묵했다. 백상교의 교리는 '강락(强樂)'이다. 심신(心身)을 강건하게 만들면 즐거워지는 것이 순리라는 뜻이다. 이윽고 정현상이 다시 곽기평에게 물었다.

"그 소문의 발원지를 찾아보았는가?"

"아직 찾지 못했습니다."

"찾아라."

"예에."

교주의 태도가 엄격했으므로 셋은 동시에 머리를 숙였다. 정현상의 말이 이어졌다.

"난세에 그 말을 듣고 교인이 모일 수는 있겠지만 관(官)이 들었을 때는 반역으로 몰아 잡기에 아주 적당하다."

셋은 눈만 끔벅였고 정현상의 목소리가 더 엄격해졌다.

"득보다 실이 많다. 우리를 궁지에 몰려는 계략일 수도 있다. 만일 우리가 오대산 정령교처럼 습격을 받는다면 이번에는 관(官)의 토벌이라고 해도 믿지 않겠는가?"

맞는 말이었으므로 셋의 얼굴은 긴장으로 굳었다. 방안의 분위기가 급변했다. 그때 정현상이 마무리를 했다.

"난세다. 매사에 살얼음 위를 걷는 것처럼 조심해야 살아남는다."

"아이고, 아파."

방묘가 자지러지는 비명을 질렀지만 아픈 것 같지는 않다. 깊은 밤, 자시가 넘었기에 바람 소리만 울리고 있다. 화천은 심호흡을 했지만 몸의 열기는 식지 않았다. 이곳은 주방 위쪽의 창고 안이다. 창고도 커서 길이가 120보나 되는 데다 폭은 15보, 안에는 칸막이별로 양곡과 부식이 쌓였는데 비명 소리는 건어물 창고에서 울리고 있다.

"아이고 이놈아, 살살."

가쁜 숨소리와 함께 방묘가 비명을 질렀을 때 사내 목소리가 났다.

"뺄까?"

"아이고 이놈아, 빼지 마."

질색을 한 방묘가 소리쳤다. 화천은 숨을 들이켰고 어둠 속에서 건들거리는 제 양물을 보았다. 열네 살짜리의 양물이지만 거대했다. 길이가 한 뼘 반은 되었고 두께는 절굿공이만 한다. 그러나 다른 성인(成人) 남자와 제대로 비교한 적이 없으니 화천은 알 턱이 없다.

"아이고 나 죽어."

이제 둘의 정사는 절정에 이르고 있다. 옆쪽 채소 칸에 누운 화천은 이번까지 둘의 정사를 열두 번째 듣고 본다. 여자는 주방 용인 중 하나인 방묘, 40대 중반으로 가는 몸매에 언제나 차가운 표정이었지만 밤에는 이렇게 야단법석을 친다. 그리고 사내는 20대 중반의 목수 고진, 둘다 용인(用人) 신분이어서 도인처럼 규율에 얽매이지는 않는다.

"아이고, 아이고, 아이고"

방묘가 절정에 오르고 있었으므로 비명이 높고 빨라졌다. 철벅거리며 물에 몸 부딪치는 소리도 빨라졌다. 그 소리에 맞춰 화천도 제 양물을 잡고 수음을 계속하고 있다.

"으아아악!"

방묘의 절정은 언제나 요란하다. 마침내 방묘가 폭발했고 그 순간 화천의 양물에서도 거센 물줄기가 뿜어 나왔다. 화천이 이렇게 수음을 배운 것도 이곳에서다. 벌써 1년이 되어가고 있었으니 조숙한 편인가?

다음 날 아침, 우물에서 물을 긷던 화천이 뒤쪽의 인기척에 몸을 돌렸다. 그 순간 숨을 들이켠 화천이 움직임을 멈췄다. 뒤쪽에 교주의 딸 정명이 서 있었기 때문이다. 황급히 두레박을 내려놓은 화천이 옆으로 비켜나 허리를 숙여 절을 했다.

"아가씨."

"네가 불목하니 화천이냐?"

낭랑한 목소리가 우물가를 울렸다. 묘시 무렵이어서 우물가에는 둘뿐이다. 아가씨가 이곳까지 웬일인가는 생각할 겨를도 없다.

"예, 아가씨."

"너, 오늘 오시(낮 12시)까지 나한테 계피 한 근만 가져오너라."

정명이 내려치듯이 말을 잇는다.

"내 처소는 알고 있지?"

"예, 아가씨."

"쥐새끼처럼 온갖 곳을 다 다녔을 테니 내가 수련하는 도장도 알겠지?"

숨을 들이켠 화천이 앞의 쥐새끼라는 말이 걸렸지만 대답은 했다.

"예, 압니다."

"시간 놓치지 말고 오너라."

정명이 치맛자락을 날리며 몸을 돌린 순간에 발목의 맨살이 드러났다. 화천이 숨을 들이켜면서 그 맨살에서 시선을 떼려는 순간이다. 정명이 머리를 돌려 화천을 보았다. 그러고는 막 발목에서 올라온 화천의 시선을 잡았다. 화천의 얼굴이 붉어졌지만 정명의 얼굴에는 웃음이 떠올랐다.

"과연 짐승 같은 품성을 지닌 놈이구나."

"대용(大勇) 아니시오?"

뒤에서 부르는 소리에 전균이 몸을 돌렸다. 36대교(大校) 중 하나인 사마준이 다가오고 있다.

"오, 사 대교는 어딜 다녀오는가?"

"갈마현청 마을에 다녀오는 길이오."

이제 둘은 나란히 산길을 걷는다. 이곳은 국도에서 벗어나 계양산으로 들어가는 샛길이다. 그러나 마차 한 대가 달릴 수 있을 만큼 샛길은 넉넉했고 잘 닦여졌다. 진시쯤 되었다. 사마준이 머리를 돌려 전균을 보았다.

"대용께선 어젯밤 어디에서 묵으셨소?"

"응, 현청 앞 옥빈관에서 묵었네."

전균은 제2천장 홍오단 소속으로 포교 담당이다. 그래서 자주 각지를 떠돌아다니는데 무공도 출중할 뿐만 아니라 포교 수단도 좋았다. 전균이 포섭한 교인 숫자만 1천 명이 넘는다고 했다. 또한 용문사에 기거하는 도인 중 30여 명도 전균이 감화시킨 교인 출신이다. 전균이 말을 이었다.

"옥빈관 2층에서 자면 옆쪽 유곽의 노랫소리, 악공의 연주 소리가 꿈속에서 들리는 것 같다네."

시선을 준 사마준이 잠자코 머리만 끄덕였다. 전균은 백상교 교력(敎歷)이 15년이 되었다. 20대 중반에 교인이 되어 이제 18대용 중의 하나가 된 것이다.

"대교는 무슨 일로 현청 거리에 들렀다가 돌아가나?"

전균이 묻자 사마준의 눈동자에 초점이 잡혔다.

"예, 1천장 심부름을 다녀옵니다."

"요즘 반란군이 사방에서 일어나고 있어 민심이 흉흉하니 대교도 바쁘겠군."

"그렇지요."

사마준의 얼굴에 쓴웃음이 번졌다. 사마준의 용무는 민심 파악인 것이다. 내외 관리를 맡은 1천장 곽기평 휘하에서 사마준은 용문산 주변의 정보 수집을 맡고 있다. 백상교에 입교한 지 12년째로 전(前)에 감찰당 소속의 관리를 지낸 터라 노련하다.

"아, 저기 분소에 좀 들를 일이 있소."

사마준이 문득 생각났다는 표정을 짓고 왼쪽의 산기슭을 가리켰다. 그곳에 백상교의 경비 분소가 있다.

"어, 먼저 들어가네."

전균이 손을 들어 보이더니 곧장 발을 떼었다.

계피를 넣은 바구니를 들고 화천이 정명에게 다가가 섰다. 오시(낮 12시), 이곳은 교주의 사저 안 도장이다. 교주는 앞쪽 청에 나갔고 도장 안에는 정명이 혼자 서 있다. 이곳까지 안내해온 하인이 물러갔으므로 사방 20보쯤 넓이의 도장 안에는 둘이 서 있다. 도장 안쪽에 백상교의 상징인 흰 코끼리 조각상이 놓였으며 향불 타는 냄새가 났다. 화천이 시선을 올려 정명을 보았다.

"아기씨, 계피 가져왔습니다."

바구니에 넣은 계피에서도 향내가 났다. 그때 정명이 입을 열었다.

"네 시선이 옮겨간 순서를 말해볼까?"

화천은 눈만 껌벅였고 정명의 말이 이어졌다.

"도장 입구에서 네 시선은 내 발, 그다음에 무릎, 그다음에 내 음부에 꽂혔다. 그리고 나서야 내 얼굴로 옮겨왔지."

정명의 목소리가 벽에 맞고 울렸다.

"그다음에 다시 젖가슴, 그리고 음부로 내려갔다가 다시 발, 그리고는 도장 바닥을 보았다. 그렇지 않으냐?"

"무슨 말씀인지 모르겠소."

화천의 목소리는 의외로 당당했다. 그러나 시선은 도장 바닥에서 올라가지 않는다. 그때 정명이 두 걸음 간격으로 다가가 섰다. 이제 화천의 시선이 자연히 정명의 무릎께에 닿는다. 정명은 지금 하늘거리는 황토색 비단 치마에 소매가 짧은 저고리를 입었다. 발에 가죽신을 신었지만 맨발이어서 발등이 드러났다.

"네가 몇 살이냐?"

정명의 목소리가 낮게 울렸다.

"예, 열넷이오."

"열넷인데 그렇게 커?"

"뭐가 말씀이오?"

"체격이."

화천의 시선이 올라와 정명을 보았다.

"잘 모르겠습니다."

"뭐가 말이냐?"

정명이 흉내를 내는 것처럼 묻자 화천이 대답했다.

"잘 먹으니 잘 큰다고 합니다."

"바구니를 구석에다 내려놓고 오너라."

정명이 눈으로 벽 쪽을 가리켰다.

"빨리."

정명은 바구니를 내려놓는 화천의 뒷모습을 보았다. 이곳에 오면서 옷을 갈아입었기 때문에 뒷모습은 건장한 성인 남자다. 우람한 어깨, 굵은 목, 바지 속으로 굵은 다리의 윤곽도 드러난다. 아버지는 이놈의 본성을 보았다고 했다. 그렇다면 나도 느껴볼 요량으로 부른 것이다. 증조부가 단 한 장만 익힌 후에 한 달간을 토했다는 그 비전, 인도의 선사 하람브라가 간직했던 인도 고대의 비전이라고 했던가? 아버지는 그 비전이 남성용인지 여자도 익힐 수 있는 것인지 말해주지 않았지만 불현듯 솟구치는 질투심과 분노를 억제할 수가 없었던 것이다. 왜 이 비렁뱅이 불목하니인가? 이놈이 내 몸을 훑어보았다고? 그 말을 떠올리면 지금도 몸에서 벌레가 기어 다니는 것 같다. 그래서 확인해 보았더니 그 느낌이 맞다. 도장 입구에서부터 쏘아온 저놈의 시선, 시선이 가는 곳마다 불덩이가 닿는 것 같다. 그때 화천이 몸을 돌려 시킨 대로 다시 돌아온다. 이윽고 화천이 두 발짝 앞에 섰다.

정명 앞에 섰을 때 화천은 숨을 들이켜면서 아랫배의 운기를 배가시켰다. 강근(强根), 백상 14계의 제3계 중간 부근의 수련, 이것은 5년쯤 전에 지금은 36대교 반열에 오른 황서가 두드리며 가르쳐준 무술이다. 물론 황서는 제가 가르쳐준 줄 모른다. 그 순간 정명의 발길이 날아 화천의 배를 찼다. 장이 파열되는 것은 피하려고 발바닥으로 충격 부위를 넓혔지만 강력하다.

"퍽!"

복근에 맞은 발바닥이 그런 소리를 내었다.

"앗!"

발이 배에 맞는 순간 타격의 쾌감으로 뇌의 혈류가 빠르게 운행되었지만 그다음 섬광 같은 순간에 정명의 뇌가 경악으로 굳었다. 발바닥이 강한 복근의 탄력을 받아 무릎이 휘어지면서 몸이 뒤로 비틀린 것이다. 그 순간 온몸이 굳어진 정명이 몸을 뒤집어 두 발짝이나 왼쪽으로 날아 왼쪽 발을 땅에 짚었다. 그 순간 정명은 숨을 들이켰다. 바로 옆에 그 불목하니가 와 있는 것이다.

"아앗!"

머리와 허리가 비틀린 채 닿았고 다리는 서로 엉켜서 몸을 세우면 가슴이 닿는다. 내 젖가슴이 놈에게 부딪친다. 경악한 정명이 이제는 도장 바닥으로 몸을 굴렸다. 이게 어찌 된 일인가? 왜 그놈이 내 옆에

와 있는가?

화천은 같이 몸을 굴리면서 세 번만 더 구르면 정명이 벽에 닿는다는 거리를 계산했다. 백상 14계 중 5계를 응용했다. 심안은 9대천 중 하나인 용생이 혼자 무술 수업을 하는 것을 숨어서 보았다. 용생은 백상교를 통틀어 5대(大) 실력자 중 하나다. 이것은 화천이 구경을 다니고 겪어본 바에 의해서 그렇다. 그때 정명이 벽에 부딪쳐 멈췄고 곧 화천의 몸이 닿았다. 계산을 했기 때문에 정명의 젖가슴이 화천의 가슴에, 한쪽 다리가 위로 올라간 사이에 화천의 다리 하나가 정명의 다리 사이로 들어갔다. 그래서 두 몸이 톱니 이빨처럼 딱 맞았고 화천의 양물이 정명의 음부에 딱 대어졌다.

"어!"

정명의 입에서 비명 같은 외침이 울렸다. 그 순간 화천의 머릿속에 어젯밤 방묘가 부르짖던 비명이 겹쳤다.

놀란 정명이 몸을 틀어 일어나려고 했지만 얽혀서 머리만 들릴 뿐이다.

"빼!"

정명이 악을 쓰자 도장이 울렸다. 어느덧 정명의 얼굴은 새빨갛게 달아올라 있다.

"빼!"

다시 정명이 악을 썼을 때 몸에 닿았던 화천의 감촉이 사라졌다. 그때서야 몸을 일으킨 정명의 얼굴은 붉게 상기되었다. 운기 운행이 거칠어진 터라 가쁜 숨이 뱉어졌다. 눈동자의 초점을 잡은 정명이 몸을 돌렸다. 그때 도장 복판에 서 있는 불목하니가 보였다. 갑자기 불목하니의 몸이 거대하게 느껴졌으므로 정명은 숨을 들이켰다. 그러고는 막 입을 벌리려는 순간이다.

"너희들, 이리 오너라."

갑자기 옆쪽에서 굵은 울림이 일어났다. 교주 정현상이다. 머리를 돌린 정명은 입구에 서 있는 아버지를 보았다.

잠시 후에 둘은 교주 정현상의 앞에 서 있다. 자세히 말하면 화천은 세 발짝쯤 앞에 무릎을 꿇고 두 손으로 청 바닥을 짚은 자세였으며 정명은 그 옆쪽으로 한 발짝쯤 앞에 비스듬히 서 있는 자세다. 그래서 얼핏 보면 정현상과 정명이 제각기 앉거나 서서 화천을 신문하는 것 같다. 이곳은 도장 옆의 작은 청이다. 역시 이곳에도 셋뿐이다. 그때 정현상이 화천에게 물었다.

"내가 다 보았다. 네 무예는 백상계가 분명하나 법식이 조금씩 다르구나, 네가 독학했느냐?"

정현상의 목소리는 부드럽다. 그래서 정명의 눈썹이 치켜 올라갔다. 머리를 든 화천이 정현상을 보았다. 시선이 부딪치자 화천이 대답했다.

"예에, 교주님."

"백상 14계 중 어디까지 나갔느냐?"

"그건 모릅니다."

"어떻게 배웠고?"

그러더니 덧붙였다.

"꾸짖는 것이 아니다. 오히려 칭찬하는 것이니 사실대로 말하라."

"압니다."

정현상의 눈이 커졌다. 놀란 것 같다.

"13계 심안(心眼)도 익혔느냐?"

심안이란 눈을 보고 마음을 읽는 내공으로 백상 13계 끝 부분에 있다. 그때 화천이 머리를 저었다.

"아닙니다. 대천 용생 님이 수련하시는 것을 따라 했을 뿐으로 그 내용은 모릅니다. 그저……."

"그저 눈을 보면 마음이 읽혀?"

"눈을 깜박여주시면 조금 쉽습니다."

"옳지."

머리를 든 정현상이 소리 없이 웃고 나서 다시 정색했다.

"네가 도장에서 몸을 굴려 정명의 몸에 붙는 법식 말이다."

그 순간 정명의 얼굴이 새빨개졌다. 화천이 시선을 내렸을 때 정현상이 말을 이었다.

"그 법식은 백상 14계 어느 곳에도 없다. 그것은 어디서 배웠느냐?"

"누구한테 배우지 않았습니다."

"그러면?"

머리를 든 화천이 맑은 눈으로 정현상을 보았다.

"권법에 이런 법식이 있습니다."

정현상의 시선을 받은 화천이 몸을 일으키더니 치고받고 발로 찌르는 동작을 해 보였다. 법도가 맞고 유연하다.

"옳지, 그것이 백상 5계 12절이지."

정현상이 머리를 끄덕였을 때 화천이 움직임을 멈추고 말했다.

"이것을 조금씩 비틀고 눕히면 이렇게 됩니다."

"해보아라."

그때 화천이 다시 치고받고 찌르다가 점점 몸이 눕혀지기 시작했다. 그러더니 몸이 청 바닥에 닿았고 구르기 시작했다. 그것을 본 정현상의 얼굴이 하얗게 굳었다. 정명도 입을 딱 벌린 채 아연한 표정이다. 이윽고 화천의 몸이 벽에 붙었는데 조금 전 도장에서 빈틈없이 정명을 틀어막고 있는 장면과 같다. 그때 정현상이 눈을 치켜뜨고 헛소리처럼 말했다.

"아아, 백상 14계도 비전의 심공, 신공과 연관이 되어 있구나. 내가 이제 깨달았다."

정현상이 머리를 돌려 화천을 보았다. 두 눈이 번들거리고 있다.

"너, 내 마음을 읽느냐?"

그러고는 눈을 두 번 깜박이고 다시 묻는다.

"자, 아느냐?"

"예에, 교주님."

화천이 손등으로 어느새 흘러내린 콧물을 훔치며 대답했다.

"압니다."

"이구, 드러워."

화천의 콧물에만 시선을 빼앗긴 정명이 눈을 흘겼다. 그때 정현상이 다시 눈을 깜박였다.

"알았느냐?"

"예, 교주님."

다시 콧물이 흘렀으므로 화천이 이번에는 소매로 닦았고 정명의 눈 끝이 치켜 올라갔다.

"드러워 죽겠네."

여전히 화천의 시선을 잡은 정현상이 어깨를 늘어뜨리면서 말했다.

"가보아라."

화천이 사라졌을 때 정명이 머리를 들고 정현상을 보았다.

"아버지, 저놈한테 뭘 알았다고 하세요?"

"아니다."

"저놈을 그대로 두실 건가요?"

그때 정현상이 이맛살을 찌푸리고 정명을 보았다.

"너, 화천을 보고 무슨 생각이 들었느냐? 어디 말해보아라."

"드러워요."

정현상이 눈길만 주었고 정명의 말이 이어졌다.

"옷을 새것으로 갈아입었어도 드럽긴 마찬가지군요, 구역질이 나요."

"……."

"어깨너머로 14계를 이것저것 익힌 것 같지만 법식이 깨끗하지 못하고 지저분해요, 마치……."

"마치 무엇이냐?"

그때 정명의 입술이 튀어나왔다.

"아버지는 심안으로 제 마음을 읽으셨지 않아요?"

"네 입으로 말해라."

"그놈을 보면 발정 난 짐승을 보는 것 같아요. 그놈의 시선이 닿는 곳이 근질거리는 것 같고요."

"옳지."

머리를 끄덕인 정현상이 주위를 둘러보았다. 청 밖은 조용하다. 이윽고 정현상이 목소리를 낮추고 말했다.

"지금 바깥세상은 마치 화산이 폭발하기 직전이나 같다."

긴 숨을 뱉은 정현상이 말을 잇는다.

"이곳저곳에서 반란이 일어나고 관(官)의 지시는 미친놈 헛소리로 무시당하며 조정 대신들은 제각기 살 궁리나 하는 데다 황제는 환관에게 업혀 어디 있는지도 모르는 세상이 되었다."

정명이 숨을 죽였다. 깊은 산 속에 박힌 용문사에까지 바깥 광풍이 덮여오는 상황이 되었다. 이미 몇 개의 교단, 몇 개의 사당(寺黨)은 비적단의 습격을 받아 궤멸되었으며 관(官)은 각 지역 호족의 사조직으로 변했다. 이곳 사천성은 다행히 관에서 장악하고 있지만 언제 반군 세력이 일어날지도 모르는 것이다. 정현상이 굳어진 얼굴로 정명을 보았다.

"명아, 이때 나한테 화천이 나타난 것이 네 증조부의 음덕이 뻗친 것 같구나."

정명의 표정을 본 정현상이 머리를 저었다.

"명아, 그런 생각은 버려라. 화천이 우리 백상교를 일으킬 인재다."

"저 실력으로 말입니까?"

"저놈은 빨리 깨우칠 것이다."

정현상의 두 눈이 번들거렸다.

"내가 저놈에게 별당 잡일을 맡기겠다고 했다. 그래서 내일부터 이곳에 올 것이다."

정명의 어깨가 늘어졌다. 조금 전 정현상과 화천이 심안으로 대화를 나눈 것이다. 그래서 아느냐만 자꾸 물었다.

"저 불목하니한테……."

정명이 기를 쓰듯 말했다가 곧 입을 다물었다. 이미 10년 가깝게 아버지한테서 백상 14계 수련을 받은 자신을 불목하니가 제압하지 않았는가? 그것이 현실이다. 14살짜리 불목하니가 이곳저곳에서 어깨너머로 배운 백상 14계인 것이다. 그때 정현상이 혼잣소리처럼 말했다.

"나는 저놈의 자질을 아직도 모르겠다. 마치 깊이를 알 수 없는 물속을 보는 것 같다."

1천장 곽기평은 3천장 중 선임으로 신중한 성품이다. 5척 단신이었지만 단단한 체구에 백상 14계를 익혀 용문사 내부의 도인 중 20걸 안에 든다고 알려져 있다. 14계는 아직 3계도 익히지 못한 하급 도인도 있는 반면에 14계를 다 수료했어도 등급이 나뉘는 것이다. 그 등급은 36대교에 오르려면 10등급 중 8등급 이상이 되어야만 하나 그 이상의 대용, 대천, 천장 직임은 인품과 덕목을 가려 교주가 선임하는 것이다. 곽기평은 올해 45세, 18세에 백상교에 가입해서 27년째가 되었다. 곽기평이 앞에 앉은 사마준을 보았다.

"대용 전균이 옥빈관에 묵었다고 거짓말을 한 이유가 있을 것이다. 그 이유를 알아내기 전까지는 놔두는 것이 낫다."

"대용은 자주 포교를 나갔는데 오늘도 나갈 예정입니다. 그래서 제가 미행을 하려고 합니다."

"할 수 없지."

쓴웃음을 지은 곽기평이 말을 이었다.

"시국이 수상하니 단속을 철저히 해야만 한다."

사마준은 전균이 묵었다는 옥빈관이 그날 강도를 당해 2층 방이 모두 손님을 받지 않았다는 것을 알고 있었던 것이다. 그래서 전균의 말을 듣고 의심을 시작했다. 관리부의 외출증 발급처에 가서 출입자 명단을 살펴보았더니 전균은 한 달에 여섯 번이나 용문사를 나가 보름 동안 외박을 했다. 장거리 포교를 나간 것도 아닌 터라 그것도 수상했다. 마침 전균이 사흘 후에 포교 외박 신청을 했으므로 사마준이 미행하려는 것이다. 자리에서 일어서는 사마준에게 곽기평이 말했다.

"너 혼자는 힘이 벅찰 테니 대교 오한을 붙여주마."

오한은 관리부 소속으로 14계의 명인(名人)이다. 도중(道中)의 소문으로는 20걸 안에 든다고 했으니 사마준에게 든든한 호위가 붙은 셈이다.

묘시(오전 6시)가 되어가고 있다.

"이놈아, 그러니까 내가 교주님 사저 근처에는 가지 말라고 했지 않느냐?"

후노자가 다섯 번째로 같은 말을 했다. 화천이 오늘부터 교주 사저의 잡일을 맡게 되었기 때문이다. 고생문이 열린 것이다.

"밥때가 되면 꼭 오너라. 교주님 밥상 근처에서 어물거리다간 죽는다."

"알아요, 할아범."

"아침에 일어나면 꼭 씻어라."

"예, 할아범."

"그리고."

주위를 둘러본 후노자가 눈을 부릅떴다. 이곳은 주방 옆 그릇창고 앞이다. 아직 이른 시간이어서 오가는 인기척도 나지 않았지만 후노자가 목소리를 낮추고 말했다.

"이놈아, 아무데서나 흔들지 마라."

"예?"

"네놈이 싸 갈긴 정액이 창고 안에 범벅이 되어 있는 것을 내가 모르는 줄 아느냐?"

숨을 들이켠 화천이 시선을 내렸을 때 후노자가 주먹으로 화천의 머리꼭지를 때렸다.

"거기에서 아무데나 싸대면 큰일 난다. 알았느냐?"

"예, 할아범."

"사저에 시녀가 여럿 있지만 아예 쳐다보지도 마라, 알았느냐?"

"예, 하지만……."

그때 후노자가 다시 주먹을 치켜들었으므로 화천이 머리를 끄덕였다.

"알았습니다. 안 볼게요."

후노자의 마른 나뭇가지 같은 주먹을 백번 맞아도 끄덕하지 않을 화천이다. 그러나 후노자의 매는 온몸의 기(氣)를 풀고 그대로 맞아 왔다. 후노자가 아버지요, 어머니요, 할아범이기도 했기 때문이다.

어제 교주 정현상이 눈으로 말했다. 심안(心眼)이 바로 눈을 보고 마음속을 읽는 것이다.

"너에게 백상교의 비전을 가르쳐주마. 하지만 이것은 비밀이다. 알겠느냐?"

"교주님, 저는……."

당황한 화천이 눈으로 말했더니 교주의 음성이 엄격해졌다.

"이놈아, 이것은 하늘이 내린 것이다. 나에게는 조상의 계시인 것이며 너에게는 운명이다. 받아라."

"예에."

"어떤 시련도 겪으며 비전을 닦을 자세를 갖춰야 한다."

"예에."

"네가 지금까지 어깨너머로 배워 익힌 그런 자세라면 시작할 만하다."

그렇게 이야기를 주고받았던 것이다.

"너는 체계적으로 백상계를 배우지 않았다."

아침에 도장으로 인사를 하러 간 화천에게 정현상이 말했다. 도장에는 정현상과 딸 정명 그리고 화천까지 셋뿐이다. 정명은 비스듬하게 옆쪽에 앉아 있어서 화천의 옆모습을 본다. 오늘은 정현상이 입을 열어 말하고 있다. 정명이 옆에 있기 때문인 것 같다.

"백상계가 무엇인지 아느냐?"

정현상이 묻자 화천은 대답 대신 침만 삼켰다. 알 리가 없는 것이다. 백상 제1계가 무엇인지도 모른다. 정현상의 얼굴에 쓴웃음이 번졌다.

"백상 14계는 내 조부께서 중원의 모든 무술을 모아 심(心)과 신(身)으로 나누고 다시 그것을 14가지의 무기(武器)로 구분한 것이다. 따라서 제1계는 그 기초요, 위로 올라갈수록 심신 수단이 교묘해지고 공력이 높아져서 14계를 마치면 세상 어떤 무술의 이치도 알게 된다."

정현상이 말을 이었다.

"14계를 익히고 나서 각 단계를 더욱 단련시켜 기공을 높이는 것이다. 너는 어깨너머로 무술을 익혔지만 응용력이 탁월해서 잘만 다듬으면 명인(名人)이 되겠다."

그때 정명이 숨을 들이켰다. 정명은 명인 반열에 이르지 못 했기 때문이다. 14계를 다 습득했지만 6등급 정도다. 다시 정현상이 말했다.

"오늘부터 너는 도장과 별당 청소를 맡는다. 하지만 그것은 명목이고 실제로는 1계부터 14계의 기본을 습득해라."

정현상의 시선이 정명에게로 옮겨졌다.

"네가 화천의 사부다."

미시(오후 2시)가 되었을 때 1천장 곽기평과 2천장 홍오단이 교주 정현상을 찾아왔다.

"교주님께 문안드리오."

둘이 나란히 엎드려 절을 했고 상석에 앉은 정현상이 맞는다. 백상교는 법도가 엄격해서 상하 간 예절이 마치 궁중 같다. 인사를 마친 곽기평이 두 손을 청 바닥에 짚고 정현상을 보았다.

"사천성은 조용한 편이나 곳곳에서 난리가 났고 교인들의 피해가 극심합니다. 그래서 시주가 줄어들어 용문사의 재정이 나빠지고 있습니다."

이미 알고 있었으므로 정현상이 머리만 끄덕였다. 그때 2천장 홍오단이 말했다.

"교주님께 보고합니다. 난리 때문에 불안을 느낀 교인들이 용문사로 오겠다는 신청이 쇄도하고 있습니다. 허나 교단의 재정이 나빠지는 상황이니 어찌하면 좋습니까? 교주님의 결심을 바랍니다."

둘의 의견이 극과 극인 것처럼 성품과 체형도 대조적이다. 2천장 홍오단은 비대한 체격에 언변이 좋았고 화통했다. 그래서 대중의 환심을 받았는데 올해로 47세, 백상교인이 된 지는 20년이다. 그때 정현상이 웃음 띤 얼굴로 말했다.

"용문사로 들어온다고 해도 난리를 피할 수는 없어. 이곳은 수행 도장이지 피난처가 아니야, 그렇게 알고 설득하도록."

교주의 명이다. 둘은 잠자코 머리를 숙였다.

"이 멍청아, 똑바로 해."

정명의 목소리가 도장을 울렸다.

"자세가 틀렸단 말이야!"

오늘이 나흘째, 화천이 정명의 자세를 눈여겨보더니 다리를 조금 더 벌렸고 두 손을 앞으로 내밀었다. 백상 7계의 권법이다. 정현상의 엄한 지시를 받은 터라 정명은 아침 진시부터 유시까지 백상 14계를 시연해주고 있지만 천방지축이다. 첫날만은 1계와 2계를 순서대로 시연해주었지만 둘째 날부터는 5계로 갔다가 갑자기 14계의 최고급 심신법과 기(氣)운용술 시범을 보여주기도 한다. 그러나 각 계의 시범은 정명이 교주 정현상한테서 직접 가르침을 받은 터라 자세가 정확했고 이어지는 과정이 교본과 일치했다. 사범의 성품이 표독하고 심술궂지만 않다면 더 바랄 것이 없을 정도였다. 오후 신시가 되었을 때 13계의 심안법 시연을 해주던 정명이 갑자기 자세를 풀더니 벌떡 일어섰다.

"다 끝났어."

놀란 화천이 정명을 보았다.

"아가씨, 지금 막 시작했지 않습니까?"

"이 망할 자식아."

마침내 정명의 부아가 폭발했다. 눈썹이 치켜 올라갔고 붉은 입술이 앙다물렸다가 열렸다.

"이 개새끼야, 넌 이미 심안(心眼)을 익혔잖아. 그래서 아버지하고 심안 소통도 했지 않아? 이 때려죽일 놈아."

"그래도 기본자세는……."

"이 쌍놈아, 자세야 어떻든……."

그때 정명의 벌어졌던 입이 닫혔다. 얼굴도 굳어졌는데 도장 입구로 정현상이 들어섰기 때문이다. 정현상은 욕설을 다 들었을 텐데도 시치미를 뗀 얼굴로 정명에게 물었다.

"14계는 다 끝냈느냐?"

"예, 모두 시범을 보였어요."

혼날까봐 정명이 외면한 채 말했다. 그동안 정현상은 가끔 얼굴만 보였을 뿐이지 멈춰 서서 구경한 적도 없다. 정현상이 다시 물었다.

"어떻더냐? 화천이 잘 따라 하더냐?"

"예, 다 알고 있었지만……."

"자세가 다르고 호흡법도 틀리더냐?"

"예, 괴상했습니다."

"그래서 정석대로 하는 방식과 대결하면 여지없이 패하겠구나?"

정현상의 시선을 받은 정명이 숨을 들이켰다. 이미 심안으로 마음을 읽힌 터라 거짓말을 할 수는 없다.

"그건 모르겠습니다."

"수고했다."

그때서야 정현상의 시선이 화천에게로 옮겨졌다.

"14계 기본은 다 보았겠구나."

"예, 교주님."

화천이 두 손으로 도장 바닥을 짚고 엎드렸다.

"아기씨께서 정성껏 가르쳐 주셨습니다."

"이놈이 마음에도 없는 말을 하는군."

정현상이 쓴웃음을 지었고 옆쪽에 선 정명은 눈을 흘겼다. 주위를 둘러본 정현상이 말을 이었다.

"넌 10년 가깝게 훔쳐보고 훔쳐들은 도둑 공부로 14계를 익혔는데 그것을 너에게 맞도록 잘 꾸몄다. 그래서 오늘부터는 다시 1계부터 나하고 수련을 해서 네가 익힌 방법하고 대조를 하자. 무슨 말인지 아느나?"

화천이 눈썹을 모으고 정현상을 보다가 다시 엎드렸다.

"예에, 교주님."

"남의 눈에 띄면 안 되니 나하고의 수련은 밤에만 한다."

"저는요?"

화천하고 같이 있는 것은 싫지만 은근히 샘이 난 정명이 묻자 정현상이 다시 쓴웃음을 지었다.

"너는 이제 쉬거라."

"아버지, 여쭐 말씀이 있어요."

저녁을 먹고 나서 정명이 정현상에게 말했다. 오후 술시가 되어갈 무렵으로 정현상이 외출 차림을 하는 중이었다. 정현상의 시선을 받은 정명이 주저하며 묻는다.

"아버지, 화천에게 왜 그리 열중하십니까? 다른 명인들도 많지 않아요?"

사저의 다실 안이다. 용문사 맨 위쪽 천 길 절벽 밑에 위치한 교주의 사저는 이미 조용해져 있다. 교주의 처소에는 시녀 셋과 정현상을 어렸을 때부터 업어서 키운 집사 장곡, 정명의 유모 모산까지 하인 다섯에 두 부녀, 그리고 이번에 새로 심부름꾼 명색으로 들어온 화천까지 여덟이 산다. 정명의 모친 유 씨는 7년 전에 병으로 죽었기 때문이다.

"명아, 나는 화천에게 비전을 보여주겠다."

"예엣!"

놀란 정명이 낮게 외쳤다가 곧 호흡을 조정했다. 그럼 그렇지 하는 생각이 들었기 때문이다. 외내공 14계만 수련한다면 도인 중에서도 얼마든지 후계자를 키울 수가 있을 것이다. 그런데 비전은 다르다. 증조부가 하람브라 진인으로부터 넘겨받고도 단 한 장밖에 읽지 못 했다는 비전 아닌가? 백상교의 교지 강락(強樂)도 비전의 내용과 일치한다. 곧 비전이 백상교의 목적이자 교리인 것이다. 정현상의 시선이 옆으로 돌려졌다.

"나는 이제야 백상 14계가 모두 색(色)으로 연결되었다는 확신을 갖게 되었다."

외면한 채 정현상이 말을 이었다.

"그 비전이 바로 심신색락(心身色樂)의 원전이고 그것에 가장 적합한 수행자가 바로 화천인 것 같다."

"……."

"화천의 어깨너머 배운 무공이 그것을 증명한다. 본능이 색(色)을 밝히며 그 색을 이용하는 것이다."

정명의 머릿속에 며칠 전 도장에서 화천에게 꼼짝 못하게 얽혔던 기억이 떠올랐다. 음부에 딱 붙어 있던 그 무쇠 같은 기둥 감촉도 다시 느껴졌으므로 정명은 어금니를 물었다. 머리를 든 정명은 어느새 정현상이 눈앞에서 사라진 것을 보았다.

"잠깐만."

광마(狂馬)가 손을 들어 전균의 말을 막았다. 기색이 심상치 않았으므로 전균의 얼굴이 굳어졌다. 이곳은 옥빈관 2층의 객사 방안이다. 잠깐 귀를 기울이는 시늉을 했던 광마가 이윽고 머리를 끄덕였다.

"사제, 계속하게."

"무슨 일 있습니까?"

전균이 묻자 광마가 쓴웃음을 지었다.

"누가 방문 앞에 서 있는 기척을 들었어."

"그런데요?"

"없군, 내가 잘못들은 모양이야."

머리를 끄덕인 전균이 말을 이었다.

"108호법 중 절반 가량은 우리한테 충성을 바칠 것 같습니다. 108명 중 7명이 내가 포교해서 끌어들인 놈들이니까요, 호법 정도의 직책이면 누가 이끌어가건 따라올 가능성이 많습니다."

둘은 탁자 위에 놓인 조직도를 보고 있었는데 108호법에서부터 36 대교, 18대용, 9대천과 3천장까지의 이름이 다 적혀 있다. 전균이 작성한 백상교 살생부다. 모두 이름 밑에 붉은 글씨로 불(不), 검정 글씨로 가(可)를 써 놓았는데 아무것도 적지 않은 이름도 많다. 팔짱을 낀 광마가 살생부를 내려다보던 시선을 들었다.

"이제 준비는 다 되었어, 사제."

"1년이나 걸린 공사였소, 사형."

"모두 사제의 공이야, 1등 공이지."

광마의 얼굴에 웃음이 떠올랐다. 48세의 광마는 마교의 제3신공(神功)이니 마교 안에서의 지위가 4위다. 마교는 상관수 교주 치하에 20만 교인과 유창산 본당에 3천 도사를 거느렸으니 백상교보다 세력은 큰 사교(邪敎)집단이다. 그러나 교주 상관수의 대에 이르러 교세가 감소하는 중이었는데 난리까지 겹쳐 교세의 부흥을 도모하고 있는 것이다. 광마와 전균은 본래 어렸을 때 9대문파 중 하나인 점창파에 가입하여 6년을 같이 지냈다가 마을의 부녀자를 강간하고 나서 도망쳐 헤어졌는데 2년 전에 각각 마교와 백상교의 간부가 되어서 만난 것이다. 따라서 마교의 백상교 파괴 공작은 그 무렵부터 준비되었다고 봐야 될 것이다. 그때 전균이 깜박 잊었다는 얼굴로 말했다.

"사형, 지난번에 우리가 본 불목하니 있지 않소?"

머리를 잠깐 기울였던 광마가 검은 얼굴을 펴고 웃었다.

"아, 그래 정신없이 두들겨 맞으면서 외공(外功)을 배운다는 놈인가?"

"예, 그놈이 교주 별당지기로 뽑혔소."

"그래서? 불목하니가 영전했단 말이냐?"

"용문사 안에서 유명한 놈이니 모두 교주가 불쌍해서 거둬들였다고 합니다."

"그놈이 돌아다니면서 무술 동냥을 받는 것은 끝났구나."

"그런 셈이지요, 교주가 깐깐하니까요."

"자, 그럼 천도제까지 얼마 남지 않았다."

정색한 광마가 화제를 바꿨다.

"차질이 없어야 된다."

심안(心眼) 시연을 하던 화천이 숨을 들이켰다. 정현상의 눈을 보았지만 마치 앞에 돌벽이 가로막힌 것 같다. 아무것도 보이지 않는 것이다. 그저 검은 눈동자만 보인다. 그때 정현상이 빙그레 웃었다.

"지금 너는 정명이 시연해준 기본자세를 펼치고 있다. 그렇지 않느냐?"

"예, 교주님."

얼굴에서 흐르는 진땀을 닦지도 못하고 화천이 대답했다. 정현상이 눈을 깜박였다.

"지금도 보이지 않느냐?"

"예, 교주님."

"그럼 네가 용생 대천의 자세를 훔쳐보았던 방식으로 해보아라."

화천이 자세를 조금 바꾸었다. 예전의 자세로 돌아간 것이다. 그 순간 화천의 귀에 목소리가 들렸다. 심안으로 상대방의 내면(內面) 생각이 음성으로 변한 것이다. 정현상의 눈이 말했다.

"육성은 1백 보쯤 떨어져 있어도 공력이 8등급 이상만 되면 다 들린다."

이 공력은 백상교 공력일 것이다. 다시 정현상의 말이 이어졌다.

"따라서 앞으로는 너와 나의 무술 시전은 심안으로만 한다. 알았느냐?"

"예, 교주님."

화천이 심안으로 대답했을 때 정현상이 바로 물었다.

"네가 조금 전 백상교 기본자세인 제13계 심안법을 제대로 베풀었지만 들리지 않았던 이유를 아느냐?"

"이제 깨달았습니다."

"말해라."

"틀에 얽매이면 안 된다는 것입니다."

"그렇다."

머리를 끄덕인 정현상이 다시 묻는다.

"그 이유는?"

화천이 숨을 들이켰다. 알 듯하면서도 모르겠다. 아니, 그것을 표현할 만큼 뇌가 발달되지 않았다. 화천이 대답했다.

"몸은 알지만 입으로 뱉기 어렵습니다."

"곧 뱉게 될 것이다."

정현상의 목소리가 엄숙해졌다.

"깨우치면 그대로 실행해라."

화천은 정현상의 문답이 정명한테서 배운 백상 14계의 기본을 총정리 한다는 것을 깨닫고 있다. 1단계씩 전진하면서 묻고 대답하는데 문답이 끝나면 꼭 시연을 한다. 그러면 어설픈 빗질로 어수선해졌던 마당에 광풍이 휩쓸고 지나간 것처럼 깨끗해진 느낌이 들었다. 그것이 바로 득공(得功)인가?

사저 별당지기 소임을 받았지만 사저 안에 처소를 주지 않아서 화천은 집 없는 개처럼 잠을 잤다. 화천에게는 오히려 그것이 백번 나았다. 용문사 안에 잠잘 곳은 1백 개가 넘었기 때문이다. 요사채에서부터 수련장, 경비소, 마구간 2층, 대웅전의 신상 밑, 서까래 위에서도 자본 적이 있다. 그러나 그중 가장 나은 곳이 부식창고다. 오늘도 채소 칸에 누운 화천이 옆쪽 어물 창고로 들어서는 두 남녀의 기척을 듣고 숨을 들이켰다. 기대감 때문이다. 그것 때문에 여기로 온 것이다.

"어이구, 어두워."

들리는 남자 목소리에 화천의 이맛살이 모아졌다. 목수 고진이 아니다. 누군가?

"아유, 괜찮아."

간드러진 목소리는 그 새침데기 방묘, 방묘가 다른 놈을 끌고 왔다.

2장
청천벽력(靑天霹靂)

밤 자시(12시), 도장은 어둡다. 안쪽에 초 한 자루만 밝혀놓았기 때문이다. 도장 복판에 둘이 마주보고 앉아 있다. 정현상과 화천이다. 그런데 정현상 앞에 나무 궤짝이 놓여 있다. 모서리를 놋쇠로 이어서 떨어져도 깨지지 않을 만큼 단단하게 만들어졌다. 사방 1자, 두께가 3치 정도의 규격이다. 어둠속에서 놋쇠 이음 부분이 번쩍이고 있다. 붉은 칠을 한 궤짝의 윤곽도 선명하게 드러났다. 이윽고 정현상이 입을 열었다.

"이것이 '심신색락(心身色樂)'비전이다. 내 조부께서 인도의 스승 하람브라 선사로부터 받으신 것인데 첫 장밖에 보시지 않았다는구나."

화천의 시선이 궤짝으로 옮겨졌다. 궤짝에는 낡은 자물쇠가 붙어 있다. 낡아서 손으로 비틀어도 부서지겠지만 위에는 손가락만 한 열쇠가 있다. 길게 숨을 뱉은 정현상이 화천을 보았다.

"요즘 세상이 심상치 않고 용문사 내부에도 불온한 기운이 번지고 있다. 그 내막은 아직 알 수 없지만 백상교가 기로에 서 있는 것은 분명하다."

정현상의 목소리는 귀에서만 울린다. 심안(心眼)으로만 이야기를 하기 때문이다. 화천은 시선만 주었고 정현상의 표정이 점점 엄숙해졌다.

"화천, 너 색(色)을 아느냐?"

"예, 교주님."

입을 꾹 다물었으나 화천의 목소리가 크게 울렸으므로 정현상의 표정이 조금 풀렸다.

"음양의 이치를 알아?"

"예, 교주님."

"겪었느냐?"

"아닙니다."

화천의 눈 주위가 붉어졌다.

"보고 들었습니다."

"어디에서?"

"부식 창고에서, 주방에서, 대웅전 구석에서도, 골짜기에서도......"

"그렇겠지."

쓴웃음을 지은 정현상이 머리를 끄덕였다.

"그것은 본능이다. 억제하면 오히려 탈을 낸다. 적당한 조절이 낫다."

"예에, 교주님."

"너는 그것을 보고 어떻게 욕망을 풀었느냐?"

"수음을 했습니다."

"옳지, 아직 여자는 겪지 못했구나."

"예에, 교주님."

"너, 백상교의 교리가 무언지 아느냐?"

"예에, 강락(强樂)입니다."

"그 뜻은?"

"강한 심신과 쾌락입니다."

"옳지."

머리를 끄덕인 정현상이 지그시 화천을 보았다.

"내가 너를 선택해서 이 백상교의 비전을 전해주려는 이유를 아느냐?"

"모릅니다."

"첫째, 네 바탕이다."

길게 심호흡을 한 정현상이 말을 이었다.

"어깨너머 공부를 했는데도 네 나이 열넷에 그것만으로도 신동(神童)이다."

"……"

"열넷의 나이인데도 이미 건장한 성인 남자의 체격 이상이 된 것, 그것이 두 번째 이유가 된다."

"……"

"세 번째, 아직 정기를 배출하지 않은 채 색을 아는 것, 절호의 기회다. 하람브라 비전은 남녀의 교합을 이루기전의 몸이 배워야 그 공력이 배가 된다고 내 조부께서 전해주셨다."

"……"

"네 번째, 너는 불목하니, 아무도 너를 견제하고 의심하지 않을 테니 배우기가 적당하다. 또한 인연이 없는 고아여서 파벌에 흔들리지 않고 내 딸을 데려갈 수 있을 것이다."

순간 화천이 숨을 들이켰을 때 정현상이 빙그레 웃었다.

"왜? 싫으냐?"

"아닙니다. 교주님 저에게는 너무......"

"정명이를 보호해준다고 나에게 약속 할 수 있느냐?"

"예에, 교주님."

"하늘이 무너지고 네 생이 끝날 때까지 보호해주겠느냐?"

"예에, 교주님."

"이 비전을 다 익히면 너는 백상교 후계자가 된다."

정현상이 목에 건 가죽끈을 풀더니 화천 앞으로 던졌다. 가죽끈 끝에 작은 상아 조각이 매달려 있다. 새끼손톱만 한 상아에 백상(白象)이라고 검은 글씨가 새겨졌고 작은 코끼리도 그려졌다.

"그것이 교주 표시다. 너에게 줄 테니 숨겨 차고 다니도록."

그러고는 상체를 펴더니 두 손으로 궤짝을 쥐고 일어섰다.

"자, 가자."

교주의 사저는 계양산 골짜기 끝에 세워졌는데 비스듬한 아래쪽으로 용문사의 전경이 다 드러났다. 수십 동의 요사채, 대웅전, 집무소, 다섯 개의 도장, 창고 10여 채, 주방 4개, 10여 개 경비소까지 펼쳐져 있는 것이다. 그러나 사저 뒤쪽은 천 길이나 되는 절벽이어서 짐승도 범접하지 못한다. 새도 계곡 바람이 광풍이어서 절벽 근처에서는 날갯짓도 못 하는 터라 사저를 지을 때 교인들이 말리기까지 했다. 사저 터가 흉했기 때문이다. 불이나면 불길이 솟는 터요. 도망칠 자리가 없는 절벽 끝이니 사지(死地)라는 것이다. 그러나 1대 교주 정운은 절벽 끝에 사저를 세웠다. 그리고 3대째 이어 온다. 정현상이 앞장서 온 곳은 사저 뒤쪽 절벽 끝이다. 이곳은 사저 뒤뜰일 뿐만 아니라 절벽 아래쪽이 천 길 절벽이어서 인적이 없다. 담장이 있을 필요가 없어서 아래쪽으로 사저

창고 지붕 끝만 보인다. 절벽 끝에서 휘몰아친 광풍이 옷자락을 태풍 속의 깃발처럼 나부끼게 만들었고 앞장선 정현상의 머리칼도 흩날렸다. 깊은 밤, 별도 뜨지 않은 칠흑 같은 어둠속에서 절벽으로 다가간 정현상이 마침내 걸음을 멈췄다. 절벽 끝이다. 앞은 먹물 속 같은 어둠, 그 어둠속에서 마치 지옥의 광풍이 솟아오르는 것 같다. 정현상의 머리칼, 옷자락이 사방으로 휘날리고 있다. 그때 정현상이 눈을 부릅뜨고 화천을 보았다. 그러고는 심안으로 말했다.

"이곳이다. 네가 수련을 할 곳은."

"예에?"

화천이 눈을 크게 떴다. 외마디로 물으면서 이런 곳에서까지 심안 대화를 고집하는 정현상이 의아했다. 그리고 이곳에서 수련을 하라니, 그때 정현상이 가슴에 안고 있던 비전 궤를 땅바닥에 내려놓더니 허리춤에서 노끈을 꺼내 묶기 시작했다. 단단하게 묶은 궤를 든 정현상이 머리를 들고 화천을 보았다.

"등을 내밀어라, 네 등에 묶어야겠다."

영문을 몰랐지만 화천이 등을 돌린 채 쪼그리고 앉았고 정현상은 단단히 등에 묶었다. 다 묶었을 때 화천을 일으킨 정현상이 번들거리는 눈으로 말했다.

"자, 이제 비전을 매고 절벽을 내려가거라."

숨을 들이켠 화천을 보자 정현상이 몸을 굽히더니 밧줄 가닥을 들어 보였다. 광풍이 휘몰아쳐 올라오면서 여자의 비명 같은 소리를 내었다. 절벽 아래쪽에서 솟아오른 광풍이다. 놀란 화천이 숨을 멈췄을 때 밧줄 끝을 쥔 정현상의 목소리가 울렸다.

"이 밧줄은 2백 보 길이로 매여 있다. 네가 다 내려가면 나는 밧줄을 끊을 테니 너와 이곳과는 단절이 된다.”

화천은 삼으로 꼬아 만든 밧줄 끝부분이 절벽 끝에 매여 있는 것을 보았다. 아이 팔뚝만 한 쇠기둥에 매여 있는 것이다. 화천의 시선을 받은 정현상이 말을 이었다.

“2백 보쯤 밧줄을 타고 내려가면 절벽에 파인 동굴이 있다. 그 동굴로 들어가 수련을 해라.”

“사주님, 저 혼자서…….”

화천이 겨우 묻자 정현상이 눈을 부릅떴다.

“이놈아, 그럼 누가 같이 수련한단 말이냐?”

“몇 일간이나…….”

“그걸 내가 어찌 아느냐?”

눈을 치켜뜬 정현상의 목소리가 이어졌다.

“동굴 안에 네가 반년 동안 먹을 마른 음식을 갖다 놓았다. 식수는 동굴 틈으로 흘러나온다.”

정현상의 목소리가 조금 가라앉았다.

“그 동굴은 내 조부께서 ‘심신색락’ 비전을 공부하시려고 준비하셨던 곳이다. 비록 거기에서 앞쪽 한 장밖에 읽지 못하셨지만.”

그러더니 정현상이 잊었다는 얼굴을 짓고 말을 이었다.

“참, 궤 안에 인도어 해설집이 있느니라. 너는 먼저 인도어를 깨우치고 나서 그 ‘심신색락’ 무공을 연마해야 될 것이야.”

다시 광풍이 휘몰아 와서 화천은 하마터면 절벽 아래로 날아갈 뻔했다.

줄에 매달린 돌멩이처럼 몸이 흔들렸기 때문에 화천은 한 발짝 내려갈 때마다 진땀을 흘렸다. 아래로 내려갈수록 바람이 세졌고 줄이 만월처럼 휘어졌다. 위에서 정현상이 줄을 풀어주고는 있었지만 발을 헛디딜 때가 많아서 몸이 허공으로 날아올랐다가 겨우 바위에 붙는다. 1백 보쯤 내려갔을 때는 줄이 바위에 엉켜서 다시 위로 올라갔다가 풀고 내려와야만 했다. 천 길 절벽이다. 이백 보 거리에 동굴이 있다지만 곧장 내려왔는지 알 수가 없었기 때문에 자꾸 위쪽을 보았으나 짙은 어둠속이다. 날씨가 흐려서 바람 속에 빗방울까지 떨어지고 있다. 1백5십 보를 내려갔을 때는 위쪽에서 바위가 허물어져 아래로 쏟아져 내려갔다. 다행히 작은 조각 몇 개만 몸에 부딪혔고, 몸통만 한 바위 서너 개는 옆을 스치고 떨어지더니 한참이나 지나고 나서 천둥소리 같은 진동음이 울렸다. 숨을 다섯 번쯤 쉬고 난 후였으니 아래쪽이 얼마나 깊은지 짐작도 할 수 없다. 이윽고 줄이 팽팽해지면서 더 이상 내려가지 않았으므로 화천은 땀으로 범벅이 된 눈을 치켜뜨고 주위를 둘러보았다. 동굴을 찾는 것이다. 위에서 2백 보 거리라고 했으니 이 근처에 있어야 한다. 발을 디딘 곳은 바위덩이다. 깎은 것 같은 바위가 있을 뿐이다. 화천은 옆으로 발을 떼었다. 게걸음으로 20보쯤이나 갔지만 앞은 바위벽이다. 조급해진 화천이 반대쪽으로 발을 옮겼다. 다시 40여 보를 갔어도 역시 바위로 막혀 있다. 지나온 것은 아닐 것이고 아래쪽인 것 같다. 줄을 덜 내린 것인가? 아니면 줄이 중간에 엉켜버린 것일까? 줄을 당겨 보았지만 위에서는 반응이 없다. 2백 보나 되는 줄이어서 당겨도 표시가 나지 않을 것이다. 화천은 손바닥으로 얼굴을 닦고는 머리를 굽혀 아래쪽을 내려다보았다. 빗방울이 굵어졌고 어둠은 더 짙어진 것 같다. 광풍은 시도 때도 없이 휘몰아왔는데 광풍(狂風)이 맞다. 좌측에서 휘몰아왔다가 아래에서 솟구치기도 한다. 그때마다 몸이 사납게 흔들렸기 때문에 바위에 밀착시켜야만 한다. 이윽고 화천이 허리에 감긴 밧줄을 풀기 시작했다. 길이를 조금 늘려 아래를 내려가려는 것이다. 밧줄을 풀자 여섯 자 길이는 남았다. 끝을 한쪽 팔에 두 번 감아 묶고는 화천이 아래쪽으로 발을 떼었다. 한 걸음, 두 걸음, 세 걸음을 미끄러지며 내려갔더니 다시 밧줄의 여유가 없어졌다. 화천은 다시 좌측으로 게걸음을 시작했다. 20보쯤을 나갔지만 동굴은 없다. 다시 우측으로 50보를 나갔어도 보이지 않는다. 어금니를 문 화천이 다시 제자리로 돌아오다가 문득 발 한쪽이 헛발을 디뎠다. 서둘러 다시 발을 디딘 화천이 헛발을 디뎠던 발밑을 보았다. 어둠속에 더 검은 구멍이 드러났다. 동굴이다. 자신은 지금 동굴 윗부분을 딛고 서 있는 것이다. 숨을 들이켠 화천이 아래를 내려다보았다. 두 다리를 쭉 뻗어도 동굴 아래쪽에는 닿지도 못한다. 동굴 위쪽에서 한 뼘쯤 거리에 떠 있게 될 뿐이다. 화천은 이를 악물었다. 밧줄을 놓을 수는 없다. 밧줄을 쥔 채 화천은 바지 끈을 풀었다. 바지를 벗고 바지 끝과 밧줄을 잇는 시간이 길게 느껴졌다. 이윽고 밧줄과 바지를 꼬아 만든 줄을 이은 화천은 좌측으로 두 발짝 옮기고 나서 아래로 두 발짝을 내려갔다. 다시 우측으로 두 발짝을 떼었더니 동굴 좌측 벽에 닿았다. 그러나 바닥은 반 발짝 아래다. 화천은 줄을 쥔 채 몸을 띄우고는 한 발짝 좌측으로 옮기면서 동굴 바닥으로 뛰었다. 닿았다. 바닥에 몸이 닿는 순간 뒤로 젖혀졌으므로 허리를 비틀면서 동굴 바닥으로 쓰러졌다. 됐다. 이제 밧줄만 잡으면 된다.

동굴은 길이가 30보, 높이는 10자가 넘었는데 안쪽으로 들어갈수록 넓어져서 주둥이가 긴 병 모양이다. 입구는 폭이 7자쯤 되어서 좁았지만 휘어져 있었기 때문에 바람이 안쪽까지는 들어오지 않았다. 동굴 안쪽 넓은 방에는 양털이 깔렸으며 구석에 마른 양고기와 소고기, 돼지고기를 담은 자루가 8개나 쌓여 있다. 그 옆에 역시 말린 채소가 5자루 쌓여 있고 양초는 3백여 개가 된다. 동굴 구석의 바위틈으로 물이 흘러내려 아래쪽에 작은 웅덩이에 한 자쯤 깊이로 고여 있었는데 마셔보니 약초 맛이 났다. 약수다. 50~60년은 된 것 같은 옷가지가 여러 벌 쌓인 것은 정현상의 조부 정운이 두고 간 것 같다. 동굴을 둘러본 화천은 문득 이곳에서는 바람 소리도 들리지 않는다는 것을 깨달았다. 오직 자신의 숨소리, 움직이는 소리만 들린다. 마른 풀과 부시로 양초를 켜놓았지만 촛불은 그림으로 그린 것처럼 움직이지 않는다. 동굴 탐색을 마친 화천은 먼저 누워서 시체처럼 움직이지도 않고 수면을 취했다. 꿈속에서 정명이 다가오더니 앞에서 한 가지씩 옷을 벗고 알몸이 되었으므로 화천은 몽정을 했다. 그것이 동굴에서의 첫날밤이다.

다음날 오전, 잠에서 깨어난 화천이 몸을 씻고 동굴 안에서 똑바로 앉아 궤짝을 연다. 밖은 환했지만 동굴 안에는 여전히 촛불을 밝혀야만 한다. 뚜껑을 연 화천은 숨을 들이켰다. 책 세 권이 있다. 한 권은 한자와 지렁이가 기어가다가 막힌 것 같은 글자가 번갈아 쓰인 것을 보니 인도어 해독서다. 해독서를 젖혀놓은 화천이 나머지 두 권을 궤 위에 놓았다. 붉은색 가죽으로 만들어진 표지에 각각 흰 글씨로 인도어가 적혀 있었지만 표지 글도 읽지 못했다. 한숨을 쉰 화천이 표지를 들치고 내용을 보았다. 그 순간 화천의 눈이 치켜떠졌고 입도 딱 벌어졌다. 숨을 들이켜는 바람에 촛불이 일렁거렸다. 그림이 있는 것이다. 남녀가 교접하는 그림이다. 부식 창고에서 방묘와 고진이 교접하는 장면을 여러 번 훔쳐 본 터라 앞에서 마주보고, 뒤에서, 그리고 서로 거꾸로 엎드러서, 부식 자루에 앉아서 하는 등 여러 가지 체위를 보았다. 그런데 이것이 무언가? 도무지 사람의 몸이 이렇게 굽혀질 수 없을 만큼 괴상하게 휘어진 채 교접을 한다. 여자의 표정은 환희의 극치다. 숨을 들이켠 화천이 다음 장을 넘겼다가 다시 눈을 치켜떴다. 또 다른 체위다. 서둘러 다음으로 넘겼던 화천은 온 책이 모두 그림과 설명으로 이루어진 것을 알았다. 그 책을 놓고 다른 책을 들었더니 이것은 더 괴상하다. 벌거벗은 남녀를 그려놓고 거의 모든 부분을 인도어로 해설해놓았는데 그 다음 장은 방사를 치르는 장면이다. 그 순간 화천의 몸이 솟구쳐 일어났으므로 책이 방바닥에 떨어졌다. 서둘러 동굴 밖으로 나간 화천이 절벽 끝에다 머리만 내놓고는 구역질을 했다. 그러자 입에서 폭포수 같은 오물이 쏟아졌다. 토한 이물질이 광풍을 타고 사방으로 흩어졌다. 아래쪽은 구름이 쌓여 있어 보이지 않는다. 정현상의 조부는 한 장을 익히고 토했다지만 화천은 익히지도 않고 보기만 하고 나서 다 토했다.

1천장 곽기평의 얼굴은 굳어 있다. 오후 유시(6시) 무렵, 교주의 집무실 안에는 둘뿐이다.

"무슨 일인가?"

정현상이 묻자 곽기평이 한 걸음 무릎걸음으로 다가앉았다.

"교주, 사마준과 오한이 죽었습니다."

"무엇이?"

놀란 정현상이 눈빛이 강해졌다. 사마준과 오한은 제1천장 휘하의 대교다. 대교는 36인, 2천 백상교 도인 중 108호법 다음으로 제5등급, 가장 실무에 익숙한 전문가로 구성되었다. 계양산 용문사의 2천 도인은 10만 백상교인을 관리하는 도인이며 그중 대교는 36명으로 허리뼈 역할인 것이다. 곽기평이 말을 이었다.

"엿새간 연락이 끊겨서 사람을 시켜 은밀하게 수색한 결과 둘의 시체가 뒤쪽 골짜기에서 발견되었습니다."

"……"

"둘 다 암기를 맞아 죽었는데 사마준은 뒷머리에 비수가 박힌 자국이 있고 오한은 독침과 비수를 맞은 데다 독분까지 마셨습니다. 치열하게 싸운 흔적이 보입니다."

"으음."

신음을 뱉은 정현상이 곽기평을 보았다.

"전균의 소행인가?"

곽기평은 둘에게 전균의 미행을 시켰다고 보고를 했던 것이다.

"틀림없습니다."

곽기평이 번들거리는 눈으로 정현상을 보았다.

"사마준의 마지막 보고는 전균을 쫓아 망석현에 도착했다는 쪽지였습니다."

"망석현에서 다시 이곳까지 왔단 말인가?"

"서둘러 돌아오다가 근처에서 살해당한 것 같습니다."

심호흡을 한 정현상이 머리를 들고 곽기평을 보았다.

"천장, 전균의 배후는 잡아서 캐는 수밖에 없다. 전균을 잡아라."

"예, 교주."

자리에서 일어선 곽기평의 얼굴이 일그러져 있다.

"교주, 대교 둘이 한꺼번에 암살당한 것은 제가 입교한 후에 처음 있는 일입니다."

정현상은 눈만 치켜뜬 채 대답하지 않았다.

정문을 나선 전균이 쓴웃음을 지으며 뒤를 돌아보았다.

"곧 돌아오겠다."

혼잣소리처럼 말한 전균이 발을 떼었고 뒤를 아진이 따른다.

"빨리 오너라."

전균이 발을 재게 놀리는 것 같지도 않는데 바람처럼 달리는 바람에 아진은 실색했다.

"아이고."

등에 짐까지 메고 있는 터라 아진이 죽을힘을 다하여 달린다. 유시가 지난 산골짜기에는 이미 어둠이 덮여 있다.

"이놈아, 뭐 하느냐?"

옆쪽에서 들리는 전균의 목소리에 아진이 또 놀랐다. 어느새 아진이 길을 벗어나 옆쪽 샛길로 들어서 있었기 때문이다. 아진이 다시 기를 쓰고 전균을 쫓는다. 전균의 경공은 뛰어났다. 그러나 짐을 지운 아진과 발을 맞추려고 조금 속도를 늦추는 중이다. 용문사를 벗어난 둘은 곧 샛길을 타고 산등성이 하나를 넘었다.

"사숙."

아진이 헐떡이며 앞쪽의 전균을 부른다. 이미 짙은 어둠 속이어서 전균의 옷자락만 희끗거리고 있다.

"어디로 가시는 겁니까?"

저녁을 먹고 난 아진은 갑자기 전균에게 불려 등짐을 지고 따르게 된 것이다. 전균이 통행증을 미리 만들어 놓은 터라 경비초소는 바로 통과했다. 그때 앞쪽에서 굵은 목소리가 울렸다.

"아우인가?"

"예, 형님."

전균이 반갑게 대답했다. 땀을 뻘뻘 흘리면서 다가간 아진은 어둠 속에 사내 하나가 서 있는 것을 보았다. 이곳은 계양산과 산 하나가 떨어진 골짜기다. 사내의 시선이 아진에게 옮겨졌다.

"짐꾼을 데려왔나?"

"두 놈 시신이 발각되어서요."

등에 진 짐을 내려놓으면서 전균이 말했다.

"1천장이 서둘러 교주를 만나러 가는 것을 보고 바로 짐을 꾸려 나오는 길입니다. 등짐이 두 개나 되어서요."

"간발의 차이로군."

사내가 웃음 띤 목소리로 말했다. 그 순간 아진이 숨을 들이켰다. 이게 무슨 말인가? 멀뚱하게 서 있는 아진을 거들떠보지도 않은 채 전균이 말을 이었다.

"곧 비상이 걸리고 산문이 봉쇄되기 직전에 빠져나왔습니다. 지금쯤 저를 찾으려고 난리가 났을 것이오."

그때 사내의 얼굴이 이쪽으로 돌려졌다.

"짐이 무거운가?"

아진이 등에 멘 짐을 묻는 것이다.

"아니오, 금화 스무 냥쯤하고 금붙이가 조금 들었습니다."

그러자 사내가 머리를 끄덕였다.

"그럼 짐꾼은 이곳까지만 써먹기로 하지."

"도망쳤어."

어깨를 부풀렸다가 내린 정현상이 정명을 보았다. 눈을 부릅뜨고는 있었지만 초점이 멀다. 술시(오후 8시)가 지난 시간이다. 사저의 도장에 마주앉은 정명이 물었다.

"아버지, 그럼 어떻게 해요?"

"추적대를 보냈다."

먼 곳을 보는 시선으로 정현상이 말을 이었다.

"9대천 용생에게 추적대 지휘를 맡겼다. 2개 조가 선발되었으니 전균은 곧 잡힐 것이다."

"전균의 배후가 있지 않겠습니까?"

정명이 묻자 정현상의 눈동자에 초점이 잡혔다.

"유창산의 상관수다."

"예에?"

정명이 숨을 들이켰다. 상관수라는 이름은 지금까지 백상교의 교주 정현상의 입에서 거의 불리지 않았다. 그것은 타(他) 교주에 대한 예의라기보다 경쟁교에 대한 외면이다. 그러나 교인들 사이에서는 피를 튀기는 싸움이 일어난다. 실제로 교세를 확장하려다 부딪쳐 살인이 일어난 적도 있는 것이다.

"아버님, 그것이 사실입니까?"

"그렇다. 나도 세작을 놓았다. 마교가 난리 통에 교세를 키우기 위해서 우리 백상교를 제물로 삼으려 한다는 소문을 들었다."

"……."

"전균이 자주 다닌 곳이 유창산 근처다. 놈이 행선지를 여러 곳으로 잡았지만 동선을 그으면 유창산이 중심이 되었다."

"……."

"계양산 내부에 전균이 심어놓은 동조자가 있는지도 조사해야 된다."

다시 정현상이 길게 숨을 뱉었다.

"불안하다. 한 발짝씩 늦는 것 같은 예감이 든다."

그러더니 정현상이 자리에서 일어섰다.

"천도제까지는 수습이 되어야 한다."

천도제는 백상교가 발족한 날로서 백상교 최대의 축제다. 그때 각 관등의 승진이 이루어지며 일 년 동안의 공과에 따라 푸짐한 상급이 나눠지는 것이다. 따라 일어선 정명은 천도제가 한 달 남았다는 것을 깨달았다.

명(明) 말(末)의 환관은 곧 황제의 대리인 역할이다. 사천성에도 일단의 환관 무리가 들이닥쳤는데 황보가 우두머리요, 그 휘하에 여섯 환관이 각 지역으로 파견되었다. 황제의 칙지(勅旨)를 쥐고 있었으니 그야말로 무소불위의 권한을 행사하였는데 현령이나 군수와 태수를 묶어 베어 죽이는 것은 예사였다. '조세 징수관'이어서 조세를 채우는 것은 물론 조세 외의 온갖 명목으로 세금을 뜯었는데 이 세금은 백성들의 고혈을 짜야 나온다. 그러니 환관이 따로 무력을 동원하여 길을 막고 도로세, 수로세, 상거래세를 받아내었다. 또한 은광 금광의 채굴권을 마음대로 빼앗는 것은 물론이요, 호적에 올린 아이세도 받았다. 그러니 사방에서 반란이 일어났고 도적이 날뛰었다. 사천성도 예외가 아니다. 갈마현 서북쪽 용제현에 나온 환관 복기단은 황보의 수하로 간악하기가 이를 데 없는 자였다. 복기단은 용제현에 도착하자마자 현령 화문성을 잡아 묶고 조세령을 내렸는데 모든 길을 막고 통행세부터 물렸다. 명(明) 신종의 사치와 향락이 극에 달한 데다 무능이 원인이다.

"이런, 지나가는 개도 잡아서 주인을 물어 세금을 받는다네."

길을 피해 산길로 다니게 된 갈마현의 안창이 말했다. 안창은 동행인 유가하고 용제현에서 갈마현으로 돌아가고 있다.

"환관을 없애는 난리가 일어나야 되지 않겠나?"

안창이 다시 투덜거렸을 때 앞쪽 숲이 흔들리더니 관군이 나왔다. 셋이다.

"섰거라."

앞장선 관군이 호령했다.

"이 샛길로 지나는 값을 내라. 두당 은자 두 냥씩이다."

샛길도 징세원이 막았다.

엿새 만에 힌두어를 읽었다. 그야말로 죽을힘을 다 내어서 글을 알아냈다고 해도 맞는 표현이 될 것이다. 그렇다. 알았다. 한자와 힌두어를 비교하면서 한 글자씩 읽어간 것이다. 먼저 책 제목부터 읽었다. 첫 권이 심(心), 둘째 권이 신(身)이다. 몸과 마음이다. 글을 읽게 되자 화천은 며칠 동안 굶은 짐승처럼 달려들었다. 바로 눈앞에 비전을 놓고 읽지 못했던 조급증이 시간이 갈수록 초조하게 만들었기 때문이다. 그래서 힌두어를 배우는 한편 비전을 읽어가기 시작했다. 먼저 1권 심(心)의 첫 장을 읽는다.

"마음을 다스리면 극락이 온다."

맨 위에 쓰인 글이다. 그러고 나서 당장 색(色)을 마음으로 다스리는 방법이 펼쳐졌다.

색(色)은 곧 락(樂)이다. 락(樂)을 상상하라.

바로 첫 장에 여자의 127개의 성감대가 자세히 묘사되었고 그것을 자극하는 온갖 방법이 적혀 있다. 이 첫 장을 읽은 정현상의 조부는 더 이상 견디지를 못하고 구역질을 하면서 책을 덮었다는 것이다. 그러나 화천은 머리칼이 곤두서는 느낌을 받으면서 몰두했다. 그 127개의 성감대와 자극하는 방법은 다섯 장까지 계속되었다. 그런데 사흘 동안 잠도 자지 않고 거의 먹지도 않고 물만 마시면서 빠져들었던 화천에게 변화가 일어났다. 첫날에는 머리칼이 빳빳하게 서는 것 같더니 비전의 운용법이 익숙해지자 온몸이 편안해졌다. 화천은 이제 눈을 감고 127개의 성감대를 떠돌기 시작했다. 이곳은 저렇게, 저곳은 이렇게, 모든 성감대에는 각각의 특징이 있으며 그곳에 맞는 락(樂)의 방법이 적혀 있는 것이다. 화천은 행복했다. 127개의 성감대는 곧 127개의 극락이었다. 떠나고 싶지 않았다. 화천의 운용법은 더욱 익숙해졌고 마음에서 움직이는 극락 여행이 영원히 계속되기를 기대했다. 이제는 물도 마시고 싶지 않고 잠을 자고 싶지도 않다. 가부좌를 틀고 앉은 채 화천은 꿈을 꾸는 것 같기도 하고 현실 같기도 한 극락을 날아다닌다. 얼마나 시간이 지났는지 모른다. 갑자기 121번 성감대 속에서 극락에 올랐던 화천의 의식이 끊겼다. 그리고 의식을 찾았을 때 동굴 안은 어두웠고 얼음 속 같은 냉기에 덮여 있다. 온몸이 쇳덩어리가 된 것처럼 무거웠으므로 겨우 머리만 든 화천이 입을 벌렸다. 그러자 저절로 신음이 뱉어졌다. 그러고는 음경에 지독한 고통이 밀려왔다. 그동안 수백 번 발기했던 음경이 스스로 몽정을 하고 식었던 것이다. 손가락 하나 움직이기 어려웠으므로 화천은 기를 쓰고 기어서 양초에 불을 붙였다. 그러고는 다시 기어 구석의 우물로 다가갔다. 그 순간 화천은 숨을 들이켰다. 바위 구덩이의 물에 해골이 비쳤기 때문이다. 머리는 길게 자랐고 얼굴은 해골이다.

"아아악."

저절로 화천의 입에서 비명이 터졌다. 뒤로 넘어졌던 화천이 다시 기어서 비전이 펼쳐진 곳으로 가는 데 한식경이나 걸렸다. 비전을 펼친 화천이 첫 장의 마지막 글을 겨우 읽는다.

"자제하는 법을 깨우치지 않으면 해골이 되어서 죽는다."

맨 밑에 조그맣게 쓰여서 화천은 읽지도 않았다. 화천은 눈을 부릅떴다. 입에서는 저절로 신음이 터져 나온다. 아직 살았다. 화천은 해골이 된 몸으로 자제하는 법을 읽기 시작했다.

운기를 회복하는 데 이틀이 걸렸다. 화천이 백상 14계를 익히지 않았다면 이미 해골이 되어 죽었을 것이다. 백상 14계를 정석대로 익혔어도 죽었다. 이 색심법(色心法)은 백상 14교의 색동(色動)과 통했기 때문이다. 정현상의 조부 정운은 사부 하람브라한테서 백상계의 원본이 되는 무공을 전수받았지만 기초였을 뿐이다. 지금 화천 앞에 놓인 비전으로 백상계의 모든 무술에 살을 입혀야만 했던 것이다. 화천이 어깨너머 배운 백상 14계에 스스로 색(色)을 입혀 놓았던 것이 운명처럼 백상계의 원전과 맞지 않았는가? 화천은 72개의 심공(心功) 끝마다 자제법이 있다는 것을 그때서야 알았다. 하마터면 죽을 뻔했다.

날짜 가는 것은 양초 소비하는 개수로 계산했다가 12개를 태우고 나서 화천은 불을 밝히지 않았다. 그것은 칠흑 같은 어둠 속에서도 모든 것이 선명하게 보였기 때문이다. 바닥에 떨어진 머리칼 한 올도 보인다. 이곳에 양초를 쌓아둔 것이 정현상인지 그 선조인지는 알 수 없었지만 그것까지는 모르고 있었던 것 같다. 심(心) 편의 절반인 36장을 마쳤을 때 화천은 자신의 몸이 한 뼘은 더 자란 것 같은 느낌을 받았다. 구석의 물 흘러내리는 구멍이 머리 위에 있었는데 눈앞에 떠 있었기 때문이다. 심(心) 기공법으로 계속해서 기를 순환시키는 터라 온몸에 정기가 차 있는 것을 알 수 있다. 이제 여체의 모든 쾌락은 마음속에 들어 있다. 신(身)보다 심(心)을 먼저 배우는 이유도 알겠다. 몸부터 배웠다가는 금방 혈류가 터져 나갈 것이기 때문이다. 심법(心法)은 육신의 내면을 무장시키는 방법이다. 심법은 육신을 이끄는 머리이기도 하다. 색(色)은 심법의 극히 일부분에 불과하다. 심법을 닦으면 모든 것이 색(色)이 되며 낙(樂)이 되는 것이다. 화천은 또다시 몰두했다. 매 장(章)마다 자제법이 있는 터라 여체 안을 유영하지만은 않는다. 제14장은 자제력을 키우는 심법장이어서 그것을 닦아내기도 했다. 심법이야말로 모든 행위의 기원이었다. 호흡과 뇌 운동만으로 연명할 수도 있다는 방법을 배웠다. 심법으로 음경을 확대시켰으며 심법으로 3년 전에 주방에서 겪었던 일을 낱낱이 떠올렸다. 그때 난데없이 선반에 놓였던 그릇이 떨어져 깨지는 바람에 혼자 있었던 화천이 후노자에게 꾸지람을 들었던 것이다. 믿어주지 않아서 서운했는데 심법으로 3년 전을 떠올렸더니 그때의 주방이 선명하게 보였다. 화천의 눈높이가 아닌 다른 각도에서 선반이 보인 것이다. 화천이 보고 싶었던 각도다. 뱀이었다. 위쪽 뱀 구멍에서 나왔던 뱀이 화천의 기척에 놀라 들어가다가 그릇을 떨어뜨렸던 것이다. 이것이 뇌를 운용하는 심법이다. 지금 화천은 몸의 장기를 운용하는 심법을 배우고 있다. 장기를 움직이고, 막고, 병든 부분을 떼어내는 심법이다. 화천은 이제 이 비전이 하람브라가 만든 것이 아니라는 것을 안다. 하람브라 이전의 수백, 수천 년 전에 내려온 비전 같다. 그것이 왜 하람브라의 손에 그리고 다시 제1대 교주에게 전해졌는지는 모르겠다. 하람브라 또한 전해 받은 것일까?

제39장(章)에서 심법이 막혔다. 호흡을 줄이는 방법으로 1백 번 쉴 것을 10번으로 다시 1번으로 줄이는 것인데 1백 번이 한 번으로 되었을

때 주변 기운이 바뀐다는 것이다. 연마법이 힌두어의 고어(古語)여서 7할을 해독하지 못했다. 난관에 부딪힌 것이다. 지금까지는 적힌 대로 운행을 하면 몇 번 시행착오를 겪은 다음 익숙해질 수 있었는데 호흡법은 까다로웠다. 40장을 보았더니 호흡법을 기준으로 심법이 펼쳐진다. 화천은 해석한 3할을 뼈대로 삼아 호흡법을 연마했다. 숨을 줄이면 결국 죽는 수밖에 없다. 죽어야 숨이 그치고 호흡법의 최고수가 될 것이다. 막았던 숨이 터지면 폐가 폭발하는 것 같았고 참으면 익사하는 것 같다. 화천은 동굴 안의 대기가 차라리 다 사라지기를 바랐다. 그래야 숨을 쉬지 못할 테니까.

물을 마시던 화천은 자신의 키가 반 뼘쯤 더 커진 것을 보았다. 7척의 신장이 된 것이다. 심법으로 근골이 늘어났다. 그러나 숨을 끌어들여 근골을 줄이자 6척이 되었다. 키를 줄인 것이다. 그 순간 화천의 머릿속을 번개처럼 생각이 스치고 지나갔다. 백상 14계를 응용하던 습성이 되살아났다. 다시 자리에 돌아와 앉은 화천이 운기를 거꾸로 돌렸다. 역류시킨 것이다. 혈류도, 기운도, 숨을 들이켜 근골을 줄이던 방식을 응용해서 호흡법도 역으로 돌렸다. 그 순간 숨이 막힌 화천이 당황해서 다시 운기를 제자리로 돌리려다가 곧 얼굴이 시뻘게지더니 두 손으로 목을 움켜쥐고 쓰러졌다. 쓰러진 화천의 입에서 혀가 빠져나왔고 두 눈이 튀어나왔다. 화천의 두 다리가 버둥대다가 멈추었다.

1장(章)에서 38장까지가 화살처럼 머릿속에서 흘러간다. 하나하나의 동작, 127개의 성감대, 89가지 체위, 264가지의 쾌락, 그 사이로 흘러 다니는 기운, 인체 내부의 구조, 곳곳마다 뻗어 있는 힘, 생과 사, 그러고는 생각이 기운이 멈추더니 화천의 의식이 깨어났다. 그러나 몸은 굳어 있다. 신(身)은 죽었는가? 신(身) 편은 공부도 하지 않았는데, 그 순간 다리가 꿈틀거렸으므로 화천의 머릿속이 밝아졌다. 살아났구나, 이제는 팔도 움직인다. 팔을 짚고 상반신을 일으킨 화천이 다시 가부좌를 틀고 앉는다. 머리가 맑다. 이제 호흡법이 통했는가? 기운과 혈류를 역류시킨 것이 그 방법인가? 책장으로 시선을 내린 순간 화천의 눈이 치켜떠졌다. 숨이 쉬어지지 않는 것을 그때서야 깨달은 것이다. 놀라 숨이 들이켜져야 정상인데 숨이 마셔지지 않는다. 이것이 웬일인가? 내가 꿈을 꾸고 있는가? 어느새 얼굴에서 땀이 솟아났다. 얼굴의 땀을 손바닥으로 닦으면서 이것이 꿈이 아니라는 생각을 한다. 그럼 왜? 화천이 손바닥을 가슴에 붙였다. 그러고는 혈류를 운용해 보았다. 기운이, 혈류가 돈다. 그러나 거꾸로다. 그것도 아주 미세하게 심장에 실핏줄 하나 정도만큼 혈류가 흐른다. 이제 호흡법이 되었는가? 눈을 부릅뜬 화천은 1백 번 호흡을 1번으로 줄이는 요령이 1백분의 1만큼의 호흡으로 조정되어 있다는 것을 깨달았다. 그렇다면 기운은 그만큼 줄어든 것인가? 어금니를 물고 있던 화천이 비전을 보았다. 좋다. 앞으로 나가자, 숨이 붙어있는 한 나간다.

70장이 끝나가고 있다. 72개 심공(心功) 중 70개, 1장, 1개에 수십 개, 수백 가지 요령과 기술이 포함되어 있는 터라 그 숫자는 헤아릴 수 없다. 70장은 심안(心眼)이다. 심안이란 눈으로 마음을 볼 뿐만이 아니라 조종하는 것이다. 보는 것도 상대방의 지난날까지를 본다. 눈으로 여자의 음심(淫心)을 끄집어내어 낙(樂)을 느끼도록 하며 눈빛만으로도 26가지의 쾌락을 느끼도록 하는 것이다. 화천은 70장의 마지막 구절을 해석하고 눈을 들어 동굴의 벽을 보았다. 그러자 곧 정명의 알몸이 벽에 붙어 서 있는 것이 보였다. 정명이 화천을 보더니 수줍게 웃었다. 이것은 심안으로 정명의 모습을 부른 것이다. 그러나 확인할 수는 없다.

대기가 변해 있다. 동굴 안의 화천을 둘러싸고 있는 기운을 말한다. 화천 주위로 흐늘거리는 막이 덮여 있는 것 같다. 심법 72장을 모두 끝내고 1장부터 다시 복습을 해나가면서 화천이 느낀 것이다. 이제는 배도 고프지 않고 목이 마르지도 않았지만 가끔 일어나 물은 마셨는데 물이 놀랄 만큼 많이 들어갔다. 아무리 마셔도 배가 부르지 않는 것이 이상했다. 그리고 호흡법을 시행한 후부터 머리털과 수염까지 빨리 자랐다. 물을 마실 때 보면 잠깐 사이에 수염이 한 치나 자라 있어서 칼로 잘라야만 했다. 언제부터인가 낮과 밤을 구분하지 않고 비전을 수련한 터라 용변 때문에 가끔 밖에 나가면 매번 낮이었고 어느 때는 매번 밤이다. 심(心) 편을 끝내고 신(身) 편에 들어간 후부터 화천은 더욱 빠져들었다. 이제 기(氣), 혈(血), 호흡이 모두 갖춰진 터라 신법 수련은 순풍에 돛을 단 것 같다. 더구나 힌두어에도 익숙해져서 번역서를 보지 않아도 될 정도였다. 신(身) 편 또한 72장인데 음경의 작동법에서부터 혈(血)을 찍어 눕히는 법이 1장에서 나오더니 2장에서부터는 무공(武功)이 색공(色功)과 섞였다. 그래서 몸을 움직여 시연을 해야만 했다. 동굴 안의 흐린 기류가 격렬하게 출렁인다.

"오늘이 18일째가 되었어요."

정명이 말하자 정현상이 머리를 들었다.

"뭐가 말이냐?"

오전 진시(8시) 무렵, 아침 식사를 마친 정현상이 집무청으로 내려가려고 의관을 갖추는 중이다. 천도제가 열흘 가깝게 남았기 때문에 정현상은 요즘 바쁘다. 사마준과 오한의 살해범으로 판정이 난 전균에 대한 '추살령'이 내려져서 이젠 3천장 지공이 '추살대장'이 되어 5개 조가 전균을 추적 중이다. 추살령(追殺令)이란 추적해서 죽이라는 교주의 영이다. 어느 때 어느 장소에 있더라도 추살령을 받은 자와 동반사(同伴死)를 하는 도인은 2등급 승진이 되고 전당에 이름이 오르는 영예를 받는 것이다. 5개 조 50여 명의 추살대는 눈에 불을 켜고 전균을 쫓는 중이다. 전균의 위치는 이제 짐작이 간다. 계양산 옆쪽 골짜기에서 전균이 도망친 날 데리고 나갔던 아진의 참혹한 시체도 발견되었다. 그때 정명이 눈만 깜박였고 정현상은 심안으로 마음을 읽었다.

"그래서 어쨌단 말이냐?"

눈으로 물었더니 정명도 심안으로 대답했다.

"한번 내려가서 살펴봐야 되는 것 아닌가요?"

"부질없다."

"왜요?"

"때가 되면 나온다."

허리에 용이 그려진 옥띠를 매면서 정현상이 말을 이었다.

"그것이 1년이 될지 또는 2년이 될지. 시운이 맞지 않으면 영영 보지 못 할 수도 있다."

"아니 왜요?"

"이제는 화천에게 달렸다. 우리가 할 일은 없다."

정명의 눈을 응시하면서 정현상이 쓴웃음을 지었다. 둘은 화천의 이야기를 하는 것이다.

"이젠 말뚝과 밧줄도 다 던져서 누가 이곳에서 내려갈 일은 없을 것이다."

"후노자가 화천을 찾으려고 나가서 돌아오지 않았습니다. 놔두시렵니까?"

"못 찾으면 돌아오겠지."

정명의 목소리가 끊겼다. 그저 의미 없는 시선만 정현상에게 향해 있다. 화천의 양부나 같았던 주방 고용원 후노자가 화천이 보이지 않자 놀라 계양산을 뒤지고 다니더니 소속된 대교에게 휴가를 내고 찾으러 나간 것이다. 후노자는 화천도 전균에게 잔인하게 살해당했다고 믿는 것 같다. 소문이 그렇게 났기 때문이다. 화천이 평소처럼 용문사 안을 쏘다니다가 전균에게 당했다는 소문이다. 정현상의 눈빛이 강해졌다.

"사저 안의 누구도 화천의 행방을 알면 안 된다. 화천이 돌아올 때까지 철저히 비밀이 지켜져야 한다."

정현상의 목소리가 가라앉아 있다.

환관 복기단이 쓴웃음을 짓고 현령 화문성을 보았다.

"이것 봐, 현령, 저기 위쪽 상지현과 우감현에서는 가구당 금 한 냥을 걸었어. 닷새 만에 금화 1만 냥을 걸었단 말이야."

복기단은 열 살 때 거세를 하고 15년이 지났으니 금년 25세, 사천성을 맡은 환관 황보의 시동이다. 태감 황보는 거세를 당했지만 남색(男色)을 밝혔는데 연장은 어린애 손가락처럼 늘어져 있어도 성욕(性慾)은 충천했다. 그래서 옻칠을 한 남근(男根) 수십 개를 만들어놓고 시동 첩을 거느리는 것이다. 복기단은 황보의 첩 중 하나요, 위쪽 상지현에 파견된 환관 운한도 황보의 첩이니 경쟁자가 된다. 용제현의 현청 안이다. 현령 화문성은 마치 문초를 받는 죄인처럼 청 바닥에 앉았고 복기단은 현령 자리를 차지했다. 좌우에는 황궁에서 따라온 금위군이 도열해 있으니 위풍이 당당하다. 그때 화문성이 겨우 말했다.

"대감, 이곳 용제현은 주위가 산인 데다 교통의 요지도 아니어서 주민들이 밭농사와 숯을 구워 겨우 먹습니다. 상지현하고는 다릅니다."

"다르긴 뭐가 다르다는 거야? 현의 성안에 여관이 다섯이나 되고 주막이 열넷이다. 이곳에 모인 놈들은 사람이 아니냐?"

"계양산 용문사의 백상교 도인과 교인 때문이오. 그들 덕분에 여관과 주막이 먹고 삽니다."

복기단이 어깨를 부풀렸다가 내렸다. 대명천지에서 무소불위 권력을 휘두르는 환관이 가장 경계하는 무리가 바로 교도(敎道)들이다. 이 교도가 요즘 반란을 일으켜 세상을 어지럽히고 있는 것이다. 그러니 가능하면 건드리지 않는 것이 낫다. 긁어 부스럼이다. 복기단이 백상교를 모를 리가 없었으므로 외면했을 때 옆에 서 있던 책사 홍부위가 헛기침을 했다.

"낭장께 드릴 말씀이 있소."

환관 복기단은 사천성 세금징세관 황보 휘하로 파견되었을 때 관직(官職)으로 낭장을 받았다. 그러나 위세는 대장군이다. 복기단의 시선을 받은 홍부위가 말을 이었다.

"소문을 들으니 계양산 용문사의 백상교는 근래 내부에 혼란이 있는 것 같습니다. 고위직에 있는 자에게 추살령을 내려 수백 명이 찾아다니고 있다는 것입니다."

"그래서?"

수염 없는 복기단의 얼굴이 짜증스러운 표정으로 변했다. 사춘기가 되기 전에 거세가 되어서 목소리도 여자 같다.

"그게 무슨 상관이란 말이냐?"

책사는 황궁 주변에서 온갖 심부름을 다 하던 파락호 출신들을 데려온 터라 눈치도 빠르고 악행이라면 따를 자가 없다. 홍부위가 슬쩍 얼굴을 들고 복기단을 보았다. 그러고는 옆으로 바짝 다가가 섰다.

"낭장, 백상교 창고에 수십 년간 모은 재화가 쌓여 있다고 합니다."

"글쎄, 교단을 건드려서 어쩌려고 그러느냐? 너, 내가 죽는 꼴을 볼 테냐?"

복기단이 눈을 치켜떴다. 황보가 사천성에 오면서 여섯 환관에게 지시한 내용 중 첫째가 바로 교단(敎團)을 건드리지 말라는 것이었기 때문이다. 교단은 곧 벌집이라는 말도 했다. 조정이 쇠약해진 상황에서 교단은 가장 강한 결속력을 지닌 집단이었기 때문이다. 그때 힐끗 앞쪽의 화문성에게 시선을 준 홍부위가 복기단의 귀에 입술을 가깝게 붙였다.

"은밀히 드릴 말씀이 있습니다."

"무슨 말이냐?"

복기단이 서두르듯 물었다. 이곳은 청 옆의 내실이다. 내실 걸상에 앉은 복기단이 앞에 선 홍부위를 쏘아보았다. 홍부위는 30대 중반으로 해사한 얼굴에 염소수염을 길렀다. 물론 잘난 음경을 달고 있는 터라 매일 밤 뜨거운 동굴 구경을 한다. 홍부위가 반짝이는 눈으로 복기단을 보았다.

"이곳에서 1백 리쯤 서북방에 유창산이 있습지요."

복기단이 시선만 주었고 홍부위가 말을 이었다.

"유창산에 마교 본당이 있습니다. 교주가 상관수라는 자로 3천 도사를 거느렸는데 교인이 20만이니 이곳 계양산 용문사의 백상교보다 교세가 큽니다."

"그래서?"

"마교 총관이라는 자가 어젯밤 저에게 왔습니다. 백상교를 치면 마교가 적극 지원하겠다는 제의를 했습니다."

"……."

"교세를 늘리려고 타교(他敎)는 원수 보듯이 하는 터라 괜히 교단 싸움에 끌려들 이유도 없지 않겠습니까? 그래서 시큰둥했더니 백상교는 지금 내부에서 허물어지고 있다는 것입니다."

"……."

"말씀드렸다시피 내부는 혼란 상태며 한번 건드리기만 해도 무너질 것이라고 합니다."

"……."

"그럼 백상교 창고의 재물은 모두 우리가 세금으로 가져갈 수 있는 것입니다. 마교는 교인과 용문사 본당만 접수하면 되니까요."

그때 복기단이 물었다.

"재물이 얼마나 있다더냐?"

"예, 그것이."

심호흡을 한 홍부위가 눈을 가늘게 뜨고 복기단을 보았다.

"아주 자세히 알려 주었습니다. 금화가 약 8만 냥, 금, 은 집기가 마차로 12대 분량이며 비단이 3천여 필, 양곡은 2천 도인이 1년간 먹을 양이 쌓여 있으며 그림, 고가 장식품, 명품 자기가 마차로 50여 대분이나 있다고 합니다."

"……."

"이것은 백상교 내부의 고위직 도인이 말해준 것이라 틀림없다고 합

74

니다."

"그럼 그놈, 백상교에서 추살령을 내렸다는 놈이 마교에 붙었군."

눈치 빠른 복기단이 여자 목소리로 말하며 웃었다. 붉은 입술이 펴지면서 눈이 반짝였다.

"환관 무리의 악행이 극심합니다."

1천장 곽기평이 군은 얼굴로 말을 이었다.

"그래서 도인들의 외출을 금지했으나 현 영내에서 거주하는 교인들의 피해가 극심합니다."

"어제도 교인 셋이 환관이 데려온 무뢰배들한테 맞아 죽었습니다."

이번에는 3천장 지공이 분한 듯 붉은 얼굴을 들고 말했다. 지공은 수련 담당 천장이어서 다혈질이다. 백상 14계의 달인이며 무공으로는 교주 정현상과 겨루어서 5전 2승, 10전을 겨루면 5승을 거둔다는 소문이 났다. 48세, 10세에 입문해서 38년이 되었다. 지공이 말을 이었다.

"하나는 통행세를 안 냈다는 죄였고, 나머지 둘은 부자간이었는데 밤에 이웃집에 양곡을 얻어 가다가 빼앗기고 찔려 죽었습니다. 이런 놈들은 황제가 아니고 천제가 보냈다고 해도 죽이고 새 세상을 만들어야 되오."

"그만하게."

지공의 말을 막은 정현상이 2천장 홍오단을 보았다. 오후 미시(2시)가 되어가고 있다. 용문사 중심에 위치한 대웅전 옆 집무청에는 세 천장과 정현상까지 넷이 둘러앉았다. 정현상의 시선이 2천장 홍오단에게로 옮겨졌다. 홍오단은 포교담당으로 전균의 수장이다. 그러나 언변이 좋은 홍오단이 요즘 말이 줄어들었다. 몸도 여윈 것 같다.

"전균이 마교에 넘어갔다는 증거가 여러 개 나왔네, 이에 대비를 해야 될 것 아니겠나?"

"그렇습니다."

허리를 편 홍오단이 똑바로 정현상을 보았다.

"그놈이 숨어만 있을 놈이 아닙니다. 마교의 상관수 또한 기다리고 있을 위인이 아니올시다."

"어떻게 나설 것 같나?"

"환관 무리를 내세워 명분을 일으키고 뒤에서 지원할 것 같습니다."

홍오단이 번들거리는 눈으로 정현상을 보았다. 외부 활동이 많으며 정보력이 풍부한 홍오단은 전략통이다. 길게 숨을 뱉은 홍오단이 두 손으로 청 바닥을 짚고 정현상을 보았다.

"교주, 제가 상관수 입장이 되어서 생각해보았습니다. 제가 상관수라면 환관을 부추겨 용문사를 반역교 집단으로 매도하고 관병을 앞에 내세우되 마교의 도인을 이용해서 치겠습니다."

청 안은 숨소리도 들리지 않았고 홍오단의 말이 이어졌다.

"환관은 금위군 몇에 부랑배 수백 명만 데려왔을 뿐이며 현청의 관군도 몇 백 명 안 됩니다. 따라서 마교의 무장한 도인 수천 명이 뒤를 받칠 것입니다."

"……."

"환관 일당으로서는 손 안 대고 코를 푸는 셈이 될 것입니다. 앉아서 재물을 걷는 셈이지요. 환관은 용문사 창고의 재물이 얼마나 있는지 이미 알고 있는지도 모릅니다."

"재물 빼앗기는 건 중요하지 않아."

불쑥 말한 정현상이 셋을 둘러보았다.

"나는 그대들 셋이 중요해. 그대들이 바로 백상교야."

셋은 숨을 죽였고 정현상이 말을 이었다.

"그대들은 각각 9대천을 아껴야겠지. 그것이 중요해, 백상교는 백상계와 백상 도인, 백상 교인으로 남는 거야, 그리고…….."

정현상이 벌렸던 입을 다물고 말을 그쳤다. 그래서 셋은 일제히 정현상의 심안을 보았지만 눈도 막혔다. 눈동자의 초점이 멀어져 있는 것이다. 마음을 읽을 수가 없다. 교주는 무슨 말을 이으려고 했을까? 셋은 제각기 궁리했지만 알 수 없었다.

또 머리털과 수염을 잘랐다. 이제는 아침에 일어나면 자른다. 하룻밤 사이에 두 치, 세 치씩 자라니까 당할 수가 없다. 동굴 밖 세상에 있을 때 두 달, 석 달간 자라던 만큼이 하룻밤에 자란다. 그 하룻밤 기준도 모호하다. 두 개 장의 수련을 끝냈을 때 밖에 나올 때도 있었고 4장을 끝내고 나온 적도 있었고 동굴 안에 있으니 해가 뜨고 지는 것도 모르겠다. 그래서 물을 마시고 밖에 나와 용변을 볼 때 하루라고 생각한 것이다. 신(身) 편 수련은 그야말로 몸을 움직여 상대방을 공격하는 것이다. 1장에서 6장까지는 몸의 변형과 움직임을 주로 수련했는데 그 과정이 가장 길었다. 화천의 기억으로는 머리털과 수염을 6번이나 잘랐다. 대개 세 치 기준으로 잘랐으니 6장을 수련하면서 머리털이 열여덟 치나 자랐다는 말이 된다. 이 모든 것은 호흡법을 기준으로 계산된다. 이제 하루에 호흡을 5백 번으로 통일했기 때문에 거의 숨을 쉬지 않는 것 같다. 6장을 마쳤을 때 화천은 자신의 몸을 떼어 놓을 수만 없을 뿐이지 마치 헝겊처럼 구겼다가 펼 수 있을 만큼 자유자재로 움직일 수 있었다. 골격을 늘릴 수도 줄일 수도 있었으며 배와 무릎이 닿거나 다리를 비틀어 발등을 머리 위에 붙이기도 했다. 그다음부터는 신체의 모든 부분을 무기화(武器化) 하며 성기구화(性器具化)하는 것이다. 백상 14계가 모두 성희(性戲)와 연결될 수 있는 것도 비전의 신(身) 편에서 드러났다. 화천은 백상 14계를 어깨너머로 배워 제멋대로 응용하면서 비전의 신(身) 편과 유사한 놀음을 했던 것이다. 이미 심(心) 편을 익히고 몸의 기본을 갖추는 신 편 6장까지를 습득한 터라 화천의 수행 속도는 빨라졌다. 72개 신공(身功)도 어느덧 중반을 넘어서고 있다. 오늘도 하람브라의 주문을 외우면서 가부좌를 틀고 앉은 화천이 앞에 떠 있는 여체의 알몸을 보았다. 심공을 사용하여 여체를 눈앞에 띄운 것이다. 화천의 음경은 이미 발기되어 있다. 이제 14세의 미숙한 성기가 아니다. 어느새 검붉은 절굿공이만 한 음경이 무섭게 건들거리는 중이다. 각각의 장은 기본과 중급, 고급과 특급의 무술로 전개되다가 부드럽게 풀리면서 색장(色章)으로 완결되는 것이다. 이번 장(章)은 30장, 나무토막처럼 감각이 없는 여체를 불에 태우는 기법이다. 그전의 무술은 화공(火功)이었다. 상대의 몸을 뜨겁게 끓여 올려 터뜨리는 것이다. 그것은 심장의 압력을 증가시키는 방법이다. 심장에서 솟은 피가 뇌로 솟구치게 되면 뇌가 터진다. 무공을 끝내고 이젠 여체를 뜨겁게 달구는 색술이다. 화천은 여러 번 실패한 후에 지금 머리칼이 한 치나 자라도록 일어나지 못 하고 있다. 이번 장(章)은 어렵다. 앞에 심안을 이용하여 가상으로 놓인 여체지만 피가 뜨거워지면 반응을 한다. 그러나 피만 덥혔지 성욕으로 꿈틀거리지는 않는다. 벌써 17번째 실패다. 이윽고 화천은 비전과는 다른 방법으로 시전을 했다. 지금까지는 음경부터 세우고 시체에게 색공을 퍼부었다. 그러나 이제 나도 나무토막이 되리라. 같이 시체가 되어서 같이 불을 피우리라, 화천이 여체 위에 빈틈없이 엎드려 애무했다. 그 순간이다. 시체가 꿈틀거렸고 덩달아서 화천의 몸에도 온기가 찼다. 그렇구나, 때로는 상대방이 이끌도록 할 수도 있다. 비전이 틀렸다. 화천은 깨우쳤다. 그러자 시체의 몸이 뜨거워졌고 사지가 빈틈없이 엉켰다. 그때서야 음경이 쇠 절굿공이가 된 화천이 여자를 몸 위에 올려놓았다. 127개의 체위 중 7번째, 여상위(女上位)다.

샘 앞에 서서 물을 마시던 화천이 우두커니 물웅덩이에 고인 자신의 모습을 내려다보았다. 물방울이 떨어지는 것을 막았더니 곧 수면은 거울이 되었다. 수면을 내려다보는 알몸의 사내가 있다. 장발에 수염이 텁수룩하게 자랐다. 이것이 과연 화천, 나인가? 동굴에 들어왔을 때는 수염도 나지 않은 오직 14살짜리 소년이었다. 이제 막 사춘기를 벗어나 음경도 다 자라지 않았고 뼈대도 굵지 않았었다. 그런데 이제 누구인가? 키는 두 자 정도가 더 자랐고 넓은 어깨, 수염투성이의 얼굴, 부리부리한 눈, 꾹 다문 입술, 그리고 무엇보다 놀라운 건 음경이다. 용문사 마구간에서 말의 음경을 보고 놀란 적이 있다. 그런데 이제 자신의 음경은 말보다도 더 우람하고 더 단단해져 있는 것이다. 한동안 웅덩이를 내려다보던 화천이 이것이 자신이 맞다고 생각했다. 눈과 코, 입술 등 본래의 형태는 그대로 있다. 다만 더 자란 것이다. 어른이 되었다. 그 순간 화천의 심장 박동이 빨라졌다. 하루 5백 번으로 줄였던 호흡이 굵어졌다. 머리를 돌린 화천이 동굴 안, 자신이 가부좌를 틀고 수행하던 장소를 보았다. 이제야 깨달은 것이다. 한 번 일어났을 때마다 머리칼이 한 치, 두 치씩 자란 이유를 알았다. 양식은 별로 축내지 않았지만 물을 마시기 시작하면 몇 동이씩 들이켰던 이유가 바로 이것이었다. 인간은 하루 3만 회 가깝게 호흡을 한다. 그것은 하루 5백 번 정도로 줄인 것이 그 해답이다. 심공(心功) 39장 호흡법을 익힌 후에 갑자기 옷이 넝마처럼 해지더니 곧 먼지처럼 떨어져 나간 이유를 알겠다. 호흡을 줄인만큼 동굴 안의 시간이 빨리 지나간 것이다. 동굴 밖에서보다 100배 호흡을 줄였다면 100배 시간이 빨리 지났다. 그것은 곧 동굴에서 1천 일을 지내고 나왔지만 밖은 10일밖에 지나지 않았다는 말이다. 그런데 과연 내 호흡은 몇 배로 줄었는가? 하루 3만 회에서 꼭 5백 번은 아니다. 수행하면서는 더 늘어났다. 나는 지금 동굴 안에서 며칠간을 지내고 있는 것일까? 아니, 동굴에 들어온 지 며칠째인가? 이윽고 쓴웃음을 지은 화천이 웅덩이에서 시선을 떼었다. 내 몸으로 보면 5, 6년은 지난 것 같다. 그렇다면 이제 20살이 되었는가? 화천은 몸을 돌려 다시 동굴 복판에 앉았다. 아직 신공(身功)이 12장 남았다. 72개 장 중에서 60개 장을 수련했다.

백상 14계에는 칼, 창, 그리고 활 등 18가지 무기와 권법, 보법, 경공 등 9가지 수련법에다 내공 단련법이 포함되어 있다. 그러나 하람브라의 심신 비전을 수련하면서 화천의 공력은 몇 백 배가 되었다. 먼 옛날 하람브라는 백상교 1대 조부 정운에게 심신공의 시늉만 보여준 것 같다. 그것을 기반으로 정운이 14계를 다듬어 놓았으니 1대 조부의 위업이다. 비전에 빨려든 것처럼 수련하면서 어느덧 화천은 진실을 깨닫게 되었다. 힌두어와 고대 힌두어까지 익숙해 있는 터라 비전의 원작자는 하람브라가 아니라는 것도 알게 된 것이다. 오래되어서 비전의 표지와 종이는 낡아 금방 바스러질 것 같았지만 읽고 단련한 흔적이 없다. 그리고 자꾸 나오는 이름 '마하트'.

마하트가 이 비전의 제작자이며 위대한 심신색락(心身色樂)의 창시자인 것일까? 하람브라가 이 비전으로 수련을 했다면 1대 조부 정운의 14계는 엄청나게 발전되었으리라. 따라서 하람브라는 이 비전을 보지도 못하고 1대 조부에게 넘겨준 것 같다.

'마하트'

지금 자신은 '마하트'가 창시한 비전을 이어가고 있다. 이것은 정현상은 물론 1대 조부 정운, 그 사부 하람브라조차 닿지 못했던 은혜다. 그것은 바로 백상교의 3대 교주 정현상의 대해(大海) 같은 마음을 나타낸다. 백상교의 비전을 열어 위기의 백성과 교인을 구하겠다는 의지다. 부모도 없는 주방 불목하니에게서 백상교리(敎理)와 맞는 성품을 발견하고 감히 비전을 던진 그 용기에 화천은 크게 감동한다.

"대해 같은 은혜를 입었다. 목숨을 바쳐 갚으리라."

69장의 수련을 끝내고 다시 두 치나 자란 머리칼과 수염을 자르면서 화천이 절벽에 서서 앞쪽 공간을 보았다. 이제 3장이 남았다. 도대체 세월이 얼마나 흘렀는가? 동굴 안에서는 5, 6년이 흐른 것 같다. 그렇다면 바깥은? 눈앞은 어둠이다. 골짜기를 타고 밤안개가 솟아오르고 있다.

71장은 지금까지의 모든 수련을 펼쳐 보이는 것이었다. 심(心)과 신(身)의 142장을 시연하면서 화천은 자신을 뒤돌아보았다. 내 몸의 기원은 어디인가? 내 몸은 어디로 흘러가는가? 내가 가진 이 기능은 과연 어디에 쓸 것인가? 지금까지의 수련 목적이 스스로 정해졌다. 스스로 목적을 정하도록 71장이 만들어진 것 같다. 오오, 위대한 '마하트'시어! 화천은 어느덧 자신의 몸이 마하트가 되어 있는 것을 깨닫는다. 마하트시어, 나를 그대의 대리인으로 부리시려고 이곳으로 보내셨나이까? 그렇다면 따르겠소이다. 142장을 펼치느라 머리가 이번에는 세 치나 자랐다. 수련을 마친 화천이 이번에도 '자제법'을 읽는다. 그때 '자제법' 끝에 쓰인 고대 힌두어가 보였다.

"네가 여기까지 온 것은 호흡법을 썼으니까 가능했도다. 호흡법을 쓰지 않았다면 1백 년이 걸릴 수행이다."

다시 글이 이어졌다.

"네가 호흡법을 쓰면서 수행한 기간이 얼마였는지를 알려면 심법 70장의 심안으로 지금부터 과거를 회상하면서 호흡수를 세어라, 호흡법을 시작했을 때까지 그친 후에 네가 평소 호흡보다 몇 배를 줄였는지 그 배수를 곱하면 된다."

어렵고 긴 힌두어를 다 읽은 순간 화천의 머릿속이 환해지는 느낌을 받았다. 이제야 수수께끼가 풀린 것이다. 마하트께서는 그것까지 예상하고 계셨다. 곧 눈을 감고 호흡수를 세었던 화천이 45회에서 그쳤다. 회상이 호흡법 시작할 때까지 45회였다. 거기에다 하루에 5백 번 정도로 호흡을 줄였으니 평시의 3만 번의 60배에서 45회를 곱했더니 2,700일이다. 2,700일은 7년 4개월이 넘는 것이다. 화천은 우두커니 앞쪽 벽을 보았다. 동굴 안에서 7년 4개월 25일을 수련한 것이다. 그럼 14살에 들어와 어느덧 22살의 청년이다. 바깥세상은 지금 언제가 되어 있을 것인가? 아직 알 수가 없다.

72장(章), 마지막 장이다. 화천은 단정하게 앉아 고대 힌두어를 읽는다. 스승이 된 마하트의 전언(傳言)이었기 때문이다.

"심법(心法) 16장을 가동하여 2권의 비전을 모두 머릿속에 넣어라."

첫 줄에 그렇게 적혀 있다. 심법 16장은 기억에 관한 수련이다. 머릿속에 기억을 넣고 끄집어내도록 수련 되었다. 예전에 스치고 지났더라도 그때를 기억해내면 놓쳤던 주변 사물을 다 찾아낸다. 그것뿐만이 아니다. 심법은 작용하면 평생 머릿속에 저장시킬 수도 있다. 화천은 비전 2권을 앞에 놓고 첫 표지부터 심법을 작용했다. 한 장씩 넘겨 머릿속에 저장시키는데 글자뿐만이 아니라 수행했던 모든 것이 다시 떠오르면서 머릿속에 박혔다. 다 끝내고 머리를 든 화천이 두 번째 글귀를 읽는다.

"너는 이제 내 진정한 제자요, 심신색락(心身色樂)의 시조가 되었다. 왜냐하면 나 마하트는 이 비전을 펼치지도 못하고 죽었기 때문이다."

놀란 화천이 이어서 읽는다.

"이 비전은 내가 창시한 것이 아니다. 나는 이 비전을 안드라 동굴에서 발견하여 번역했을 뿐이다. 이 비전은 1천 년 전의 고대 힌두어 원전으로 되어 있던 것을 파손된 부분은 내가 수정, 나머지는 그대로 옮겼다."

화천의 시선이 밑쪽으로 옮겨졌다. 이제 두 권 비전의 마지막 장 마지막 부분이다.

"이 비전의 원작자는 미상이나 그도 3천 년쯤 전에 타계(他界)에서 온 물체로부터 이 비법을 듣고 옮겼다고 적혀 있었다."

타계(他界)가 무엇인가? 머리를 기울였던 화천에게 마하트의 목소리가 울리는 것 같다. 그것이 글로 나타났다.

"이제 네가 다 익혔다면 세상에는 청천벽력(靑天霹靂)이 일어난다."

그리고 맨 밑에 마하트가 단호하게 썼다.

"다 읽었으면 태워라, 태운 재도 네가 먹어라, 비전은 네 몸속에 있다. 흔적을 남기지 마라."

3장
혈우

"마교 놈들이야."

목소리를 죽인 반오가 동료 곡지귀에게 말했다. 둘은 용제현청에서 20리(10km)쯤 떨어진 작은 마을 앞 주막에 앉아 있었는데 앞쪽 개울 건너편이 국도다. 오후 유시(6시) 무렵이어서 짧은 늦가을 해는 서산으로 넘어가는 중이었다.

"모두 행상이나 농군으로 변장하고 있지만 마교 놈들이야. 그중 몇 놈은 낯이 익어."

"도대체 이놈들이 무리 지어서 이쪽으로 왜 내려오는가 모르겠네."

머리를 기울인 곡지귀가 혼잣소리처럼 말하고는 반오를 보았다. 둘은 추살대의 3조 소속으로 전균을 쫓다가 이곳에서 변복한 마교 무리를 본 것이다.

주막에는 그들 둘뿐이었는데 마당의 평상에 앉아 있는 둘 앞으로 주막 주인이 다가왔다. 40대의 깡마른 사내다.

"저녁 드시겠수?"

"아니. 우린 가야겠어."

평상에서 일어선 반오가 곡지귀에게 눈짓을 했다.

"갑자기 바쁜 일이 생겨서 말이오."

주인이 말없이 돌아서자 따라 일어선 곡지귀에게 반오가 말했다.

"마교 수십 명이 무리 지어 해음령으로 넘어가는 것이 심상치가 않아."

해음령 산길은 북방으로 향하는 지름길이기는 했다. 마교가 북방으로 이동을 하는 이유는 무엇인가? 반오가 말을 이었다.

"조장한테 쪽지를 남기고 쫓아가보자."

상관수가 주위를 둘러보자 동굴 안이 조용해졌다. 이곳은 해음령의 고봉(高峯) 중 하나인 영산봉 정상이다. 바위 밑의 동굴 안에는 10여 명의 수하 방장과 당주가 모여 있었는데 이곳이 본진 역할이다. 상관수가 입을 열었다.

"고자 놈은 제대로 움직이고 있는 거야?"

"내일 술시(오후 8시)에 출발한다고 했으니 계양산 입구에 닿으려면 두 시진(4 시간)쯤 걸릴 것입니다."

광마가 먼저 대답했다. 고자는 환관 복기단을 말한다. 복기단은 수하의 황군 3백에다 용제현의 관병 8백여 명을 모아 1천여 명의 병력으로 계양산 용문사를 치려는 것이다.

관병이 용문사 정문을 치면 상관수가 지휘하는 도교 도사 3천은 안팎에서 용문사를 기습한다. 이미 용문사의 출구와 허점은 다 파악해놓은 터라 승부는 난 것이나 같다.

머리를 든 상관수가 말석에 앉은 전균을 보았다.

"네 공이 크다."

"황공하옵니다."

전균이 두 손으로 땅바닥을 짚고 이마를 붙였다.

"이번 일이 성공하면 널 당주로 올려주마."

"목숨을 바쳐 충성하겠습니다."

머리를 끄덕인 상관수가 총방주 구문천을 보았다.

"천도제가 열리기 전에 끝내야 돼."

"딱 맞는 날이올시다, 교주."

50대의 구문천은 가죽 갑옷 차림이다. 긴 수염이 관운장 같다고 해서 별명이 미염공이다. 구문천이 방주와 당주들을 이끌고 동굴을 나갔을 때 안에는 셋이 남았다. 상관수와 아들 상혼, 그리고 상혼의 딸 상아진이다.

"잘 들어라."

상관수의 눈빛이 강해졌다. 셋이 있는데도 독음을 하는 것은 그만큼 조심하고 있는 것이다. 둘이 긴장했고 상관수의 말이 이어졌다.

"우리에게 가장 중요한 것은 정현상이 숨겨놓은 백상교의 심신비전을 가져오는 일이다. 알겠느냐?"

"예, 아버님."

상혼이 바로 대답을 했지만 넓은 얼굴이 찌푸려져 있다. 상관수가 상혼의 기색을 알아채고는 혀를 찼다.

"넌 아직도 백상교 비전 실체를 확신하지 못 하는구나."

"소문만 퍼졌을 뿐입니다. 비전이 있다면 3대를 이어올 동안 교주가 숨겨놓고 있을 리만은 없지요."

"내가 2대 교주 정교선에게서 들었다."

상관수의 말에 상혼과 상아진이 동시에 머리를 들었다.

상혼은 상관수의 외아들로 40대 중반이다. 7척 장신에다 넓은 어깨, 완력이 세서 두 손으로 두 도적의 목을 졸라 죽인 적도 있다.

마교는 천하제일검으로 칭송받던 오성관이 1백 년 전에 창시했는데 3대 교주 상관수에 이르러 교세가 다섯 배나 확장되었다가 급락세로 떨어지는 중이다. 올해 67세인 상관수는 2대 교주 오국태의 사위로 장인이 죽자 교주를 물려받은 것이다.

상관수의 시선이 손녀 상아진에게로 옮겨졌다.

"22년 전 네가 태어나던 해였다. 그때 나하고 정교선은 일 년에 한두 번은 만나는 사이였지. 정교선은 나보다 20세 연상이었지만 진실한 사람이었다."

상관수의 얼굴에 쓴웃음이 번졌다.

"그 심신비전은 제1대 교주인 정교선의 부친 정운이 한 장만 보고서 덮었다는 거야. 고대 인도의 비전이어서 도무지 이쪽 인종과는 맞지 않는 색공(色功)이라는 것이다."

"……."

"백상교의 백상 14계는 '껍질'뿐이고 그 비전을 습득하면 신인(神人)이 된다는구나. 정교선에 이어 지금의 정현상까지 비전이 몸에 맞지 않아서 익히지 않았던 거야. 비전은 있어."

상관수의 주름진 얼굴이 번들거렸다.

"용문사의 재물은 필요 없다. 교인도 필요 없어. 그 비전 두 권만 찾아오면 천하를 얻게 될 것이다."

상관수의 표정은 확신에 차 있다.

상아진이 숙소로 사용하는 옆쪽 동굴로 들어서자 하녀 옥비가 물었다.

"아씨, 식사 드릴까요?"

"생각 없다."

저고리를 벗어 던진 상아진의 상반신은 알몸이 되었다.

상아진의 의도를 안 옥비가 자리를 피하자 동굴은 텅 비었다. 두 손을 모으고 선 상아진의 상반신이 동굴 구석구석에 켜놓은 촛불을 받아 선명하게 드러났다. 둥근 어깨, 단단하지만 부드럽게 솟아오른 젖가슴, 붉은 젖꼭지는 떨어질 것 같다.

숨을 들이켠 상아진이 천천히 두 손을 앞으로 내밀었다. 그 순간 치켜뜬 두 눈에서 푸른 불꽃이 일어나는 것 같다. 곧은 콧날 밑의 단정한 입술이 열리더니 긴 숨이 뱉어졌다.

이후 상아진의 몸이 섬광처럼 뒤로 돌려지더니 단숨에 7기의 초식이 펼쳐졌다. 손바닥으로 연거푸 앞쪽을 치고 손가락 끝으로는 세 번을 찔렀으며 발길 두 번이 날아갔다. 모두 살기(殺技)다.

상아진의 두 번째 살기는 더 격렬했다. 한번 뒤집어지면서 14기의 살수가 펼쳐졌다. 이제 상아진의 알몸 상반신이 붉게 상기되었다. 14기의 살수가 펼쳐진 후에 28기가 쏟아졌다. 동굴 안이 열기로 가득 찼고 상아진의 상반신에서 땀이 비처럼 흘러내렸다.

이것이 마교의 비공이다. 한 번 뒤집으면서 28기를 펼치는 고수는 마교 안에서 상관수와 상아진 둘뿐이다. 상혼도 22기밖에 닿지 못했다.

28기를 마친 상아진의 몸에서 이제는 수증기 같은 김이 뿜어 올랐다. 이것이 곧 비공의 결정체인 영기(靈氣)다. 영기를 많이 발산할수록 내력이 많이 쌓인다. 상아진은 단 하루도 영기를 내뿜지 않은 적이 없다.

17살에 22기에 닿아 아버지 상혼의 기력과 동등해졌다. 그러고는 매년 상승하여 28기가 된 것이다. 이번 백상교 기습 전에 상관수가 손녀 상아진을 참가시킨 이유도 그 때문이다.

상아진은 이번 기습에서 가장 중요한 장소를 맡게 되었다. 그것은 바로 용문사 맨 뒤쪽의 교주 정현상의 사택이다. 그곳에 백상교의 비전이 숨겨져 있다는 것이다.

"잠깐."

발을 멈춘 반오가 곡지귀의 소매를 잡았다. 그러고는 눈으로 앞쪽을 가리켰다. 밤 술시(8시)가 조금 넘었지만 골짜기는 세 걸음 앞도 보이지 않는다. 곡지귀가 반오의 시선 쪽을 보았다. 그러나 왼쪽에는 아무것도 보이지 않는다. 개울물 흐르는 소리만 희미하게 들렸다.

"뭐야?"

곡지귀가 입술만 달싹이며 물었을 때다. 왼쪽에서 희끗한 물체가 보였으므로 곡지귀는 허리에 찬 장검의 손잡이를 쥐었다.

"가만."

반오가 곡지귀의 소매를 다시 당겼다. 반오는 백상 14계의 8등급 고수로 36대교급 수준이다.

"빛이다."

반오가 아예 곡지귀의 귀에 입술을 붙이고 속삭였다.

"놈들이 다가오고 있다."

그러나 희끗한 물체는 다시 보이지 않았고 기척도 들리지 않았다. 조바심이 난 곡지귀가 어금니를 물었다. 이곳은 해음령으로 오르는 골짜기 입구다. 마을을 떠나 한 시진 만에 이곳에 도착한 것이다. 그때 반오가 말했다.

"오늘은 돌아가자. 아무래도 밝은 날에 찾아야 될 것 같다."

곡지귀로서는 반가운 말이다. 선임인 반오의 말을 어길 수가 없어서 이곳까지 왔지만 전균의 자취를 쫓는 것도 아니고 의욕이 일어나지 않았다. 둘이 몸을 돌렸을 때다.

휘익—!

대기를 가르는 소리가 울렸다. 둘은 무의식중에 몸을 굳혔다.

"윽!"

신음은 곡지귀의 입에서 울렸다.

"이런 개 같은."

곡지귀가 버럭 소리친 것은 당했다는 뜻이다. 곡지귀가 쓰러지며 다시 소리쳤다.

"단검을 맞았어! 조심해……."

그러나 반오는 바람처럼 왼쪽으로 내달렸다. 곡지귀는 이미 치명상을 입은 것이다. 죽는 순간에도 적의 병기를 알려주었다.

"얏!"

보이지 않았지만 살기는 감지가 된다. 반오가 살기 속으로 뛰어든 순간 장검으로 4개 초식을 펼치면서 기합을 뱉었다. 전, 후, 좌, 우. 새가 아닌 이상 허공에 머물지는 못한다. 지금 반오의 수법은 동귀어진. 함께 죽으려는 것이다. 곡지귀가 당하기 전부터 각오를 했다. 이미 적에게 탐지당한 후였으니 각오는 빨라야 이롭다.

"앗!"

세 번째 초식에서 검 상단부에 반응이 오면서 신음이 울렸다. 순간 반오의 심장박동이 거칠어졌고 머릿속이 맑아졌다. 베었다.

다음 순간 반오는 등의 왼쪽 어깨 부근에서 오른쪽 옆구리까지 뜨거운 쇠꼬챙이가 지지고 지나는 충격을 받았다. 당했다. 숨 한 번 쉬고 나서 허물어진다.

그 순간 반오가 몸을 비틀면서 들고 있던 장검으로 오른쪽 앞 어둠을 향해 깊게 찔렀다.

백상 14계는 몸의 자유로운 운동이 기초가 된다. 규범이 있지만 그 규범을 더 확대할수록 강도가 세어진다. 지금 반오의 몸통은 절반이 비스듬히 잘린 형태에서 뒤로 비틀어 칼을 내질렀으니 몸이 훨씬 더 비틀어졌다. 덕분에 잘린 몸통에서 내장이 온통 쏟아져 나왔지만 상대에게 장검은 더 깊이 박혔다.

"억!"

장검이 상대의 심장을 꿰뚫고 등판으로 나오자 반오는 그때서야 상대의 얼굴을 똑바로 보았다. 바로 코앞에서 잎을 떡 벌린 사내, 모르는 얼굴이다.

그 순간 숨이 끊어진 반오가 칼자루를 쥔 채 사내와 함께 넘어졌다.

곡지귀는 어둠 속에 묻혔고 그때까지 살아있던 반오의 청각 기능이 사내의 목소리를 들었다.

"지독한 놈. 우리도 둘 죽었다."

다음날 오전에 제1천장 곽기평에게 반오의 실종을 알린 사람이 후노자다. 천도제 전날이어서 바쁘게 움직이던 곽기평이 대웅전 앞에서 후노자의 보고를 듣는다.

"추살대 3조장이 실종된 반오, 곡지귀를 쫓아 해음령으로 간다고 했습니다."

후노자가 지친 얼굴로 말을 이었다.

"제가 용문사로 돌아간다니까 천장께 보고를 하라고 하셨소."

"해음령으로 간다고?"

"예. 반오와 곡지귀가 해음령으로 몰려가는 도교 무리를 보고 쫓아 갔다는 것입니다."

곽기평이 눈만 껌뻑였을 때 후노자가 길게 숨을 뱉었다.

"저도 화천이가 그쪽으로 갔는지 따라가고 싶었지만 참았소."

"해음령이라……."

곽기평이 이맛살을 찌푸렸다.

천도제는 백상교의 최대 행사이며 축제다. 백상교의 탄생을 축하하는 잔치인 것이다. 그래서 용문사의 2천 도인을 포함하여 타(他) 지역의 교인들까지 몰려드는 터라 용문사는 인산인해를 이루며 용제현청 읍내까지 법석을 떨게 된다. 교세 10만 명 백상교에서 매년 천도제에 참석하는 교인은 3만에서 4만 정도였으니 용제현이 들썩일 만했다. 내일이 천도제이어서 용문사에 들어와 있는 교인도 3천여 명이나 되었다. 숙박시설이 부족했기 때문에 3천 이상은 받지 않는 것이다. 그러나 그것만 해도 용문사에는 5천 인파가 모였다.

"해음령 줄기를 타고 가면 적산현에 반나절 빨리 닿을 수 있지."

곽기평의 보고를 들은 정현상이 눈썹을 모으고 말했다.

"적산현에 마교의 지부가 있지 않은가?"

"하지만."

곽기평의 옆에 앉은 3천장 중 하나인 지공이 끼어들었다. 지공은 셋째 1천장이다.

"해음령을 넘어 우측 길로 나오면 바로 계양산 골짜기로 들어오게 됩니다."

계양산 골짜기에는 용문사가 있는 것이다. 정현상이 잠자코 머리만 끄덕였고 청 안에는 무거운 정적이 덮였다. 오전 사시(10시) 무렵, 청 밖의 소음이 울리고 있다. 천도제 행사에 몰려온 교인과 도인이 내는 소음이다. 그때 두 번째 1천장 홍오단이 말했다.

"교주, 그보다도 전균을 쫓으려고 간 반오와 곡지귀가 해음령으로 간 후에 실종된 것이 의심스럽습니다."

"조장 허초가 찾으러 갔으니 기다려보자."

"후노자는 화천을 찾아 다시 나간다고 합니다."

곽기평이 말했으므로 정현상의 얼굴에 쓴웃음이 번졌다.

"그 영감이 가만있지를 못 하는군."

"그가 데려와 자식처럼 키웠으니까요, 아비나 같습니다."

"천도제에 일손이 달리고 있으니 천도제 끝나고 나서 허가를 받으라고 해라."

"그렇게 전하지요."

그때 지공이 나섰다.

"교주, 용제현에 머물고 있는 조세징수관이 토호를 친다는 소문이 났습니다."

"토호를?"

정현상의 표정이 굳어졌다. 용제현에도 토호가 넷이나 된다. 토호는 지방에 기반을 굳힌 지주로 사병(私兵)을 거느렸고 소작인을 고용하여 영지를 관리하는데 관(官)과 밀착해서 백성들을 착취했다. 이윽고 정현상이 천천히 머리를 끄덕였다.

"세금이 걷히지 않으니 그놈들이 악수(惡手)를 두는군, 토호를 습격하면 엄청난 재물은 빼앗을 수가 있겠지."

"양가와 오가가 목표라고 합니다."

두 가문은 계양산 아래쪽이다. 그때 곽기평이 웃음 띤 목소리로 말했다.

"명(明)이 망해가는 증거입니다. 환관 무리들이 세금징수관으로 내려와 제국의 양대 기반인 토호까지 공격해서 세금을 거둬가는 것이지요. 마치 제 다리를 뜯어먹는 미친개나 같습니다."

국력이 약해지면서 명은 토호와의 제휴로 민중의 반발을 억누르고 있었던 것이다. 이제 다급해진 제국은 제 동조자도 뜯어 먹는다. 그때 정현상이 말했다.

"양 가문과 오 가문은 이곳에서 10리밖에 떨어지지 않았다. 여파가 미치지 않도록 경계를 철저히 하도록."

"소문이 났더라도 오가와 양가의 세금 집행 작전인 줄 알 것입니다."

책사 홍부위가 말했다.

"제가 사람을 두 가문에 보내 그런 일 없으니 걱정하지 말라고 했습니다."

"네가 제갈공명이다."

복기단이 가는 목소리로 말하고 깔깔 웃었다. 웃음소리가 여자 목소리여서 들으면 소름이 끼쳤지만 홍부위는 따라 웃었다.

"계양산을 훑고 내려오면 두 가문에서 가만있지 않을 것입니다."

"그렇지, 저희들이 아무리 내궁과 인연이 있다고 해도 빈손으로 나오지는 못하겠지."

머리를 끄덕인 복기단이 정색했다.

"마교 놈들 준비는 다 되었느냐?"

"오늘 밤 자시(12시)에 진입합니다."

홍부위가 해사한 얼굴을 바짝 붙이며 말을 이었다.

"사방에서 진입할 테니 용문사는 혼란에 빠질 것입니다. 오늘이 천도제이어서 용문사는 외부에서도 수천 교인이 와 있을 테니까요."

"이것은 백상교와 마교의 전쟁이야, 관(官)은 나중에 전쟁을 진압시키려고 개입하는 것이다."

그리고는 복기단이 수염 없는 얼굴을 펴고 다시 웃었다.

"천도제가 제삿날이 되었군."

오후 미시(2시)가 되어가고 있어서 현청 청사 주위의 소음이 심해졌다. 군사들이 모여들고 있었기 때문이다.

"내 이웃이오."

동산현에서 온 사내가 옆에 선 세 사내를 가리키며 말했다. 사내는 백상패를 쥐고 있었지만 이웃 사내 셋은 교인이 아니다. 오후 미시(2시)가 되었어도 용문사로 들어오는 교인과 구경꾼이 줄을 잇는다. 오전에 행사가 끝나고 오후에는 여흥이 계속되고 있었기 때문이다. 오전에 승급한 도인들을 위한 축제다. 저녁이 되면 축제는 절정에 이르고 입장한 모든 사람들에게 무료로 떡과 술이 지급되는 터라 오후부터 입장객이 더 많아진다. 입장객은 백상교인이 이웃이나 친우 셋까지 데려올 수 있도록 한정시켰지만 4개 출입구에서 까다롭게 검문하지 않았다. 동문두 곳에서는 아예 백상패를 보지도 않고 입장시켰는데 이곳 서문은 경비 책임자인 호법 양고가 꽤 까다롭게 구는 편이다. 양고가 백상패를 받아 쥐더니 유심히 보았다.

"이건 어디서 받으셨소?"

"어디서 받긴 지부에서 받았지요."

사내가 어깨를 추켜올리면서 웃었다.

"왜 물으시오?"

"어디 지부요?"

백상패를 뒤집어 보면서 양고가 다시 묻자 등짐을 멘 사내가 혀를 찼다. 농군 행색으로 먼 길을 왔는지 옷이 구겨졌고 먼지투성이다. 사내가 못마땅한 얼굴로 대답했다.

"마곡 지부, 지부장은 서천달이고 지부장 백상패 번호가 2517번, 그럼 됐소?"

"그건 맞는데."

입맛을 다신 양고가 백상패를 돌려주며 웃었다.

"내가 백상패를 만들었는데 내가 만든 것이 아닌 것 같아서 그러오."

"나도 자식이 넷 있는데 두 놈은 내가 만든 것이 아닌 것 같소."

농부가 퉁명스럽게 말하자 일행이 '와' 웃었고 양고도 따라 웃었다. 뒤에 서 있던 양고 휘하 도인 셋도 덩달아 웃었을 때 양고가 비켜서며 말했다.

"왼쪽으로 가시는 것이 나을 거요. 그곳에 술동이가 있소."

"옳지."

농군이 얼굴을 펴고 웃더니 서둘러 왼쪽으로 다가갔다. 일행도 뒤를 따른다.

"그놈 깐깐하네."

왼쪽으로 꺾어지면서 농군이 투덜거리자 옆으로 붙어선 사내가 말했다. 사람들이 혼잡해서 어깨를 치고 지나간다.

"난 간이 철렁했어. 하마터면 등짐 안에서 칼을 빼낼 뻔했다고."

그때 다른 사내가 옆쪽에 붙었다.

"거봐, 백상패가 걸릴 것 같다고 했지 않았어?"

"내가 뭐랬어? 걸려도 그냥 입장시킬 것이라고 했지, 작년에도 그랬다고."

농군이 눈을 치켜뜨고 말했다.

"잔칫집에는 개도 쫓아내지 않는 법이야. 배고픈 백성들이 밥과 술을 얻어먹으려고 백상패를 위조해서 온 것을 쫓아냈다면 백상교 인심은 하룻밤 사이에 떨어진다고."

"과연."

사내 하나가 쓴웃음을 지었다.

"과연 대두(大頭)답다."

농군은 마교 당주 휘하의 대두 광진, 일행은 모두 대두급 동료들이다. 이렇게 마교 선봉대가 미리 입장하고 있다.

그러나 호법 양고는 그 길로 이번 행사의 총지휘 격인 수석 1천장 곽기평을 찾아갔다. 집무청인 대웅전에서 상황을 점검하던 곽기평이 양고의 보고를 받더니 입맛을 다셨다.

"남문에서는 백상패도 없는 무리 수십 명이 입장시켜 달라고 떼를 써서 할 수 없이 들여보냈다."

"하지만 천인장님, 이것은 좀……."

"잘했다. 놔둬라. 오늘은 천도제다. 마교 놈들이 온다고 해도 입장시켜 줄 수도 있다."

곽기평의 입에서 저절로 마교 이야기가 나왔다.

저택은 조용했다. 이곳까지는 군중이 몰려오지 않기 때문이다. 교주의 저택은 용문사에 거주하는 도인들에게도 금지구역이다. 교주의 부름을 받았을 때나 출입하지만 그 숫자는 극히 적다. 평생 동안 교주 저택에 발을 디디지 못한 도인이 대부분이다. 정명이 도장 복판에 서서 백상 14계를 시연하고 있다. 혼자 뛰고 나는 터라 사방 30보 면적의 도장이 넓어 보인다. 벌써 한 시진(2시간)이 넘도록 정진하다 보니 온몸이 땀으로 젖었다. 흰 도복을 입고 있었는데 젖은 옷이 몸에 휘감겨서 몸매가 다 드러났다. 정명이 몸을 굽히고는 9계의 검법을 시연한다. 수련법에 적힌 대로 하지 않고 더 몸을 비틀고 더 다리를 벌리고 더 허리를 굽혔더니 몸이 인간의 한계를 넘을 것처럼 기괴하게 비틀렸다.

"아."

칼을 내질렀던 정명의 입에서 저절로 낮은 외침이 뱉어졌다. 지금까지 수만 번 해왔던 9계의 영역보다 앞쪽 공간이 더 넓고 더 깊어졌기 때문이다. 주먹만 했던 적의 허점이 솥뚜껑만 하게 보인다.

"아앗!"

다음 순간 다리가 꼬인 정명이 옆으로 뒹굴었다. 실패다. 땀으로 범벅이 된 얼굴로 정명이 몸을 일으켰을 때 숨을 들이켰다. 앞에 정현상이 서 있었기 때문이다.

"이제 알겠느냐?"

불쑥 물은 정현상의 얼굴은 굳어 있다.

"네, 아버지."

정명의 얼굴에 웃음이 떠올랐다.

"화천의 재능을 이제야 알았습니다."

"맞다."

머리를 끄덕인 정현상이 쓴웃음을 지었다.

"어떠냐? 시야가 더 넓어진 것 같지 않느냐?"

"그렇습니다."

"바로 색공(色功)이다."

정현상이 외면한 채 말을 이었다.

"네가 백상계에서 어긋날수록 시야가 넓어지는 것이야. 네 증조부와 하람브라 선사께서도 그 경지에 닿지 못하셨다. 비전만 가져오셨을 뿐이지."

"이제 깨달았어요."

정명은 그동안 끊임없이 화천의 흉내를 내보았던 것이다. 그러다가 오늘 그 근본을 이해한 것이다.

"아버님, 화천이 내려간 지 오늘로 27일이 되었습니다."

얼굴의 땀을 닦으며 정명이 말하자 정현상은 머리를 끄덕였다.

"안다. 나도 하루가 일 년 같다."

"오늘 천도제가 끝나면 절벽 밑으로 내려가 보시지요."

"안 된다."

단박에 거절했던 정현상의 시선이 정명을 똑바로 보았다.

"이미 늦었다."

"뭐가 말씀입니까?"

"심신비전은 이미 화천의 몫이야. 나눠 가질 수가 없다."

"화천이 심신비전을 익혔다면."

심호흡을 한 정명이 똑바로 정현상을 보았다. 두 눈이 반짝이고 있다.

"백상교를 이끌어 갑니까?"

"너와 함께."

숨을 들이켠 정명을 본 정현상이 빙그레 웃었다.

"심신비전을 익히고 나면 화천이 바로 백상교가 된다. 화천이 백상교를 등에 멘 것이지. 그리고 너는 교주의 딸이다."

"……."

"화천과 너는 음양의 조화를 이뤄 백상교를 천하제일교로 번성시킬 것이다. 그것이 내가 화천에게 일러준 말이기도 하다."

그때 밖의 소음이 커졌다. 축제가 시작된 것 같다.

"16개 목표지점으로 8백 명이 침투 완료했습니다."

구문천의 보고를 받은 상관수가 머리를 들어 하늘을 보았다. 별자리가 중천으로 이동해 있다. 자시(밤 12시)가 되어가는 중이다. 이곳은 계양산 서쪽 골짜기, 용문사가 3백 보 아래쪽에 펼쳐져 있다. 깊은 밤이었지만 휘황하게 불을 밝힌 용문사 전역은 축제가 절정에 이르렀다. 가끔 불꽃이 하늘로 솟았고 함성과 웃음으로 골짜기가 계속해서 울린다. 구문천이 말을 이었다.

"복기단의 관군은 골짜기 아래쪽 10리 지점에서 대기하고 있습니다."

"기다려라."

바위 위에 앉은 상관수가 다시 하늘을 보았다. 맑은 날씨다. 늦가을 이어서 싸늘했지만 바람도 없다. 주위는 조용했고 무거운 긴장감으로 덮여 있다. 용문사 서쪽 출입구로 진입할 본진이 대기하고 있는 것이다. 지금 용문사에는 1차로 축제 전에 진입한 6백 명과 축제 중에 진입한 본진 8백까지 1,400이 배치완료 되었다. 이제 교주 상관수의 신호만 기다리는 중이다. 그때 상관수가 다시 하늘을 보았다. 이곳에는 교주 휘하의 정예 위사대 3백과 마지막 숨통을 끊을 중군 5백이 대기하고 있는 것이다. 총 2천2백의 살수(殺手)가 완전 무방비 상태의 백상교 도인 2천을 살육하게 될 것이다. 군중이 2만 가깝게 모여 있지만 칼바람 한 번이면 다 도망치게 된다. 상관수의 목소리가 다시 울렸다.

"신호가 올 때까지 기다려."

걸음을 멈춘 상아진이 벽에 등을 붙였다. 뒤를 따르던 후공과 연선이 제각기 좌우에 붙어 섰다. 밤이 깊어지면서 취객들이 늘어났고 이곳저곳에는 쓰러져 자는 사람들도 보였지만 축제는 절정으로 치닫고 있다. 잘 계획된 축제였고 자금을 아끼지 않아서 곳곳에 떡과 국, 그리고 술이 쌓여 있다. 천도제라는 백상교의 축제가 아니라 백성들의 축제라는 깃발이 곳곳에 걸려 있는 것이다.

"이곳이야, 여기서 시작한다."

상아진이 눈으로 앞쪽을 가리키며 말하자 후공과 연선의 눈빛이 강해졌다. 그들은 교주 정현상의 저택이 보이는 곳까지 온 것이다. 한 떼의 대중이 앞을 지났는데 모두 술에 취해 노래를 부르며 웃고 떠든다. 그러나 계단 위쪽은 담장으로 막혔고 뒤쪽 저택은 지붕만 보일 뿐이다. 지대가 맨 위쪽이었기 때문이다. 그때 후공이 다가와 말했다.

"아씨, 아래쪽에서 준비가 다 되었다는 연락이 왔습니다."

"알았다."

상아진이 주위를 둘러보았다. 군중들 속에 섞인 1백 명의 정예가 지금 자신의 신호를 기다리고 있는 것이다. 그러면 아래쪽 7명의 방주와 18명의 당주가 거느리고 있는 1,400명에다 서문 근처에서 대기한 중군까지 동시에 움직일 것이었다. 상아진이 자신의 몸을 내려다보았다. 두건을 썼고 남장 서생 차림이었는데 옆에 내려놓은 후공의 등짐에는 검과 비수, 극독까지 10여 종의 무기가 있다. 이윽고 상아진이 후공에게 말했다.

"폭죽을 쏘아라."

"타타탕!"

하늘로 치솟아 오른 폭죽이 터지면서 푸른 불꽃을 검은 하늘로 퍼뜨렸다. 지금까지 수백 발의 불꽃과 폭죽이 올랐지만 이번 폭죽은 다르다. 푸른 불꽃이 퍼지면서 밤하늘에 푸른 원이 연달아서 다섯 개가 만들어졌다가 지워졌다.

"구반이 폭죽을 잘 구했군."

18대용 중 하나인 종강이 하늘을 보면서 감탄했다. 천도제에는 각각 맡은 직임이 달랐는데 동료 대용 구반이 불꽃과 폭죽 담당이었기 때문이다. 동문 경비 총책을 맡은 종강은 이쪽저쪽을 쏘다니며 폭죽과 불꽃을 쏘아 올리는 구반이 부러웠다.

"내년 천도제에는 내가 폭죽을 맡아야겠다."

옆에 선 대교 방차신에게 말했을 때다. 갑자기 등에 격심한 충격이 오더니 가슴으로 무엇인가 빠져나왔다. 놀란 종강이 가슴으로 빠져나온 물체를 보았다. 칼날이다.

"으악."

한 뼘이나 빠져나온 칼날이 다시 쑤욱 들어가는 순간 종강의 입에서 저도 모르게 비명이 터졌다. 끔찍한 고통 때문이다. 심장이 뚫린 터라 숨이 끊어졌지만 시각과 청각은 아직 남았다. 종강은 옆에 서 있던 대교 방차신의 머리가 앞으로 꺾어진 채 막 넘어지는 것을 보았다. 방차신의 머리는 겨우 살가죽 한 겹만으로 몸통에 붙어 있었는데 베어진 목에서 핏줄기가 석 자나 솟아올랐다. 방차신도 당한 것이다.

"됐다! 쳐라!"

푸른 폭죽이 터졌을 때 상관수가 말했다. 그러자 심호흡을 한 구문천이 허리에 찬 칼을 쑥 빼 들어 하늘을 가리켰다. 그 순간 대기하고 있던 마교군(軍)이 소리 없이 달려가기 시작했다. 모두 검정색 도복을 입은 데다 손에 갖가지 무기를 들어서 마치 검은 산사태가 일어난 것 같다. 소리 없는 산사태다.

비명이 울렸으므로 대웅전에 앉아 있던 곽기평이 머리를 들었다.

"무슨 일이냐?"

그때 비명이 여러 곳에서 울리더니 곧 외침이 일어났다.

"습격이다! 기습이다!"

"아잇! 대웅전을 지켜라!"

곽기평이 옆에 세워놓은 장검을 움켜쥐고 벌떡 일어났다. 그때 대웅전 안으로 9대천 중 하나인 강천만이 뛰어 들어왔다. 손에 칼을 쥐었는데 눈동자가 떴다.

"사형! 습격이오! 놈들이 수백이오!"

"누구냐!"

"모릅니다!"

그 순간 함성이 울렸다. 습격자다.

"이런."

어금니를 문 곽기평이 소리쳤다.

"전고(戰鼓)를 울려라!"

곽기평이 대웅전 밖으로 뛰쳐나가면서 다시 소리쳤다.

"전고를!"

"와아앗!"

그때 한 떼의 사내들이 달려들었는데 기세가 험악했다. 앞을 가로막는 이쪽 도인을 닥치는 대로 베고 찌르는 것이다. 곽기평이 보는 순간에도 다섯이 당했다.

"에익!"

곽기평이 들고 있던 장검을 앞쪽으로 내던졌다. 장검이 빗살처럼 날아 맨 앞에서 달려오던 사내의 몸통을 뚫고 들어가 손잡이만 보였다.

"어억!"

사내가 입을 떡 벌리더니 뒤로 벌떡 넘어졌는데 장검의 힘이 넘쳐서 두 걸음이나 뒤로 밀려났다.

폭죽을 쏘아 올린 직후에 이곳 교주 저택 담장을 넘어 안쪽 마당에 가장 먼저 발을 디딘 마교 습격자는 당주 연선이다. 연선은 마교의 36 당주 중 하나지만 무공의 깊이로는 10걸 중 하나다. 40대 후반으로 상아진이 7살이 되었을 때부터 5년간 무술 사범을 맡길 만큼 상관수로부터 신임을 받은 인물이다. 연선이 허리를 펴고 손에 쥔 장검까지 고쳐 쥐었을 때다.

"휙!"

대기를 가르는 소음이 울렸으므로 연선은 허리를 틀었다. 그 순간 날카로운 금속음이 울리더니 담장에서 불꽃이 튀었다. 단검이 날아왔다. 그때 담장을 넘은 연선의 부하 다섯이 일제히 땅바닥에 발을 디뎠다. 땅이 울렸다.

"아앗!"

갑자기 비명이 울리면서 연선 옆의 부하 하나가 앞으로 엎어졌는데 피비린내가 났다. 첫 희생자다. 이곳은 정현상의 저택 안마당, 앞쪽은 비었다. 20보쯤 건너편에 2층 저택이 세워져 있었지만 불도 꺼져서 이쪽은 암흑이다. 담장 너머 뒤쪽이 불야성을 이룬 것과는 대조적이다.

"으아앗!"

다시 비명과 함께 부하 하나가 털썩 쓰러졌다. 그 순간 연선이 앞으로 내달리면서 소리쳤다.

"따르라!"

다시 땅바닥이 울렸다. 이번에는 50여 명이 한꺼번에 담장을 넘어오는 것이다. 연선의 외침을 들은 부하들이 새까맣게 마당을 뒤덮고 저택으로 달려간다. 이미 담장 너머 뒤쪽은 함성과 비명으로 뒤덮였다. 습격자들이 보이는 남녀는 무조건 베어 죽이는 터라 구경꾼들이 아비규환 상태가 되었다. 연선은 달리면서도 처음 날아왔던 단검이 궁금했다. 대단한 공력의 비검이었다.

"늦었다."

정현상이 이 사이로 말하고는 정명을 보았다. 저택 안은 비명과 기합, 함성과 외침으로 가득 차 있다. 손에 장검을 든 정현상이 정명에게 위쪽을 가리켰다. 뒷마당 쪽이다.

"뒤로 피해라."

"아버님."

그때 둘이 서 있던 청으로 두 사내가 뛰어 들어왔다. 검정 옷, 마교 사내들이다.

"엣!"

정현상이 던진 비수가 앞장선 사내의 이마에 깊숙이 박혔고 세 걸음에 달려간 정명이 사내 하나가 휘두른 반월도를 허리를 굽혀 피하고는 몸을 펴면서 사내의 아랫배에서 위로 칼을 쑤셔 올렸다. 기괴한 자세였고 칼날은 아랫배에서 올라가 등 뒤로 나왔다.

"으아악!"

사내의 비명이 청을 울렸을 때 정명이 몸을 비틀면서 칼을 빼내었다. 피가 쏟아져 정명의 얼굴로 튀었다.

"아버님!"

"어서! 놈들은 치밀하게 계획을 세웠다. 너만이라도 피해야 된다."

"아버님!"

그때 저택 경비를 맡은 9대천 중 하나인 전기용이 뛰어 들어왔다. 손에 든 칼은 피로 물들었고 전기용의 팔 하나가 덜렁거렸다. 부상을 당한 것이다.

"교주! 놈들이 1백여 명입니다! 어서 피하셔야 되오!"

"대천! 왜 전고가 울리지 않는가?"

"고수가 당한 것입니다!"

전기용이 눈을 치켜뜨고 말했다. 습격자가 앞마당에 발을 디딘 지 아직 일각도 되지 않았다. 마침 앞마당에 나가 있던 정현상이 첫발을 디딘 습격자에게 비수를 던졌지만 빗나갔다. 공력을 8할이나 쏟았던 비검이었던 것이다. 두 번째 던진 비수가 옆쪽 습격자를 맞췄지만 정현상은 곧 전세를 파악할 수 있었다.

"교주! 어서……."

전기용이 다시 재촉했을 때 함성과 외침이 더 가까워졌다. 저택의 경호는 40명 정도다. 오늘은 천도제이어서 그중 절반은 아래로 내려갔을 것이었다. 이제 살아남은 경호원은 몇 명 되지 않는다. 하인과 시녀들은 이미 비명도 지르지 못하고 살해당했을 것이다.

"이놈, 상관수."

정현상이 얼굴을 일그러뜨리며 웃고 나서 전기용에게 말했다.

"대천, 네가 정명이를 데리고 뒤로 나가라!"

"교주, 안됩니다."

"왼쪽 소나무 밑에 절벽 옆으로 빠져나가는 벼랑길이 있다. 그 길이 좌측 골짜기로……."

그때 청 안으로 한꺼번에 7, 8명의 사내가 쏟아져 들어왔는데 앞장선 사내가 바로 연선이다. 연선이 장검을 고쳐 쥐고 웃었다.

"여기 교주가 계셨군."

"무엄한 놈."

전기용이 뛰어오르려는 순간이다.

"자, 어서."

팔을 뻗어 전기용을 낚아챈 정현상이 그 반동으로 연선을 향해 날아갔다. 무서운 기세다. 청은 사방이 20보도 안 된다. 단숨에 다가간 정현상이 백상14계를 한꺼번에 펼쳤다. 그러면서 소리친다.

"내 지시를 받아라! 교명이다!"

교명이란 교주가 내리는 명령이다. 교명을 받는 자는 따라야만 한다. 지고지순한 명(命)이다.

"아버님."

정명이 이를 악물었지만 전기용이 재촉했다.

"자, 아씨, 어서."

그때 앞쪽에서 기합소리가 들렸다. 정현상이 펼친 백상14계에 벌써 습격자 셋이 도륙되었다. 연선이 진땀을 흘리면서 정현상의 칼을 피했고 그 사이에 또 둘이 베여 죽었다. 엄청난 공력이다. 백상14계의 내공이 이 정도인 줄 연선은 상상도 하지 못했다.

정현상이 이를 드러내고 소리 없이 웃었다. 온몸이 피투성이가 되어 있었는데 모두 마교의 피다.

"이놈들, 백상교의 14계를 보아라."

이 사이로 말한 정현상이 다시 몸을 날렸다.

"아앗!"

이제 청 안에는 20여 명의 마교 선발대가 모여들었다. 이쪽저쪽에 10여 명의 시체가 널브러져 있었는데 모두 정현상에게 당한 것이다. 다시 혈우가 쏟아졌다. 정현상의 백상14계는 기괴했다. 위에서 아래로 쳐내린 것 같은데도 후려치는 것 같았다가 도끼처럼 내려찍었다.

"으아악!"

비명이 연거푸 울렸다. 검이 휘둘릴 때마다 혈우가 내렸으니 청 안은 붉게 물들었다.

"비켜라!"

마침내 연선이 소리쳤다. 도저히 부하들의 참상을 방관할 수가 없었기 때문이다. 연선이 앞으로 나서자 정현상이 머리를 끄덕였다. 이제는 웃음도 지워졌다.

"네가 내 단검을 피했겠다."

그 순간 연선이 날았다. 장검을 화살 끝처럼 내뻗으며 정현상을 향해 일직선으로 날아간다. 연선의 경공은 눈부시다. 10보 거리를 눈 깜박하는 사이에 날아 정현상의 몸통에 몸째로 박혔다.

"아앗!"

비켜섰던 10여 명의 부하들이 일제히 함성을 뱉은 것은 연선의 검이 자루까지 정현상의 몸통에 박힌 것을 보았기 때문이다. 그때였다.

"앗!"

낮은 외침이 울리면서 둘의 몸이 사라졌다. 다음 순간 청 안 네 귀퉁이에 달려 있던 등이 일제히 꺼졌다.

"아앗!"

놀란 외침이 이곳저곳에서 울렸을 때다.

"으아악!"

청이 무너질 것 같은 비명이 울렸으므로 모두 몸서리를 쳤다. 그것이 누구의 비명인지 아직 알 수가 없다. 그때 날카로운 목소리가 들렸다.

"움직이지 마라!"

상아진의 목소리다.

곽기평이 주위에 모인 도인들을 훑어보았다. 모두 2백여 명, 대천이 두 명, 대용이 세 명 보였고 7, 8명의 대교, 그리고 나머지는 호법과 일반 도인들이다.

"자, 이제 위쪽으로 간다."

곽기평이 손에 쥔 검을 치켜들고 말했다. 위쪽은 곧 교주 정현상의 사택을 말한다. 이곳 대웅전에서 그곳까지의 거리는 3백여 보, 곽기평에게는 3백 리보다도 멀게 느껴졌다.

"교주께 간다!"

곽기평이 다시 한 번 소리치자 그때서야 도인들이 함성을 질렀다.

"오오!"

그때 밖에서 그것을 덮으려는 듯 엄청난 함성이 울렸다.

"우와아!"

마교 무리다. 지금까지 곽기평은 세 번 대웅전 밖으로 치고 나갔다가 세 번 밀려 들어왔다. 그때마다 도인들이 줄어든 것이다. 대웅전은 1천 명을 수용할 수 있을 만큼 넓다. 그래서 습격을 받았을 때 백상교 도인들은 일제히 중심부에 위치한 대웅전으로 모여들었던 것이다. 처음에는 7백 명 가깝게 되었던 도인이 지금은 2백여 명이다. 밖의 마교 무리는 1천여 명에서 더 늘어난 것 같다. 곽기평은 이제 패배를 예감했다. 그래서 죽더라도 교주 옆에서 죽는 것이 도리라고 믿었다. 그래서 정현상에게 가려는 것이다.

"나가자!"

검을 세워 든 곽기평이 소리치며 앞장을 섰고 뒤를 한 무더기가 된 백상교 도인들이 따른다. 장렬한 모습이다.

동시에 아래쪽으로 1백 보쯤 떨어진 수련장 앞마당에서 천장 셋 중의 세 번째 서열인 지공이 마교의 수장 중 하나인 광마(狂馬)와 대결하고 있었다. 지공은 아예 처음부터 야전(野戰)을 했는데 그것이 그의 성품이다. 지공은 수련 담당 천장이어서 무공이 뛰어났다. 개전 한식경이 지난 지금 지공의 손에 마교의 당장 셋과 방장 하나가 죽었다. 졸개들의 숫자는 세지도 않았다.

"이놈."

지공이 앞으로 나온 광마를 향해 웃었다. 반갑다는 표정이다. 그러나 지공의 몸은 피에 젖었다. 드문드문 불이 켜졌고 아래쪽 사랑채가 불에 타는 바람에 밤하늘이 벌겋게 되어 있었으므로 지공의 모습은 야차 같다. 사방의 비명과 함성은 아직도 울렸지만 처음보다는 절반쯤 줄었다.

110

군데군데 무리 지은 백상교 도인들은 대부분이 포위된 상태, 지고 있는 싸움이다.

"어서 오너라."

지공이 양손에 쥔 쌍검을 상하로 겨누면서 광마에게 다가갔다. 주위에는 양측이 각각 벌려 서 있었는데 마교 무리가 압도적이다. 백상교는 50여 명, 마교는 3~4백이다. 양측이 수장(首將)들의 대결을 기회로 잠깐 결전을 쉬는 셈이다. 그때 광마가 장검을 어깨에 걸치는 모양으로 지공에게 다가갔다. 이쪽도 웃는 표정이다.

"지공, 이제 때가 되었다."

광마가 장검을 어깨에서 세웠다. 검신에 묻은 피가 흘러내리고 있다. 사방에서 울리던 함성과 비명이 잠깐 멈춘 것 같은 느낌이 든 것은 모든 시선이 둘에게 집중되었기 때문이다. 광마가 누구인가? 마교 방장이 되어 있지만 한때 점창파에서 신공(神功)으로 두각을 나타내었던 검신(劍神), 결국 오만과 탐욕의 대가를 받아 파문을 당하고 나서 마교에 귀의했지만 그 버릇은 그대로 남았다. 광마의 검기(劍技)는 마교에서도 독보적인 존재, 적수가 없다.

"에이!"

기합은 지공의 입에서 먼저 터졌다. 지공은 허세를 싫어한다. 그래서 백상14계를 도인들에게 가르칠 때 전혀 허식을 쓰지 않는다. 칼이 정직하니 허식에 힘을 빼지 않는 터라 위력이 배가 된다. 정직한 검, 보라.

"으앗!"

장검을 휘두르며 지공의 쌍검을 화려하게 맞던 광마의 놀란 외침,

"째쨍!"

그 순간 광마가 휘두른 장검이 지공의 검에 막혔고 다음 순간 또 다

른 검이 날아가 광마의 머리를 친 것이다. 광마가 머리를 비틀어 피했지만 두건이 위쪽에서 베어졌다. 그 순간 잘려진 머리칼이 떨어져 내리는 바람에 광마의 얼굴이 머리칼로 뒤덮였다. 광마의 이번 외침은 분노와 부끄러움이 뒤섞였다. 장검이 휘몰아치듯 전후, 좌우, 상하로 치고 나갔는데 이번에는 허세가 없다. 그러니 볼품이 없어졌다. 나무꾼이 도끼를 휘두르는 것 같다. 그러나 위력은 절반 가량이나 증가했으므로 지공의 쌍검이 분주하게 막았다. 칼날 부딪치는 소리가 용문사에 울렸다. 사방에서 울리던 함성과 비명이 다시 줄어든 것 같다.

"교주시어!"

그때 지공의 입에서 외침이 터졌다. 교주 정현상을 부르는 것이다. 백상 교도는 교주 정현상을 신으로 모시는 집단이다. 지공이 교주를 부르는 것은 마지막 순간이 다가왔다는 것을 본인이 다짐하는 것이나 같다. 지공이 뛰어올랐다. 허공에 떠오른 순간 지공의 백상14계가 펼쳐졌다. 백상계는 온몸을 이용하여 손에 쥔 무기까지 몸의 일부로 응용하는 것을 무술의 기본으로 삼는다. 지공의 응용은 뛰어났다. 광마를 향해 쌍검을 휘몰아치듯 덮쳐갔는데 온몸이 무기가 되었다.

"아앗!"

주위에 둘러섰던 마교의 무리가 놀란 외침을 뱉었고 반대로 백상교도인들의 입에서 탄성이 터졌다.

"우앗!"

마지막은 장렬하다. 온 힘을 내뿜은 지공의 14계, 팔, 다리, 머리, 무릎, 칼, 창, 궁(弓) 등 온갖 무기가 지공의 검풍(劍風) 속에 녹아 있다.

"으아아앗!"

비명이 터졌다. 광마는 황급히 장검을 휘둘러 태풍검법(太風劍法)을 응용하여 비켜섰지만 그 비켜선 공간에 서 있던 마교 도인들이 대신 검풍에 맞았다. 대여섯 명이 팔이 잘리고 머리 한쪽이 베어졌으며 배가 갈라지면서 처절한 비명이 터졌다.

"에에잇!"

그 순간 땅에 발을 딛자마자 지공이 다시 뛰어오르면서 두 번째 14계를 연출했다. 광마가 미처 반격할 여유를 주지 않으려는 것이다. 이번의 백상계는 더 강력했다. 달리면서 탄력이 붙는 이치나 같다. 보라, 몸이 비틀려지더니 팔과 다리가 몇 치씩이나 늘어났다. 기력이 증가되면서 검풍이 강해졌고 14계의 기법도 더욱 예리해졌다. 지공의 14계 무공은 정현상 다음이다. 당년 48세, 10세 때 입문하여 38년간 백상계를 수련하면서 몸이 백상계에 젖었다.

"아아앗!"

이번에도 광마가 급급하게 검풍을 일으켜 비켜섰는데 엉겁결에 마교 수하들이 많은 쪽으로 날아갔다.

"아아아악!"

더 처절한 비명이 울렸다. 지공의 검풍이 관중을 친 것이다. 잘려진 팔다리가 떠올랐고 밤하늘에 혈우가 뿌려졌다.

"와아아!"

환성이 울렸고 백상교도들의 의기가 치솟았다. 열세에 몰려 전멸 직전의 백상교가 부흥하기 직전이다. 그때 뒤쪽에서 호통소리가 들렸다.

"무엇이냐!"

강풍이 불어왔다. 살기를 띤 강풍이다. 모두 일제히 몸을 돌렸고 땅으로 내려선 지공이 눈을 치켜떴다. 마교의 총방주 구문천이 풍우처럼 달려오고 있다.

"저 한 놈을 처치하지 못 한단 말이냐!"

구문천의 뒤에는 2백여 명의 수하가 따르고 있다. 함성이 일어났다. 잠깐 위축되었던 마교의 함성이다. 그때 지공이 뒤쪽의 살기를 느끼고는 몸을 비틀었다. 그러나 살기가 더 강해졌다.

곽기평의 모습은 아수라다. 대웅전 밖으로 뛰쳐나간 곽기평은 북쪽을 향해 150보 가량 전진했다. 대단한 성과다. 그러나 이제 뒤를 따르는 부하는 50여 명, 마교 무리 2백여 명을 처단했지만 이쪽도 150을 잃었다. 그러나 사방에서 에워싸고 가로막는 마교 무리는 이제 더 늘어났다. 수만 관중들은 아우성을 치면서 계양산 골짜기를 빠져나간 터라 용문사 전역에는 백상교도와 마교 무리밖에 없다.

"죽여라!"

곽기평이 앞으로 헤쳐 나가면서 악을 썼고 수하 도인들이 기를 쓰며 뒤를 따른다. 이미 곽기평은 온몸이 상처투성이다. 특히 치명적인 것은 등과 어깨에 비검, 표창, 화살까지 7~8개가 박혀 있어서 행동이 거칠어졌다. 몸이 기력으로만 움직였기 때문에 기(技)를 펼치지 못하고 호흡도 자주 끊겼다.

"교주시어!"

이제 곽기평의 입에서도 처절한 외침이 터졌다. 천장의 수뇌였으니 교주 다음 서열의 곽기평이다. 백상교에 투신한 지 어언 27년, 철저하게 교리에 순응하고 포용심으로 10만 도인을 포교하던 곽기평은 정현상의 심복이자 후계자나 같다. 곽기평이 앞을 가로막는 마교의 대두(大頭) 하나를 후려쳐 몸통을 두 조각으로 절단하면서 다시 소리쳤다.

"교주시어! 다시 백상교를 살리시오!"

사택과의 거리는 1백여 보, 정현상에게 다시 한 번 소리쳤다. 그것은 이곳을 피하라는 말이나 같다.

"윽!"

그때 또 한 자루의 단검이 날아와 곽기평의 등판을 꿰뚫고 심장에 깊숙이 박혔다. 치명상이다. 걸음을 멈춘 곽기평이 몸을 돌려 뒤를 보았다.

"형제들이여! 피하라!"

곽기평의 목소리가 용문사를 울렸다. 밤하늘이 떠는 것 같다. 일순간 뒤를 따르던 도인들이 정지했고 그들을 둘러싸고 치던 마교 무리도 숨을 죽였다.

"어서 떠나 훗날을 기약하라!"

곽기평이 다시 소리친 순간 다시 날아온 단검이 뒷머리에 박혔다. 곽기평이 눈을 치켜뜨고 앞으로 쓰러졌다. 불빛에 피가 흩뿌리고 있다. 혈우(血雨)다.

광마는 이를 악물었는데 어깨가 부풀려졌다. 뒤에 서 있는 구문천을 의식했기 때문이다. 절체절명의 순간, 이곳에서 목숨을 잃느냐 아니면 오욕을 뒤집어쓰느냐 둘 중 하나가 된 것이다. 이제 술수를 쓸 여유가 없다. 구문천의 눈에는 티끌만 한 허점도 보이기 마련이다. 허세도 통하지 않으려니와 그럴 여유도 없다.

"이놈, 지공."

지공이 잠깐 주춤한 사이에 광마가 장검을 고쳐 쥐고 부르짖었다.

"내 검을 받아라!"

목청껏 소리치자 사방이 울렸다. 주위 함성을 압도할 만한 외침, 그 순간 광마의 몸이 떴다. 장검을 치켜들고 지공에게 떨어지는 모습이 해일이 덮치는 것 같다.

"아앗!"

저절로 모두의 입에서 낮은 탄성이 터졌다. 보라. 광마의 기세와 쌍검을 쥐고 선 지공의 바위 같은 힘이 부딪쳤다. 부서질 것이냐? 깨질 것이냐? 그 순간이다.

"으아아악!"

광마가 아직 허공에 떠 있는 그 순간, 지공의 쌍검이 아직 맞받아치기 전의 그 순간, 도대체 무슨 일이 일어났단 말인가? 이 처참한 비명은? 그때 둘러선 모든 관중의 입이 딱 벌어졌다. 지공이다. 지공이 당한 것이다. 그 순간 앞쪽에 떨어진 광마의 장검이 3초나 초식을 운용했지만 다 헛칼질이 되었다. 그것은 지공이 몸을 비틀며 쓰러졌기 때문이다. 그때 지공의 뒤에서 사내 하나가 나타났다. 손에는 길이가 한 자쯤 되는 비수를 들고 있었는데 칼날이 손바닥에 잡혀 있다. 바로 점창파의 비도(飛刀).

"이놈!"

백상교 무리에서 분노의 외침이 울렸다. 피가 끓는 것 같은 외침이다. 비도를 쥔 사내는 바로 배신자 전균, 전균이 뒤에서 비도를 던져 지공의 뒷머리에 박은 것이다. 전균이 비도를 쥔 채 이를 드러내고 웃었다.

"지공, 백상교와 함께 갔도다!"

전균이 소리쳤을 때 잠깐 숨을 죽였던 백상교도가 움직였다.

"우앗!"

모두의 입에서 일제히 외침이 울렸지만 목이 메었다.

"죽자!"

누군가가 외쳤고 백상교 무리는 일제히 앞으로 나아갔다, 위쪽 교주를 향하여. 전균은 이미 몸을 날려 마교 무리 속에 끼어들었기 때문이다.

"죽여라!"

백상교의 외침에 맞추듯이 총방주 구문천이 소리치자 마교 무리가 움직였다. 50인도 되지 않는 백상교 잔병을 향해 수백 명이 돌진한다.

같은 시간, 정현상이 사택 청 밖으로 나와 정원에 서 있다. 정원 뒤쪽의 별채가 불에 타고 있는 바람에 주위는 환해져 있다. 이제 저택의 백상교 경비원은 전멸했다. 피가 흘러서 마른 땅을 적시지만 밤에는 검은 물로 보인다. 이곳에서 백상교도는 정현상은 하나. 앞쪽 10여 보 거리를 두고 대적했던 마교의 당주 연선이 서 있었지만 왼팔이 없다. 어깻죽지 밑에서부터 절단이 된 것이다. 청 안의 불이 꺼지면서 모두 밖으로 뛰쳐나와 보았더니 연선이 팔 한쪽을 놓고 나왔다.

"정현상, 너에게 기회를 주마."

그때 뒤쪽에서 굵은 목소리가 들리면서 연선의 옆으로 백발의 사내가 나타났다. 바로 마교의 교주 상관수다. 흰 수염이 가슴까지 내려왔고 붉은 얼굴과 안광이 불빛 속에서 짐승처럼 번쩍이고 있다.

"이놈, 상관수."

정현상이 얼굴을 일그러뜨리며 웃었다. 이제 상관수는 흰 도포로 갈아입어서 백발과 수염이 나부끼는 신선처럼 보였다. 피투성이가 된 정현상과 대조적이다. 정현상이 눈을 치켜뜨고 말했다.

"이놈, 상관수. 네가 교주라면 예의를 지켜라. 이곳에서 나하고 승부를 내자."

"앗하하하."

상관수의 웃음소리가 폭죽처럼 울렸다. 어느덧 주위의 소음이 비 맞은 모닥불처럼 급격히 가라앉고 있다. 가끔 들리는 것은 비명과 신음이다. 상관수가 말을 이었다.

"이놈, 그런 무리수가 어디 있느냐? 다 이긴 전쟁에서 장군끼리의 싸움으로 승부를 내다니, 백상교는 그런 방식으로 성장을 했구나."

"이놈, 상관수."

이제는 정현상의 외침이 용문사 계곡을 울렸다.

"네가 기습함으로써 평형을 깨뜨렸다. 비겁한 놈, 나서지 못하느냐!"

"핫핫핫."

다시 웃은 상관수가 곧 천천히 머리를 끄덕이더니 옆에선 연선을 보았다.

"당주, 나가 싸워라."

"예엣!"

홀린 듯이 대답한 연선이 정현상을 향해 몸을 날렸는데 성한 한 손으로 장검을 치켜들었다. 모두 숨을 죽였기 때문에 정원에서 기침 소리도 나지 않았다.

"아앗!"

몇 개의 입에서 외침이 일어났다. 공력이 절반이나 떨어진 연선이 정현상의 세 발짝 앞까지 날아갔을 때 머리가 몸에서 떨어졌기 때문이다. 발이 땅에 닿기도 전의 일이다. 그래서 머리통이 먼저 땅바닥에 구르더니 주인 잃은 몸통이 내던져진 것처럼 뒤집혀 떨어졌다. 정현상이 장검을 후려친 것인데 백상계로 팔이 한 자나 늘어나는 바람에 미처 대비도 못 하고 절명했다. 그것을 본 상관수가 천천히 머리를 끄덕였다.

118

어느덧 정색한 얼굴이다.

"이것으로 네 제사상의 제물은 내놓았다."

상관수가 똑바로 정현상을 보았다.

"그래, 정현상, 백상교에 대한 내 예의로 너에게 내 손녀를 대적하게 해주마."

시선이 마주친 상관수가 빙그레 웃었다.

"네 휘하의 3천장, 그리고 대부분의 간부들은 다 절명했느니라. 이제 백상교의 이름이 중원에서 사라지는 것에 대한 내 성의다."

그리고는 상관수가 옆으로 한 걸음 비켜섰을 때 검정 옷을 입은 가냘픈 체구의 사내가 나타났다. 사내가 머리에 쓴 두건을 벗어 던지자 긴 머리가 어깨까지 흘러내렸다. 여자다.

낭떠러지 끝에 난 샛길은 산양도 타고 내려가기 어려울 정도다. 천 길 절벽 귀퉁이에 드문드문 발 디딜 곳이 있다가 갑자기 뚝 끊겼는데 이것은 길이 아니라 수억 년 세월이 흐르는 동안 자연히 만들어진 갈라진 틈이며 튀어나온 바위일 뿐이다. 거기에다 절벽 길은 2백 보 정도만 이어졌다가 끊긴 것이다. 안으로 패인 것이다. 아래쪽 밑으로 깊이가 열 길도 넘는 삼마연이라는 연못이 있으니 귀퉁이에서 연못으로 뛰어내리는 수밖에 없다. 귀퉁이에서 연못까지는 20보, 엄청난 거리였지만 물이 깊으니 제대로 떨어지는 수밖에 없다. 대천 전기용은 팔 하나가 덜렁거리는데도 앞장서서 길을 만들었다. 용문사의 소음이 끊임없이 울리고 있었으므로 둘의 발길은 더디어졌고 안정되지 않았다. 이곳은 절벽과의 사투였다. 한식경(30분) 동안 1백여 보를 내려갔지만 그만하면 잘한 셈이다. 더욱이 왼팔의 어깻죽지에 깊은 상처를 입은 전기용이 도움이 되지 않았고 오히려 장애가 되었다. 1백 보 거리까지 내려갔을 때 어둠 속에 엄청난 공간이 펼쳐졌다. 돌출된 바위 아래쪽은 천 길 낭떠러지다. 그곳을 통과해서 수직으로 뻗친 절벽을 내려가야 한다. 그리고 그곳에서 물구덩이로 뛰어내려야 한다.

"대천, 내 손을 잡아."

이제는 정명이 앞장을 서서 위쪽에 매달린 전기용에게 손을 내밀었다. 전기용은 신장이 7척이 되는 거인이다. 힘이 장사였고 백상계를 정직하게 습득하여 지공은 그를 교련관으로 삼았다. 그래서 정현상이 경황 중에 정명을 맡겼을 것이다. 그러나 어찌하랴, 전기용은 팔 하나가 덜렁거리는 병신이 되었고 운기를 그쳐 출혈을 정지시켰지만 평소의 공력이 절반밖에 나오지 않았다. 저택에서 혼전 중에 마교 습격자를 10여 명이나 살상했지만 검에 깊은 상처를 받은 것이다. 전기용이 이를 악물고는 성한 손을 뻗었다가 도로 오므리더니 말했다.

"아씨, 50보만 내려가면 아래로 물구덩이가 보입니다. 아시지요?"

"알아. 대천, 어서 손을 내."

수상한 예감이 든 정명이 흰 손을 더 길게 뽑아 내밀었다.

"어서 내 손을 잡아. 발 디딜 곳은 내 옆이야, 보이지?"

"아씨, 나는 다시 올라가 교주를 도와드려야겠소."

"그 팔로 어찌 가겠다는 거야? 손 내밀어."

"이제 내가 할 만큼은 했소."

정명은 위쪽 전기용의 얼굴이 번들거리는 것을 보았다. 눈물인 것 같다.

"대천, 그러지 마."

정명이 말했을 때 전기용의 목소리가 차분해졌다.

"교주님의 원한을 꼭 푸시오."

"대천, 그러지 마."

"꼭 살아서 갚으시오."

"대천."

마침내 정명이 어금니를 물었을 때 전기용이 힘껏 뛰어올랐다. 전기용의 몸이 한동안 허공으로 솟아오르더니 곧 바위처럼 아래로 추락했다.

"받아라!"

외침과 함께 상아진이 날아왔다. 검은 옷이 펄럭였는데 마치 커다란 박쥐 같다. 정현상은 두 손을 늘어뜨린 채 상아진을 맞았는데 무심한 표정이다. 주위에 둘러싼 3백여 명의 마교 무리가 숨을 죽였다. 어느덧 계양산 골짜기의 소음이 그쳤다. 지공의 휘하 무리도 소멸되었고 이곳저곳에서 불길이 오르고 있을 뿐이다. 깊은 밤, 용문사는 무덤으로 변했으며 산 자는 모두 마교 무리다.

"앗!"

다음 순간 마교 무리가 탄성을 뱉었는데 상아진의 칼끝이 닿은 순간 정현상의 옷자락이 펄럭였기 때문이다. 피범벅이 된 옷자락이 펄럭이는 것은 현실 속의 장면이 아닌 것 같다. 그것은 소리 없이, 그러나 크게 날개를 펼치면서 허공으로 치솟았는데 전력을 다해 돌진해온 상아진을 비웃는 것 같다.

"아아앗!"

상아진이 그 분위기를 모를 리가 없다. 날카로운 기합이 터지더니 마교의 비공 28수를 현란하게 펼치면서 뒤따라 치솟았다.

"오오."

이제는 마교 무리들이 탄성을 뱉었다. 뒤쪽에 선 상관수의 얼굴에도 웃음이 떠올랐다.

"이야앗!"

다시 허공에서 상아진의 기합이 울렸다. 28수가 펼쳐진 상아진의 몸이 밤하늘을 난다. 마교의 근원은 '극락(極樂)' 마교가 곧 극락이라는 뜻이다. 불교에서는 서방 정토에 극락이 있다고 하여 극락왕생(極樂往生)을 쓰지만 마교는 극락이 곧 마교의 교주 상관수라는 것이다. 상아진이 펼치는 28수는 바로 그 극락으로 치솟는 신(神)의 경지다.

"아아앗!"

그때 어둠으로 덮인 허공에서 부딪친 두 개의 덩어리가 떨어질 때 군중들이 외침을 뱉었다. 검정과 피투성이 흰색 물체가 엇갈려서 땅바닥에 떨어진 것이다. 그때 정현상이 붉은 입을 벌리며 웃었다.

"악독한 년, 제 아비를 닮았구나."

정현상이 한마디씩 힘주어 뱉는 목소리가 용문사를 울렸다. 내공이 남아있기 때문이다.

"이년, 온몸으로 독분을 뿌리느냐!"

다시 외친 정현상이 숨을 들이켜더니 상아진을 향해 뱉어내었다.

"아앗!"

놀란 외침은 바로 상아진한테서 터졌다. 숨결에 독분이 뱉어져 나왔던 것이다. 상아진이 외면했지만 왼쪽 눈썹이 일그러졌다. 독분에 닿은 것이다.

"보라! 이 마교 놈들아!"

정현상의 외침이 용문사를 울렸다. 그 순간 정현상이 다시 허공으로 떠올랐다. 그때였다. 상관수가 소리쳤다.

"가라!"

그 순간 상관수 옆에서 구문천이, 뒤쪽에서 전균과 광마가 일제히 떠올랐다. 상관수도 가만있지 않았다. 월장을 움켜쥐고는 떠오른 정현상의 아래쪽으로 날아간다. 다음 순간 어둠 속에서 폭음이 울렸다.

"꽈광!"

정현상의 장검이 14계를 극대화시키면서 태풍을 끄는 것처럼 휘몰더니 다섯 개의 기력과 한꺼번에 부딪친 것이다.

"어어억!"

다섯 명의 입에서 일제히 외침이 터졌다. 그러고는 바위에 부딪힌 짐승처럼 일제히 튕겨나갔다. 그러나 보라, 붉은 하늘에 혈우(血雨)가 쏟아졌다. 온몸을 던진 백상교 교주 정현상이 스스로의 몸을 허공에서 터뜨린 것이다. 혈우에 섞여 흰옷 조각이 꽃잎처럼 떨어졌다.

4장
환생(還生)

동굴 안이 밝다. 기름 먹인 양피지 책장에 불길이 붙더니 훨훨 타오른다. 불길이 석 자 높이까지 솟으면서 심신비전(心身秘傳), 두 권의 비서(秘書)가 탄다. 화천이 우두커니 타오르는 비서를 바라보며 앉아 있다. 비전은 이제 자신의 머릿속에만 박혀 있는 것이다. 비전은 수대를 이어 내려오기만 했을 뿐 열고 익히지를 못한 까닭에 불타 없어지지 못 한 것이다. 그 누구든 비전을 익혔다면 마지막 구절을 읽고 비전을 불살랐을 테니까. 마하트의 명이다. 비전이 어느덧 재가 되어 남았으므로 화천이 비전 앞에 얼굴을 대고 입을 벌렸다. 그러고는 크게 숨을 들이켜자 재가 되었던 비전이 입안으로 빨려 들어갔다. 이 또한 마하트의 명이다. 이제 비전은 내 몸속에 있다. 자리에서 일어선 화천이 발을 떼었다. 동굴 밖으로 나가려는 것이다. 7년 4개월이 지났다. 14세에 들어와 22살이 되어서 밖으로 나간다. 그러나 밖은 한 달쯤 지났을까?

폐허다. 그것도 살육의 자취가 생생하게 남아 있는 폐허, 계양산 용문사는 사라졌다. 수십 동의 건물, 웅대한 대웅전과 수련장은 겨우 몇

채의 요사채가 화마를 피했을 뿐 흔적도 없이 사라졌다. 아직도 검은 기둥에서 흰 연기가 피어올랐고 땅은 열기로 뒤덮여 있다. 밤, 별을 보니 해시(10시)쯤 된 것 같다. 화천은 장발에 거의 알몸이나 마찬가지 행색이었으니 폐허가 된 용문사의 참혹한 모습과 닮았다. 상의는 벗었고 하의만 겨우 걸쳤는데 그것도 짧아서 무릎만 덮었고 맨발이다. 동굴 안의 옷이 7년여의 세월 동안 다 닳은 터이다.

"어허."

놀랍고 당황한 화천의 입에서 비명 같은 탄성이 터져 나왔다. 이것이 무슨 일이란 말인가? 비전 수련의 성취를 가장 먼저 고(告)하고 은혜를 갚아야 할 교주 정현상은커녕 용문사가 멸망했다. 용문사가 백상교였으니 백상교가 말살되었단 말인가?

"어허어!"

이번에는 가슴속 깊은 곳에서 우러난 신음이 터져 나왔다. 수천 명이 들끓던 계양산 용문사의 백상교단이 인적 하나 보이지 않는 폐허가 된 것이다. 그리고 바람결에 맡아지는 피 냄새, 쇠 냄새와 시체의 썩는 냄새까지 화천의 오감을 자극하고 있다. 한 번 터진 외침으로 주변의 생명체가 잠깐 화석이 되었다. 먼 쪽에서 시체의 살을 뜯어 먹던 들개 두 마리가 꼬리를 말고 움직이지 않는다.

"이게 무슨 소리야?"

그렇게 물은 것은 5리(2.5km)쯤 떨어진 계양산 골짜기 입구의 초소장 곽순이다. 곽순은 용제현에서 파견된 별장으로 휘하에 보군(步軍) 12명을 배속 받아 이제 폐사가 된 용문사의 출입을 통제하는 임무를 맡았다. 진막 안에서 부장과 곡주를 마시던 곽순이 들었으니 밖의 초병들은 다 들었을 것이다.

"곰 같은데요."

부장이 술기운으로 붉어진 얼굴을 기울이며 말했다.

"북쪽 지역의 건물 밑에 시체가 많이 남았습니다. 곰이 그쪽을 뒤지는 모양이오."

"곰 울음치고는 길고 굵다."

"곰이 똑같은 소리만 내는 것이 아니지요."

아는 척을 한 부장이 입맛을 다셨다.

"원체 잔악무도한 살육이 치러져서 나중에는 계양산 골짜기가 귀신골이 되겠다고들 합니다."

"하긴 그렇다."

술잔을 든 곽순이 긴 숨을 뱉었다.

"마교 놈들도 그렇지만 환관 놈들은 더 지독한 놈들이여."

부장은 이젠 욕하기도 싫다는 표정을 짓고 술을 삼켰다. 살육이 끝난 후에 진입한 환관 무리는 먼저 백상교의 창고를 열어 귀물은 말할 것도 없고 양곡 한 톨 남기지 않고 털어갔다. 부식창고까지 쓸어갔는데 말린 채소 한 잎 남기지 않았던 것이다. 곽순도 환관 복기단의 지휘를 받아 창고의 짐을 실어간 잡부 노릇을 했기 때문에 잘 안다. 술잔을 내려놓은 부장이 머리를 저었다.

"점점 시체 썩는 냄새가 심해져서 견디기 힘듭니다. 빨리 내려갔으면 좋겠소."

"곧 비가 오고 땅에 풀이 자라면서 시체 위에 흙이 덮이겠지. 이 세상 땅거죽이 모두 그렇게 만들어졌다네."

둘의 표정이 심란해졌다.

동굴에서 나온 지 반시진이나 되었을까? 이곳 주변 시간은 숨을 평상시처럼 쉬는 터라 전(前)과 같이 흘러갈 것이다. 그러나 자신의 몸은 22살, 7년 4개월을 겪고 나왔다. 그런데 이곳 용문사는 언제 어떻게 이렇게 처참한 꼴을 당했단 말인가? 그 해답의 일부분을 화천이 지금 초소장과 부장의 대화로 듣고 있다. 아래쪽 5리 거리에서 울리는 인기척을 듣고 내려와 50보 거리의 나무 위에 올라가 귀를 기울였던 것이다. 자신의 공력이 얼마만큼 향상되었는가는 지금 측량할 수 없다. 심신비전을 다 익혀 머릿속에 박아놓은 터라 이제부터는 144개 심신(心身)법이 제각기 몸 안에서 저절로 융합, 향상되어 자신도 모르는 공력이 계발된다. 이것이 마하트의 가르침이다. 마하트도 겪지 못했던 비전. 3천 년쯤 전, 타계(他界)에서 온 생물체로부터 이 비전을 듣고 옮겼다고 하던가? 마하트는 타계 생물체를 만난 위인이 옮겨 적은 비전을 안드라 동굴에서 발견하여 번역했을 뿐이라고 했다. 번역자일 뿐이다. 그래서 펼치지도 못하고 죽는다고 썼다. 화천이 몸을 일으켰다가 제 몰골을 보고는 생각했다. 의관을 갖춰야겠다.

화천이 진막 안으로 들어서자 곽순과 부장 고명립은 일제히 머리를 들어 시선을 마주쳤다. 그 순간 화천이 심안으로 말했다.

"그저 머릿속을 비우게나."

둘을 둘러보며 말했더니 곧 눈동자의 초점이 흐려졌고 어깨가 늘어졌다. 화천이 다가가 둘에게 말했다. 물론 심안(心眼)이다.

"내가 옷을 입어야겠네, 맞는 옷을 내놓게."

그러자 곽순과 고명립이 서로의 몸을 보았다.

"저고리는 내 것이 낫겠군. 부장은 바지를 벗게."

"신발은 별장이 드려야겠소."

"그렇군, 허리띠는 내 것으로 하고."

둘이 말하면서 서로 옷을 벗어 화천에게 내밀었다. 화천이 다 해진 바지를 벗어 던지고 둘이 벗어준 옷을 입었다. 신발까지 신고 났더니 이제 둘은 반절 미친놈 모양새가 되었고 화천은 늠름한 장부 차림으로 변신했다. 화천이 긴 머리를 뒤로 묶고는 곽순의 두건으로 덮어썼다. 이것으로 당분간 입성이 해결되었다. 둘 사이에 앉은 화천이 이제 저고리를 벗은 속옷 차림의 곽순에게 물었다.

"오늘이 며칠인가를 말해주게."

그러고는 덧붙였다.

"계양산 용문사가 어떻게 되었는지를 자세히 말해주게나."

"오늘이 천도제가 끝난 지 닷새째가 되는 날입니다."

곽순이 말했다.

"천도제 날 마교 교주 상관수가 3천 도인을 이끌고 습격해왔지요. 그것은 황실에서 내려온 조세징수관 복기단과 공모한 것이었소. 둘은 각자 목적이 있었지요. 복기단은 용문사 백상교가 보유하고 있는 재물이 필요했으며, 마교 교주 상관수는 백상교의 교세와 교주 정현상이 비장하고 있는 비전을 빼앗는 것이었소."

지금 화천은 불타버린 대웅전 터의 초석 위에 앉아 있다. 주위는 짙은 어둠에 덮여 있다. 가끔 벌레 소리만 들려오는 이곳으로 다시 돌아온 것이다. 곽순과 부장 고명립은 술상 앞에 앉은 자신들의 기괴한 모습을 보고 귀신에 홀린 것 같은 표정을 짓고 있을 것이다. 지금 화천은 둘의 이야기를 떠올리고 있다. 곽순의 말이 다시 떠오른다.

"용문사에 있던 백상교 교주 정현상을 포함하여 천인장 셋과 대부분의 고위 간부는 다 죽었소. 너무 처참한 살육이어서 우리도 눈을 뜨고 볼 수가 없을 지경이었지요."

"배신자 전균과 마교의 간부 광마가 이번 백상교 말살의 일등공신이라고 들었소."

"교주 정현상을 죽이는데 마교 교주의 손녀 상아진이 주역을 맡았다고 했소."

"정현상의 딸 정명은 피신한 것 같습니다."

"마교 교주 상관수는 백상교의 비전을 찾지는 못 했지만 교인들을 흡수할 수 있는 데다 황실의 신임을 받게 되었지요. 앞으로 교세가 확장될 것입니다."

이윽고 화천이 다시 하늘을 향해 신음을 뱉는다.

"아아아아."

그 소리를 들은 곽순이 이맛살을 찌푸리며 고명립을 보았다. 이제 곽순은 다른 저고리를 걸쳤고 신발도 신었다. 고명립도 바지를 구해 입었다.

"또 곰이 우는구먼."

곽순의 말에 고명립이 머리를 끄덕였다.

"아까 그 곰입니다. 이번에는 너 크게 우는군요."

조금 전 화천과 함께 있었던 시간은 둘의 머릿속에서 싹 지워져 있다.

복기단이 청으로 들어서자 홍부위가 웃음 띤 얼굴로 맞았다.

"대감, 장부 정리를 끝냈습니다."

"얼마나 됐느냐?"

청의 보료에 앉은 복기단이 눈을 좁혀 뜨고 홍부위를 보았다. 오전

사시(10시) 무렵, 어젯밤에도 주색을 즐긴 복기단의 얼굴은 꺼칠하다. 비록 양기는 움직이지 못하지만 다른 방법은 얼마든지 있는 것이다. 그때 홍부위가 장부를 펼쳐 들고 말했다.

"이번 용문사 창고에서 가져온 물품으로 조세 할당량을 채우고도 남습니다. 남는 양만 적어왔으니 보시지요."

"옳지."

쓴웃음을 지은 복기단이 장부를 받아들며 칭찬했다.

"네가 공신이다."

남은 양이란 곧 복기단의 몫인 것이다. 장부를 훑어본 복기단의 얼굴에 웃음이 떠올랐다. 백상교 창고를 털어온 덕분으로 단숨에 조세 할당량을 채우고 거금을 모았다. 복기단이 말을 이었다.

"그럼 내일 출발하기로 하자."

"예, 오늘까지는 짐이 다 꾸려질 것입니다."

허리를 굽혀 보인 홍부위가 청을 나가자 만족한 복기단이 다시 장부를 보았다. 엄청난 재물이다. 지금 복기단이 손에 쥐고 있는 장부의 물량이 그렇다. 백상교 덕분에 복기단은 거부가 되었다.

"내일 떠난다는군."

현청 앞 시장거리의 주막에서 상인 하나가 말했다. 흰 수염이 드문드문 난 상인이 늦은 아침으로 국수를 시켜 먹으면서 앞에 앉은 사내에게 말을 이었다.

"환관 놈이 부자가 되어서 떠나는구먼."

"천벌을 받을 놈들."

아침부터 술을 마시고 있던 앞자리의 상인이 탄식했다.

"이제 계양산은 귀신 놀이터가 되었어."

"지금도 시체 썩는 냄새가 진동을 한다네."

"시체를 묻느라고 끌려 나간 근처 농민들이 사흘 동안이나 철야 작업을 했다지?"

주막 주인이 묻자 술 마시던 상인이 대답했다.

"시체가 3천5백이라는 거야. 백상교 도인, 교인이 3천, 습격했던 마교 놈들이 5백, 마교 놈들은 제 동료 시체도 가져가지 않았다는군."

"그나저나 백상교가 없어졌으니 우리 장사도 다 해먹었군."

그러자 밥 먹던 상인이 젓가락을 내려놓고 말했다.

"마교가 백상교 때문에 교세를 확장하지 못 한다고 하더니 이젠 황실의 신임까지 받았으니 마음 놓고 사천성을 주무르겠군, 나도 유창산으로 가게를 옮겨야겠어."

유창산이 마교의 본산인 것이다. 그때 뒤쪽 자리에 앉아 만두를 먹고 있던 청년이 입을 열었다.

"정 교주의 딸이 어떻게 되었는지 아는 사람이 없을까요?"

주막 주인과 두 상인의 머리가 일제히 뒤쪽으로 몰렸고 제각기 시선이 마주쳤다. 그때 먼저 주막 주인이 말했다.

"구사일생으로 살아나 북방으로 도망쳤다는 소문이 가장 많소."

이어서 국수를 먹던 상인이 이었다.

"내가 듣기로는 마교의 추적을 피해 용제현 어느 곳에 숨어 있다고 합니다."

"아니오."

하면서 술을 마시던 상인이 손을 저으며 말했다.

"나는 그 딸이 제 아비의 시신을 거두려고 용문사를 배회하고 있다고 들었소, 밤에 말이요."

그 말을 듣는 청년은 바로 화천이다.

주모가 다가온다. 40쯤 되었을까? 치마저고리는 낡았지만 깨끗했고 갸름한 얼굴은 교태가 흐른다. 둥근 어깨, 걸음을 걸을 때마다 엉덩이가 흔들렸는데 검은 눈동자가 반짝인다. 화천은 옆쪽 식탁의 손님을 보는 시늉을 했어도 주모의 숨소리까지 들을 수가 있다. 다시 앞쪽 자리의 사내들과 주막 주인이 이야기를 시작했지만 화천의 귀에는 들어오지 않는다. 이윽고 다가온 주모가 식탁 위에 화천이 시킨 술병과 잔을 놓았다. 그때 머리를 든 화천이 주모를 보았다. 시선이 마주친 순간 주모의 동공이 커졌다. 숨도 멈췄고 입이 딱 벌어졌다. 순식간에 얼굴이 하얗게 굳었다가 곧 길게 숨을 뱉으면서 동공이 정상으로 돌아왔고 얼굴에 핏기가 살아났다. 그리고 시선이 떼어지면서 낮게 말했다.

"마하트"

몸을 돌린 주모가 주방으로 사라졌을 때 화천이 자리에서 일어섰다. 일어선 순간 숨을 멈추자 주위의 생명체가 동시에 움직임을 멈췄다. 그러나 움직임을 멈춘 것처럼 보일 뿐이다. 동굴에서 비전을 닦던 상황으로 변한 것이다. 화천의 몸이 평소처럼 움직였지만 주위 사람들에게는 보이지 않는다. 섬광처럼 빠른 움직임이었기 때문이다. 주방으로 들어선 화천이 기둥 옆에 서 있는 주모를 보았다. 시선이 마주치자 주모가 입을 딱 벌렸지만 말을 뱉지는 않았다. 다가선 화천이 손을 뻗어 주모의 어깨에 얹었다.

"마하트"

다시 주모의 입에서 마하트의 이름이 불렸다. 그러나 주모는 마하트가 무슨 뜻인지도 모른 채 저절로 그 말이 터졌을 뿐이다. 화천이 자신의 힘이 닿은 것을 확인하려고 그렇게 시킨 것이다. 아직 화천 자신도 스스로의 능력을 모르기 때문이다. 화천의 손이 닿은 순간부터 주모도 같은 시간대가 된다. 그때 화천이 말했다.

"너에게 색(色)의 즐거움을 주마."

"처음 본 순간부터 다리 사이가 뜨거워졌습니다."

주모가 떨리는 목소리로 말하면서 몸을 비틀었다.

"가슴이 뛰고 몸이 비틀리는 것이 열병에 걸린 것 같습니다."

"벗어라."

"주방으로 누가 들어오지 않을까요?"

하면서도 주모가 서둘러 치마를 들치더니 속옷을 벗어 던졌다. 어느덧 얼굴이 붉게 상기되었고 가쁜 숨을 뱉어내고 있다.

"나리, 밖에 있는 제 서방 놈이 들어오면 칼부림이 날 것입니다. 어서 하시지요."

"네가 두 번 까무러칠 때까지 들어오지 않을 테니 걱정하지 마라."

화천이 여유 있는 몸짓으로 바지를 벗은 순간 주모가 와락 신음을 뱉었다.

"아이고머니."

화천의 양물을 본 것이다. 검은 양물이 곤두서서 흔들거리고 있었는데 길이가 한 자가 넘었고 두께는 절굿공이만 하다.

"나리, 저것이 어떻게 들어갑니까?"

떨리는 목소리로 말하면서도 주모의 시선은 양물에서 떨어지지 않았다.

"제 서방 놈은 손가락만 한 양물이 시들어서 방사 중에 수십 번이나 빠집니다."

그때 화천이 주모의 허리를 당겨 안고는 선 채로 다리 한쪽을 추켜 올렸다. 놀란 주모가 입을 딱 벌렸을 때 화천이 양물을 주모의 검붉은 골짜기에 붙였다.

"마음대로 소리를 질러도 된다."

벌써 정신이 없어진 주모에게 말한 화천이 양물을 천천히 주모의 검은 동굴 속으로 밀어 넣었다.

"아이고머니!"

주모의 비명이 주방을 울렸다. 화천도 양물이 꽉 찬 느낌을 받고 어금니를 물었다. 그러나 주모의 동굴 안은 뜨거운 온천수가 차 있다. 엄청난 대물을 받아들였어도 깊숙하게 미끄러져 들어간다.

"아이고 좋아."

머리를 뒤로 젖힌 주모가 소리쳤을 때 화천의 몸이 천천히 움직이기 시작했다. 마하트가 번역한 모든 심신공이 바로 색과 연결되는 것이다. 주모의 몸을 이용하여 수천 가지의 변형된 색술을 실험할 수도 있다. 화천은 주모의 성감대를 순식간에 파악하고는 몸을 굽혀 다리를 추켜 올렸고 허리를 틀어 더 깊게 문질러 주었다. 이제 주모는 주막 안이 터져 나갈 것 같은 신음을 뱉으면서 몸부림을 친다. 주방 안에서 하의만 벗은 반라의 남녀가 온갖 자세로 색사(色事)를 벌이고 있다.

"으아아악!"

이윽고 주모가 엎드린 자세에서 폭발했다. 화천의 몸은 뒤에 딱 붙어 있었지만 기괴했다. 주모의 다리 한쪽을 치켜들고 있는 데다 화천의 허리가 더 길어진 것 같다. 화천은 주모의 몸을 다시 눕히고는 두 번째 극락을 향해 출발했다. 이것이 첫 색사였지만 전혀 동요하지 않는다.

첫째로 숨도 가쁘지 않았고 당연히 심장박동도 빠르지 않다. 화천에게 매달린 채 다시 미친 듯이 울부짖는 주모의 체위를 이리저리 바꿔주면서 화천이 색술(色術)을 시전한다. 비전심신 144 중에서 상대의 몸 구조와 성감대에 맞는 기법을 운용하는 것이니 주모의 쾌락은 최절정에 이르렀다.

"아이고, 나 죽어!"

고함을 지른 주모의 동굴이 갑자기 좁혀지는 것 같더니 기절했다. 화천은 몸을 빼고는 주방의 물동이에서 물을 떠 양물을 씻은 다음 바지를 꿰입었다. 그러고는 널브러진 주모의 치마를 바로 입혀준 후에 주방을 나왔다. 다시 자리로 돌아온 화천이 길게 숨을 뱉었을 때였다. 그때까지 밀집으로 만든 인형처럼 갖가지 자세로 앉거나 서 있던 손님들이 일제히 움직이며 떠들썩하게 지껄이기 시작했다. 이 사람들에게 섬광처럼 빠른 순간이었지만 화천은 두 식경을 주방에서 보내고 온 것이다. 그동안 주모는 온몸의 정기를 다 발산했고 동굴에서 온천수를 두 종지나 뿜어냈으며 두 번 절정에 올랐다. 술잔을 든 화천이 한 모금을 마셨을 때 주방에서 주모가 나왔다. 걸음이 비틀거렸고 아직 쾌락이 가시지 않은 얼굴은 붉게 상기되었다.

"아니, 저년이 금방 주방에 들어가더니 술을 먹었나?"

주막 주인이 투덜거렸다. 화천은 주모가 들어가고 난 후에 신법을 작용했기 때문에 모두 보지 못했다. 그때 다가온 주모가 옆쪽 식탁의 그릇을 치우면서 힐끗 화천을 보았다. 화천과 시선이 스치고 지나면서 주모의 입술이 달싹였다.

"마하트"

화천은 이렇게 제 능력을 확인했다. 제가 주입시킨 능력이 제대로 가동하는 것을 보려고 '마하트'를 부르게 한 것이다. 주모가 새로운 사교(私教)의 첫 추종자가 된 셈이었다.

주막을 나온 화천이 현청 건너편 태진각에 들어섰을 때는 오시(낮 12시)가 되어갈 무렵이다.

"손님이시오?"

여관 하인이 화천의 위아래를 훑어보는 시늉을 한 것은 행색이 어중간했기 때문이다. 옷은 제법 차려입었지만 짐도 없고 그렇다고 근처에 사는 것 같지도 않았기 때문이다.

"그렇다. 귀빈실을 내라."

화천이 말했더니 40대의 하인이 눈을 가늘게 떴다. 이 나이가 되도록 여관 하인 노릇을 하면 한 번만 봐도 주머니에 든 노자 액수도 맞춘다. 그런데 하인의 이맛살이 찌푸려졌다. 머릿속이 텅 빈 느낌이 든 것이다. 도무지 측량을 못 하겠다. 그래서 퉁명스럽게 말했다.

"하루에 금 한 냥입니다."

"옜다. 금화 닷 냥이다."

화천이 소매 속에서 금화 닷 냥을 꺼내 하인에게 내밀었다. 하인이 펼친 손바닥에 금화가 떨어지면서 번쩍였다.

"아, 예, 나리."

허리를 깊게 꺾은 하인이 서둘러 몸을 돌리다가 발이 꼬여 비틀거렸다. 그때 옆쪽에서 구경하고 있던 지배인이 다가왔다. 모두 본 것이다.

"어서 드시지요."

지배인이 하인에게 머리를 돌려 소리쳤다.

"어서 2층 끝 방으로 모셔라!"

136

하인을 앞장세운 지배인이 허리를 굽혀 보이고는 화천에게 물었다.

"금화 닷 냥을 주셨으니, 닷새분 방값에 식비까지 다 내신 것입니다, 나리."

50대 지배인은 주름진 얼굴에 염소수염을 길렀다. 이 층 계단을 앞장서 오르면서 지배인이 말을 이었다.

"이곳은 현청 앞이어서 주로 공무로 오가는 관리나 대상(大商)이 머물지요. 지금도 황실에서 온 조세징수관 일행이 장기투숙하고 계십니다. 알고 계시지요?"

"알고 있네."

"대인께선 어디서 오시는 길이신지요?"

그때 화천이 손을 뻗어 지배인의 어깨 위에 얹었다. 그렇게 한 걸음 발을 떼었을 때 지배인이 머리를 돌려 화천을 보았다.

"잠시 후에 제가 방으로 가겠습니다."

앞장서 걷는 하인은 듣지 못한 것 같다.

방은 넓었고 깨끗했다. 하루 금 한 냥이면 일반 여관의 한 달분 방값이다. 거실로 사용하는 마루방도 컸고 침실의 침대받침에는 용이 조각되어 있었다. 화천이 거실 의자에 앉아서 기다린 지 한식경쯤 되었을 때 지배인이 들어섰다. 지배인은 손에 보따리를 들고 있었는데 얼굴에서 땀이 흘러내렸고 숨이 가쁘다.

"옷이 맞을지 모르겠습니다."

지배인이 화천 앞에 보따리를 풀면서 말했다.

"옷가게에 있던 가장 큰 옷입니다."

보따리에서 꺼낸 옷은 저고리에 바지, 겉옷과 두건, 가죽신까지 일습이다. 가죽조끼에다 버선까지 갖춰서 어지간한 토호의 차림이다. 화천이 머리를 끄덕였을 때 지배인이 묵직한 가죽 주머니 하나를 옆에 놓았다.

"여관 금고를 열었더니 금화가 35냥, 은화가 120냥이 있었습니다."

"그만하면 되었다."

화천이 손을 뻗어 앞에 앉은 지배인의 머리 위에 얹었다. 그 순간 지배인의 동공이 커지면서 몸이 굳어졌다. 이것은 화천의 지시가 전해지고 있는 것이다. 주막 주모에 이어서 여관 지배인이 두 번째다. 심신비공(心身秘功), 각각 72개씩 144개의 비공이 화천의 몸속에서 연쇄 반응을 일으켜 자신도 모르게 진일보하고 있다. 그것은 수천 년 전 비전을 전해준 미지인(未知人)의 배려다. 화천이 손을 떼었을 때 지배인이 곧 눈의 초점을 모으고는 말했다.

"미지인의 대리인이시여, 그럼 복기단을 따라온 수하 하나를 데려오지요."

화천이 의자에 앉아 몸 안의 신공을 조절한다. 동굴에서 나온 지 얼마 되지 않았지만 몸속에서 맹렬하게 융합하고 생성되는 능력을 느끼고 있다. 이것의 한계는 어디까지인가? 주모에 이어서 지배인의 머릿속을 자신에게 복종하도록 개조시켰다. 상대에게 접촉하고 나서 머릿속의 생각을 전이시키면 순식간에 지시대로만 따르는 인형극의 인형처럼 되는 것이다.

잠시 후에 지배인이 30대쯤의 사내와 함께 들어섰는데 거친 인상이다. 팔자(八字) 수염을 길렀고 말(馬)상의 긴 얼굴에 뼈대가 굵은 체격이다. 방으로 들어선 사내가 불량한 눈초리로 화천을 훑어보았다.

"그대가 날 보자고 했소?"

화천이 시선만 주었을 때 지배인이 서둘러 소개했다.

"이번에 조세징수관 복 대감을 모시고 온 별장이십니다."

그때 사내가 머리를 숙여 화천에게 절을 했다. 조금 전과는 전혀 다른 태도다.

"예, 제가 별장 장택입니다. 저는 복 대감의 위사부장 역할을 맡고 있습지요."

"내일 떠나느냐?"

화천이 묻자 사내의 이마에 땀방울이 돋아났다.

"예, 준비가 다 끝났습니다."

화천의 시선을 받은 순간 별장 장택이 세뇌된 것이다. 지배인 용담의 얼굴에 웃음이 떠올랐다. 그럴 줄 알았다는 표정이다. 그때 화천이 말했다.

"너희들이 계양산 용문사를 불태운 마교의 배후 아니냐? 자초지종을 말하라."

"예, 말씀드리지요."

털썩 마룻바닥에 무릎을 꿇은 장택이 긴 얼굴을 들고 화천을 보았다.

"본래 그 계획은 마교 교주 상관수와 조세징수관의 책사인 홍부위가 손발을 맞춘 것입니다. 물론 그 제의는 상관수가 했지요."

장택의 거침없는 말이 이어졌다.

살인(殺人), 지금까지 화천은 한 번도 사람을 죽여본 적이 없었다. 불목하니 시절에도 숱하게 얻어맞고 구박을 받았지만 살의(殺意)를 품은 적도 없었던 것이다. 그러나 다시 세상에 나와 피비린내를 맡고 교주이하 인연을 맺었던 모든 사람이 살해당했다는 사실을 인지한 순간부터 살의가 생성되었다. 그러더니 차츰 살의가 구체적인 대상으로 집중되었는데 가까운 곳에서부터 원인을 캐고 그 대가를 줄 작정으로 굳어졌다.

그렇지만 화천은 아직 세상에서 무엇을 어떻게 해야 할 것인가를 생각해보지는 안 했다. 동굴에서 나왔을 때는 교주를 만나 비전의 성취를 보고하고 앞으로 할 일을 지도받을 생각이었을 뿐이었다. 장택의 말에 의하면 복기단의 책사 홍부위가 백상교를 말살시킨 원흉 중의 하나다. 마교 교주 상관수와 그의 손녀 상아진, 그리고 방주 광마와 백상교의 배신자 전균, 그리고 조세징수관인 환관 복기단 등 원수를 꼽으면 10여 명이 넘는다. 가장 악독한 놈이 마교 교주 상관수와 배신자 전균, 그리고 상아진, 광마, 복기단, 홍부위 등의 순서가 될 것이다. 별장 장택의 이야기를 다 듣고 난 화천은 손바닥을 펴 장택의 머리 위에 얹었다.

"네 방으로 돌아가라."

"예, 나리."

이마를 방바닥에 붙이고난 장택이 몸을 일으켜 방을 나갔을 때, 화천의 시선이 옆에 서 있던 지배인 용담에게로 옮겨졌다.

"너는 앞으로 나에게 소용이 있을 것 같다."

"예, 목숨을 바쳐 따르겠습니다."

용담이 상기된 얼굴로 말을 잇는다.

"대인께선 신인(神人)이시오."

화천은 쓴 웃음을 지었다. 용담은 조금 전에 나간 장택과 마찬가지로 뇌에 화천의 염력이 박혀 조종당한 상태인 것이다. 장택은 화천이 풀어주었으니 이제 자유의 몸이 되었지만 조금 전에 화천과의 기억은 다 지워졌다.

"오늘밤에 용제현은 대참사가 일어난다."

화천이 웃음 띤 얼굴로 말했지만 두 눈이 번들거렸다.

"조세징수관 놈은 황궁으로 돌아가지 못하게 될 것이다."

밤 해시(10시)쯤 되었다. 밤이 깊어지고 있었지만 여관 안은 소음이 가라앉지 않았는데 조세징수관 수행원들의 연회가 점점 절정에 이르고 있었기 때문이다. 내일 아침에 출발하려고 짐은 다 꾸렸고 현청 마당에는 우마차 2백여 대에 조세로 걷은 온갖 귀물이 실려 있다. 조세할당량을 채운 터라 현청 안에는 조세징수관 복기단과 현령 등의 축하연 겸 송별연이 열리고 있다. 복기단은 여관에 묵고 있는 수행원 2백여 명에게 술 15통과 소 한 마리, 돼지 3마리를 상으로 내놓았으므로 현청 거리까지 떠들썩했다. 7일 전에 계양산 골짜기의 용문사에서 처참한 살육전이 일어났지만 복기단 일행은 손가락 하나 다친 자가 없는 것이다. 그저 젓가락만 들고 있다가 마교 일당들이 백상교를 절멸시키고 나서 마차를 끌고 가 재물을 털어왔다. 화천이 여관방 안에서 나왔을 때는 이곳저곳에서 부르는 노랫소리와 외침, 웃고 다투는 소리까지 뒤섞여서 그야말로 난장판이다. 복도에 선 화천이 숨을 들이켠 순간에 시간 흐름이 늦춰졌다. 화천이 평소와 같은 걸음으로 계단을 내려와 마당을 건너 여관 대문을 나올 때까지 모든 생명체는 굳어 있다. 그러나 자세히 보면 아주 미세하게 움직여서 눈에 보이지 않을 뿐이다. 시간이 정지된 것이 아니라 수만 배 늦춰졌기 때문에 그들에게 화천의 움직임은 섬광이 번쩍이는 순간보다도 빠른 것이다. 대문 밖으로 나온 화천이 길게 숨을 뱉자, 주변의 시간 흐름은 일상으로 돌아갔다.

"마하트시여!"

화천이 발을 떼면서 백상교의 창시자 정운의 사부였던 하람브라를 부르지 않고 비전 안의 대리인 마하트를 불렀다. 마하트는 비전의 원전을 하람브라에게 전해준 대리인이다. 화천이 보기에도 자신이 익힌 심신비전 144계는 도무지 인간의 기공이 아니었다. 어느덧 현청 대문으로 다가간 화천이 숨을 들이마시고 다시 심공(心功) 39장을 시연했다. 그 순간 정문 앞에 서서 다가오는 화천을 주시하던 경비병 둘이 눈을 둥그렇게 떴다. 화천이 사라진 것이다. 그러나 화천은 경비병 둘 사이를 지나 현청 안으로 들어섰다.

화천의 체내에서 심신비전은 생명체처럼 융합과 분산을 반복하고 있다. 그래서 심전 39장의 숨 줄이는 시간공이 70장 심안공과 융합하기도 하고 신전이 심전과 결합하여 또 다른 기능을 만든다. 그래서 심신 144장이 이제는 수백 장 더 늘어났지만 화천 본인은 다 헤아릴 수가 없다. 오직 사용하면서 깨닫게 될 뿐이다. 이것이 그 미지인의 능력일 것이다. 이곳 인간계(人間界)가 아닌 외계인(外界人)이 비전의 원작자일지도 모른다. 청사 안도 여관과 마찬가지로 축제 분위기다. 오히려 더 호화롭고 더 시끄러웠으며 더 음란했다. 환관이며 조세징수관 복기단은 비록 남성이 거세 되었지만 색욕까지 없어지지는 않았다. 오히려 색욕이 더 치열해지고 음탕해졌는데 상아를 깎아 만든 12개의 음경을 제 사타구니에 번갈아 매달고는 온갖 방사를 즐겼다. 그 음경이라는 물건이 상아에 물개 가죽을 입힌 데다 더운 물에 담갔다가 꺼내면 영락없는 인간의 생식기가 되는 터라 여자가 사족을 못 쓰는 것이다. 지금도 복기단은 한 손에 술잔을 들고 앉아서 제 무릎 위에 앉힌 무희의 동굴에 상아음경을 박아놓고 즐기는 중이다.

"으핫핫핫, 이년 까무러치는 것 좀 보아라."

복기단이 웃으며 신음하는 무희의 엉덩이를 손바닥으로 두드렸다. 무희는 알몸으로 복기단의 무릎 위에 앉아 허리를 들썩이는 중이다. 무희의 신음이 더 높아졌고 눈은 뒤집혀 있다. 처음에는 그저 좋아하는 시늉만 내었다가 저도 모르는 사이에 달아오른 것이다. 음경이 컸고 핏줄까지 조각되어 있는데다 뜨겁다. 이런 음경 맛은 처음 보았기 때문이다.

"굉장하십니다, 대감."

옆에 앉은 홍부위가 끊임없이 아부를 계속하고 있다. 현령 화문성은 웃고는 있었지만 얼굴에 지친 기색이 역력했다. 주위에 둘러앉은 무리는 대부분이 복기단의 수하다. 유곽의 여자들을 불러들였으므로 청 안은 여자들의 교성과 웃음소리, 외침으로 가득 찼다.

"이봐, 현령. 옆에 앉은 년을 나한테로 보내게, 내 음경 맛을 보여줄 테니."

복기단이 소리쳐 말하자 웃음소리가 일어났다.

"그러시지요."

화문성이 선선히 대답하더니 옆에 앉은 여자에게 말했다.

"대감 옆으로 가거라."

여자가 울상을 지었지만 곧 자리에서 일어서자 복기단이 신음을 뱉고 있는 여자를 밀쳐내었다.

"이년아, 그만 맛보고 가거라."

여자가 옆으로 뒹굴자 다시 웃음이 터졌다. 홍부위는 손뼉을 치고 웃는다.

청 안으로 들어선 화천이 그것을 보았다. 순간 숨을 들이켠 화천은 자신의 몸을 다른 시간대로 이동시켰다. 같은 공간, 청 안의 생명체보다 수만 배 빠르게 움직이는 공간이다. 발을 뗀 화천이 문 옆에 서 있는 경비병의 허리에 찬 칼을 빼들었다. 상석에 앉아 있는 복기단은 막 알몸의 무희를 밀어젖힌 참이어서 허리에 찬 인공양물이 건들거리고 있다. 그 좌우에는 현령 화문성과 책사 홍부위가 앉았고 10여 명의 수하가 제각기 웃거나 떠드는 얼굴로 몸을 굳히고 있다. 소음도 딱 끊겨서 귀가 울리는 소리만 난다. 복기단 앞으로 다가간 화천이 칼을 내려쳤다. 칼이 목을 베고 나왔지만 머리는 그대로 붙어 있다. 이어서 홍부위에게 다가간 화천이 목을 치자 같은 현상이 되었다. 그러나 화천은 차례로 둘러앉은 사내들의 목을 쳤다. 하나도 빠짐없이 목을 치고 난 화천이 칼을 던지고는 몸을 돌렸다. 첫 살인이다. 한꺼번에 17명의 목을 베었지만 실감도 나지 않는다. 목이 떨어지지도 않은 때문이기도 하다.

"으아악!"

복기단의 앞으로 다가가던 여자가 비명을 질렀다. 갑자기 복기단의 머리가 몸에서 굴러 떨어지더니 목에서 피가 한 자나 솟았기 때문이다.

"아아악!"

그 순간 이곳저곳에서 비명이 동시에 터졌다. 옆에 앉은 사내들의 머리가 떨어졌기 때문이다. 한꺼번에 떨어져 내렸으니 기괴했다.

"아아아악!"

자리에서 일어난 여인들이 이리저리 뛰고 기었으므로 청 안은 아수라장이 되었다. 경비병들이 뛰어 들어왔지만 아연실색해서 입도 벌리지 못하고 허둥댈 뿐이다. 대살육이다. 청 안에 있던 조세징수관은 물론이고 현령, 그 수하들까지 모두 머리가 몸에서 떨어진 것이다. 이것이 무슨 조화인가? 한순간에 그것도 누구하고 싸운 흔적도 없이 17명이나 되는 사내들 머리통이 일제히 떨어지다니 천벌이다.

"이, 이런."

경비병 하초가 그때서야 청 바닥에 떨어진 검을 집어 들고는 신음했다. 자신의 검이었던 것이다. 놀란 하초가 피가 묻은 채로 검을 제 칼집에 넣었는데 아무도 눈여겨보지 않았다. 경비병 서너 명이 청에 들어와 있었지만 눈동자가 모두 솟아 있는 것이다.

태진각으로 돌아온 화천은 계단을 오르려다가 옆쪽 다실을 보았다. 그 순간 화천이 숨을 들이켰다. 다실 안쪽에 앉아 있는 여인을 보았기 때문이다. 여인은 일행 둘과 함께였는데 셋 모두 여행자 차림이다. 30대쯤의 두 남자는 건장했고 허리에 칼을 찬 것이 여자의 시종 같았다. 걸음을 멈춘 화천이 그중 한 사내의 목소리를 들었다.

"아씨, 이곳이 너무 소란합니다. 다른 여관으로 가시지요."

"저놈들이 날 어쩌지는 못 한다."

여자가 낭랑한 목소리로 대답했다.

"그리고 이 늦은 시간에 어디로 옮긴단 말이냐? 오늘밤만 묵고 떠나면 그만이다."

"조세징수관이 내일 떠난다고 수하들에게 술을 내줬다는군요. 밤새도록 시끄러울 것 같으니 숙소를 옮기시지요."

다른 시종이 권하자 여자는 혀를 찼다.

"관리들이 묵는 여관이 불량배 소굴로 변했구나, 가자."

"예, 소인이 다시 말을 내오지요."

시종 하나가 일어서 다실을 나올 때 술에 취한 복기단의 수하 세 명이 안으로 들어서면서 엇갈렸다.

"어, 저기, 계집이 있다."

술에 취한 수하 하나가 떠들썩한 목소리로 말했다. 다실 안에는 손님이 10여 명 있었지만 상관하지 않는다.

"옳지 잘되었다."

셋의 눈이 번들거렸고 곧장 그들에게 다가갔다.

"이것 보시오."

마구간으로 가던 시종이 당황해서 몸을 돌려 수하들을 불렀다. 그중 하나가 머리만 돌렸을 때 시종이 말했다.

"지금 어디로 가시오?"

"이놈아, 네놈은 누구냐?"

수하가 버럭 소리치더니 시종의 멱살을 쥐었다.

"지금 어디로 가느냐고? 나한테 시비를 걸 참이냐?"

"이보시오."

시종이 수하의 손을 쳐냈는데 무공이 긴 손놀림이다. 팔이 휘어진 수하가 비명을 질렀다.

"아이고, 내 팔."

"이놈!"

옆에서 보던 수하 둘이 일제히 달려들었는데 기세가 사납다. 벌써 하나는 시종의 어깨를 쥐었고 하나는 주먹으로 명치를 내질렀다.

"으악!"

신음이 터지더니 어깨를 쥔 사내의 얼굴이 수박처럼 빠개져 뒤로 벌떡 넘어졌고 명치를 내질렀던 사내는 헛손질을 하고 나서 배를 무릎에 찍혀 비명도 못 지르고 허리를 꺾었다. 그때 화천이 머리를 돌려 여자

146

를 보았다. 여자가 자리에서 일어섰다. 미인이다. 그리고 당당하다.

다가온 여자가 힐끗 화천에게 시선을 주고 나서 시종에게 말했다.

"서둘러라, 일이 더 벌어지기 전에."

"죄송합니다."

다실 안의 손님들이 이쪽에 시선을 주고 있었는데 종업원 둘이 달려오는 중이었다. 세 사내는 널브러져서 일어나지도 못 한다. 여자와 시종 둘이 마구간으로 달려갔고 곧 종업원들이 법석을 떨었다.

"큰일 났다! 빨리 나리께 알려라!"

몸을 돌린 화천이 다시 발을 떼었을 때 종업원의 외침이 이어졌다.

"아이고, 이 양반은 인사불성이네!"

계단을 오르면서 화천은 여자의 모습을 떠올렸다. 관직에 있는 여자란 말인가? 여자의 몸놀림을 보면 무공을 익힌 것이 분명하다. 방으로 돌아온 화천은 벌써 아래층이 떠들썩해져 있는 것을 들었다. 복도를 달려가는 발자국 소리가 요란했다. 조세징수관의 수하 셋이 중상을 입었으니 여관 종업원들이 긴장하는 것은 당연했다. 떠들썩하게 연회를 즐기던 무리들도 흥분할 것이다. 화천의 얼굴에 쓴웃음이 떠올랐다. 곧 현청 안에서 조세징수관은 물론이고 간부급들이 모조리 머리가 몸통에서 분리되었다는 소식이 전해질 것이었다. 그때는 여관이 수라장으로 변할 것이다. 길게 숨을 뱉은 화천이 옷을 벗고 침상으로 올랐다. 침대에 누웠을 때 다시 여자의 얼굴이 떠올랐다. 남편이 관직에 있는 유부녀인가? 요염했고 아랫사람 부리는 태도가 당당하다. 스물대여섯쯤 되었을까? 그때 아래층에서 누군가 소리치는 소리가 들렸다.

"큰일 났다. 현청에서 대감이 살해당했다!"

화천의 얼굴에 웃음이 떠올랐고 혼란이 극심해졌다. 모두 달려 나왔는데 소리치다가 곧 조용해진 것이 현청으로 달려간 것 같다. 화천은 눈을 감았다. 피로가 몰려왔고 화천은 순식간에 잠이 들었다.

말에서 내린 주리홍이 시종에게 말고삐를 넘기며 말했다.

"여관에 괴인이 있었다."

"괴인이라고 하셨습니까?"

말고삐를 쥔 시종이 머리를 기울였다.

"누구 말씀입니까?"

"우리가 다실에서 나올 때 계단 위에 서 있던 자."

"소인도 보았습니다만 기억하지 못 하겠습니다."

"뭔가 괴이했어."

발을 뗀 주리홍이 폐사를 둘러보았다. 이곳은 현에서 30리쯤 떨어진 골짜기 안 폐사다. 오래전에 버려진 곳이어서 대웅전도 허물어졌고 한 채뿐인 요사채도 잡초가 무성하게 자랐지만 근처에 밤이슬을 피할 곳은 이곳뿐이다. 말 세 필을 대웅전의 허물어진 빈터에 세워놓고 시종 둘이 요사채에 주리홍의 잠자리를 준비했다. 그때 토방에 앉아 기다리던 주리홍이 어둠에 덮인 주위를 둘러보며 말했다.

"나하고 시선이 마주쳤는데 마치 귀신을 보는 것 같았다."

"귀신이라니요?"

놀란 시종 공가와 백가가 동시에 허리를 펴고 주리홍을 보았다. 주리홍은 작년에 즉위한 황제 천계제(天啓帝)의 이복누이이니 황녀(皇女)다. 나이는 22세, 어렸을 때부터 무공을 익혔기 때문에 어지간한 고수보다 무공이 뛰어났고 두 시종은 둘 다 황실 사범이다. 주리홍이 말을 이었다.

"번들거리는 안광에 더운 기운이 서려 있어서 괴이했다."

"그것이 무슨 말씀입니까?"

다실 앞에서 환관의 무뢰배들을 쓰러뜨린 공가가 묻자 주리홍의 얼굴에 쓴웃음이 배어났다.

"난 지금까지 그런 기운은 처음 겪는다. 그자의 눈빛을 받는 순간 온몸이 더워지는 것 같았다."

"다실이 좀 더웠지요."

백가가 불쑥 말했을 때 얼굴에 뭔가 철썩 붙었다가 떨어졌다. 말안장 깔개가 날아와 얼굴에 맞은 것이다.

"어이구."

엉덩방아를 찧고 주저앉은 백가가 주리홍을 향해 엎드렸다.

"아씨, 죽을죄를 지었습니다."

주리홍이 던진 것이다. 백가가 이마를 땅바닥에 붙였다.

"소인은 그자를 보지 못 했기 때문에⋯⋯."

"예, 저도."

옆쪽의 공가도 허리를 굽히며 말했다.

"안광에서 더운 기운이 나왔다면 모산파에서 법술을 외워 안광으로 귀신을 태워죽였다는 고사가 있었습니다만."

"그런 안광은 아니었다."

다시 주리홍의 얼굴에 쓴웃음이 일어났다. 그 안광이 끈적하고 부드러우며 온몸에 간지러운 느낌이 들었다고 말할 수는 없었기 때문이다. 주리홍이 말머리를 돌렸다.

"어쨌든 환관 위충현의 횡포가 극에 달해 있구나, 위충현의 수하 황보가 이곳 사천성을 맡았다는데 마치 황제 행세를 한다."

"황보의 수하 복기단이란 내시 놈이 지금 현청에서 현감을 깔아뭉개고 있지 않습니까?"

얼른 공가가 맞장구쳤다. 주리홍은 승상 자우진이 직접 관리하는 의사당(義事堂)의 당주를 맡았다. 의사당은 관리의 비리를 감찰, 처리하는 기관으로 당주는 종2품이나 각 성(省)의 태수도 업무정리를 시킬 수 있으며 휘하의 관리는 즉결처분할 수도 있는 막강한 위치다. 그러나 전(前) 당주들은 그러지 못했는데 모두 환관 위충현의 수족이 임명되었기 때문이다. 이번에 황녀 주리홍이 의사당 당주로 임명된 것은 작년에 황제가 된 천계제(天啓帝) 주유교의 가장 큰 업적이 될 것이다.

"아씨, 어설프지만 오늘은 이곳에서 주무시지요."

무너진 요사채 마루방에 양털을 깔고 천장을 막은 공가가 옆으로 다가와 말했다. 둘은 주리홍에게 아씨라고 부르라는 명령을 받았지만 지금도 익숙하지 않다. 공주, 또는 당주로 불러야 맞기 때문이다.

"내일 용문사를 돌아보고 생존자를 찾아보기로 하자."

마루방으로 들어가면서 주리홍이 말했다. 주리홍이 이곳에 온 목적은 백상교가 전멸했다는 소식을 들었기 때문이다. 그래서 호북성(湖北省)에 있다가 사흘 밤낮을 달려온 것이다.

아수라장이다. 아침이 되었어도 용제현의 혼란은 수습되지 않았다. 현령까지 참살된 바람에 관리 중 상석인 판관 유개가 나서서 지휘했지만 무능해서 시체 처리하는 데만 두 시진이 걸렸다. 그사이에 여관에서 달려온 복기단의 수하들이 난동을 부렸는데 조세징수관 시체를 함부로 마당에 내놓았다는 이유다. 칼부림을 해서 관리 셋이 죽고 여섯이 다쳤으니 누가 현청에 남아 있겠는가? 다 도망갔고 이제는 복기단 수하끼리 패를 나눠 칼부림이 일어났다. 세금으로 쌓아놓은 마차 2백50 대분의 재물을 누가 책임지고 가져가느냐고 싸운 것이다. 그러나 내막은 다르다. 복기단이 제 사복으로 채운 마차 60여 대분의 재물을 차지하려는 속셈이다. 책임자가 되면 그 60여 대분의 재물은 제 것이 되기 때문이다. 오시(낮 12시)가 될 때까지 현청 안은 두 패로 나누어진 복기단 수하들의 전쟁터가 되어 있었다. 현청 담장 밖에는 관리들과 주민이 구름처럼 모여 있었지만 아무도 들어갈 엄두도 내지 못한다. 싸움이 끝나서 이긴 쪽이 떠나기만 기다릴 뿐이다.

"어이쿠, 아직도 칼 부딪치는 소리가 나네."

담장에 기대서 있던 사내 하나가 질색을 하면서 말했다.

"저러다 다 죽겠다."

"에이, 더러운 놈들 다 죽어라."

옆에 선 사내가 어깨를 부풀리며 말했다.

"저희들끼리 싸우다가 다 죽어야 돼. 짐승보다 못한 놈들."

화천의 얼굴에 희미하게 웃음이 번졌다. 먹이를 앞에 놓고 싸우는 굶주린 짐승이 떠올랐기 때문이다. 두 무리의 짐승이다. 지금도 싸우는 것을 보면 양측 다 치명상을 입게 될 것이었다.

"어젯밤에 죽은 놈들은 백상교 교주 정현상이 신통력을 발휘해서 처단한 것이라네."

옆쪽 담장에 기대선 사내 하나가 소곤대듯 말했다.

"교주 시체가 발견되지 않았다고 했어. 교주가 원수를 갚은 거야."

"맞아, 백상교주야. 그럴 사람은 교주밖에 없어."

사내 하나가 맞장구를 쳤다. 현청 바깥 담장에는 수백 명이 붙어 서 있었기 때문에 온갖 소문이 다 들렸다. 화천은 서생 차림으로 손에 지팡이를 쥐었으니 옆집에서 마실 나온 행색이다. 그때 관리 하나가 다가와 소리쳤다.

"비켜라! 곧 갈마현 현령께서 경비군을 이끌고 수습하러 오신다! 비켜라!"

군중들이 염소 떼처럼 몰려 비켜났고 화천도 그 사이에 끼었다. 갈마현은 용제현 옆이다. 용제현 관리의 보고를 들은 갈마현령이 수습하려고 달려오는 것이다.

"에이, 안에 있는 놈들을 다 죽였으면 좋겠다."

군중 속에서 사내 하나가 소리치자 다른 목소리가 받았다.

"그놈들을 다 죽이면 현청 안에 있는 물자는 모두 우리 백성들 차지가 될 걸세, 그렇지 않은가?"

그러자 누군가 바로 말을 받는다.

"대부분이 백상교 창고를 털어온 물자 아닌가? 죽은 백상교도들도 우리가 가져가기를 바랄 것이네."

그 말을 누가 받지는 않았다. 그럴 가능성은 희박했기 때문일 것이다. 갈마현령이 조세징수관 일행에게 손가락 하나라도 손댈 수는 없다. 조세징수관 이하 간부들이 다 죽었다고 해도 그렇다. 남은 하인들의 위세도 대단하다. 그래서 안하무인으로 현청 안에서 칼부림을 하는 것이 아니겠는가? 용제현의 관리들을 다 쫓아낸 터라 갈마현령이 왔다고 해도 물러나겠는가?

현청 안의 조세징수관 복기단의 휘하 무리는 밖에서 말한 대로 두 패로 나뉘어 있다. 하나는 말을 관리하는 궁가라는 자가 이끄는 무뢰배 무리이며 또 하나는 군관 장가가 이끄는 경비병 무리였다. 두 무리 모두 50여 명이 남아서 전력이 비슷했는데 한 치의 양보도 없이 대결했다. 양측이 거의 비슷하게 60여 명씩의 사상자를 낸 상태였는데도 죽기 살기로 싸우는 중이다. 무뢰배 무리는 황궁 근처에서 시장 상인들을 등쳐먹던 기생충 같은 족속들이었지만 제각기 무공을 뽐내었고 근성이 있다. 반면에 장가가 이끄는 경비병 무리는 제법 규율이 잡혀 싸움에 진퇴가 분명했다. 그래서 부족한 무공을 훈련된 군율로 메우는 상황이다.

"몇 명 안 남았어."

피투성이가 된 무뢰배 수괴 궁가가 칼에 묻은 피를 땅바닥에 뿌리며 소리쳤다.

"빨리 처리하고 떠나자."

"궁 형, 그럴 것 없이 뒤쪽으로 돌아서 저 장가 놈부터 벱시다. 그럼 끝나는 거요."

보좌역 노릇을 맡은 패옹이 말했다.

"내가 열 명만 끌고 가겠소. 장가만 베면 이 싸움은 끝이오."

"아우한테 맡기겠네."

궁가가 부릅뜬 눈으로 앞쪽을 응시하며 소리쳤다.

"장가 놈은 청 뒤쪽에 있어."

사랑채 벽에 붙어 선 화천이 궁가의 목소리를 들었다. 오후 미시(2시) 무렵, 햇살이 환한 맑은 날씨였지만 현청 안은 피비린내가 진동을 했고 곳곳에 시체와 부상자가 널브러져 있다. 칼날 부딪치는 소리, 함성과 비명이 끊이지 않았으므로 전장이나 같다. 이쪽저쪽을 뛰고 도망치는 무리는 이제 1백 명 미만이다. 처음 현청에 모였던 조세징수관 휘하 부하들은 2백여 명이었으니 절반 이상이 죽거나 다쳐서 낙오되었다.

"넌 누구냐?"

갑자기 옆에서 들리는 목소리에 화천이 머리를 들었다. 아니, 다가오는 것을 알고도 외면한 채 서 있다가 머리를 든 것이다. 옆에는 두 사내가 서 있다. 머리에 흰 수건을 둘렀으니 궁가 패거리다. 두 무리는 서로 구별을 한답시고 장가는 왼쪽 팔에 흰 수건을 묶었다. 두 사내는 제각기 손에 피 묻은 검과 단창을 쥐고 있었는데 온몸이 피투성이다. 지금까지 살아 있다는 것은 상대를 몇씩 죽였다는 증거나 같다. 둘의 시선을 받은 화천이 빙그레 웃었다. 밝은 대낮, 이제 둘과 정면으로 부딪쳤다. 대낮의 첫 교전인가?

그 순간 화천의 한 손이 뻗어 나가 옆쪽 사내의 어깨를 움켜쥐었다.

"악."

짧은 외침이 터졌다. 잡힌 사내가 두 눈을 치켜뜨고 화천의 손을 보았지만 다음 순간 와락 화천 앞으로 끌려오더니 주저앉아 버렸다.

"어?"

바로 뒤쪽에 서 있던 사내는 영문을 모르는 듯 화천과 이제는 땅바닥에 구겨지듯 누운 제 동료를 번갈아 보았다. 그러나 몸을 세우더니 들고 있던 단창을 와락 화천에게 내질렀다. 내공(內功)이 실린 창술로 빠르기가 전광석화 같다. 그 순간 화천은 머리칼 한 올 사이의 간격을 만들어 단창을 옆구리로 흘려보냈다. 그러고는 손을 뻗어 한 자 앞으로 다가온 사내의 이마를 중지 끝으로 찔렀다.

"으악!"

사내의 입에서 단말마의 외침이 터졌다. 보라, 화천의 둘째손가락이 끝 부분까지 사내의 이마를 뚫고 들어간 것이다. 손가락을 빼자 이마가 뚫린 사내는 뒤로 반듯이 넘어갔다. 절명, 어깨를 잡혀 끌려온 사내는 어느덧 몸이 종잇장처럼 구겨진 채 쓰러져 있었는데 이미 생물(生物)이 아니다. 화천이 손을 펴고 유심히 보았다. 이 손으로 살인을 했다. 어느덧 화천의 두 눈이 번들거렸다. 그때였다. 한 무리의 사내들이 쏟아지듯 다가왔는데 바로 궁가의 보좌역 패옹이다.

"저놈, 저놈 잡아라!"

재빨리 사태를 파악한 패옹이 화천을 가리키며 소리쳤다. 쓰러진 두 부하를 본 것이다. 패옹을 선두로 사내들이 풍우처럼 달려들었다. 무서운 기세다. 장가를 기습하려고 나온 패옹 무리가 먼저 화천을 치게 되었다. 순식간에 다가온 패옹이 먼저 치켜든 박도를 힘껏 내려쳤다. 무게가 세 관이나 나가는 박도다. 날이 넓어서 돼지몸통을 한 칼에 자른 적도 있다. 그때 화천이 몸을 틀어 박도를 어깨 옆으로 흘러가게 만들었다. 무리들에게는 번개가 치는 것처럼 빠른 순간이었지만 심신비전이 작동한 화천의 눈에는 박도가 내려치는 동작이 느리다. 다음 순간 패옹의 박도가 땅바닥을 치기도 전에 화천의 손에 쥐어 있던 지팡이가 치솟았다. 지팡이 끝이 패옹의 턱을 뚫고 머리통 깊게 박혔고 그것을 보지도 않은 화천이 한 걸음 발을 떼면서 손을 휘둘러 뒤에 선 사내의 목울대를 쳤다. 목을 꺾인 사내의 머리통이 뒤로 홀떡 넘어가더니 뒤통수가 등에 닿았다. 옆으로 다시 한 발짝을 뗀 화천이 지팡이를 빼내면서 두 사내를 향해 휘둘렀다. 참나무 지팡이를 맞은 두 사내의 머리통이 수박이 부서지는 것처럼 흰 뇌수를 쏟으면서 땅바닥으로 떨어졌다. 화천이 두 발짝 옆으로 물러섰을 때가 한순간이다. 한 호흡이라고 불러도 될 것이다. 한 번 움직여서 패옹부터 시작해서 세 사내까지 넷을 절명시켰다.

"우앗!"

그때까지 나머지 여섯은 밀려드는 중이었기 때문에 화천이 옆으로 물러난 순간 앞이 비어서 허둥거렸다. 앞쪽 넷이 눈 깜박하는 사이에 땅바닥에 넘어지고 자빠졌으니 영문을 모른 채 당황했다. 제각기 눈들이 달린 터라 넷이 모두 절명한 것을 본 후에 일제히 놀란 외침을 뱉은 것이다. 화천의 움직임을 제대로 본 사내는 없다. 그때 다시 화천이 무리 속으로 뛰어들었다. 이제는 지팡이를 버리고 달려들면서 땅바닥에 놓인 박도를 집어 들었다. 그 순간 화천은 자신의 몸이 저절로 움직이는 것을 느꼈다. 박도가 날아가 앞쪽 사내의 목을 쳤고 그 반동으로 뛰어오르면서 옆에 선 사내의 턱을 발끝으로 찼다. 칼날이 어깨를 겨누고 날아왔지만 흘려보내고 몸이 떨어지는 순간 박도 끝으로 사내의 팔을 베어 떨어뜨렸다. 다시 화천이 옆으로 비켜섰을 때 처절한 비명이 거의 동시에 터졌다. 이번에는 셋이 당했다. 남은 사내는 셋, 화천의 두 눈이 붉어졌고 눈빛이 강해졌다. 살인, 피 맛에 중독된 짐승처럼 화천이 다시 뛰어들었다.

"으아아악!"

비명이 커다랗게 울린 것은 남은 셋이 모두 공포에 질려 있었기 때문이다. 처음 넷은 영문도 모르는 사이에 절명했고 다음의 넷은 준비를 갖췄는데도 당했으며 이제 마지막 셋은 공포로 몸이 굳어진 상태에서 도살을 당한다.

"으아악!"

마지막 사내의 비명이 현청을 울렸고 밖의 구경꾼들은 소리만 듣고도 몸서리를 쳤다.

양손에 칼을 쥔 화천은 이제 괴물이 되었다. 옆쪽 마당으로 달려간 화천은 팔에 흰 띠를 두른 장가 무리를 보았다.

"어엇, 저놈이 누구야?"

그중 하나가 소리쳤는데 화천의 모습이 기괴했기 때문이다. 어느덧 서생 차림의 겉옷은 피가 범벅이 되어서 끔찍했다. 회색 장삼은 마치 핏물에 담갔다가 꺼낸 것 같다. 이미 도륙한 10여 명의 피를 뒤집어썼기 때문이다.

"으아악!"

한낮, 초여름의 햇살이 마당에 하얗게 부딪치는 화창한 날씨, 이미 이곳저곳에 시체와 부상자가 쓰러져 있었지만 다시 마당에서 살육이 일어났다. 이번 살육은 기괴하다. 무리 복판에서 소용돌이가 일어나는 것 같다. 그런데 그 주위에서 피가 흩뿌려지면서 비명이 연달아서 터지는 것이다. 소용돌이는 이제 핏덩이가 되어간다.

"이, 이런."

토방 위에서 그 장면을 본 장가의 얼굴이 하얗게 굳어졌다.

"괴물이다."

몸을 굳힌 장가가 칼을 움켜쥐었지만 숨을 들이켠 채 움직이지 않았다. 옆에 둘러선 대여섯 명의 간부들도 마찬가지다. 마당 복판의 살육은 절정에 이르렀다. 분이 치솟은 부하들이 이곳저곳에서 몰려와 어느덧 30~40명이 되었지만 이미 10여 명이 살상을 당했다, 그것도 단 한 명에게. 눈을 치켜뜬 장가가 혼잣말을 했다.

"저건 사람이 아니다."

"으아아악!"

다시 처절한 비명이 연달아 터졌는데 토방에서 아래를 내려다본 위치에 있었지만 장가는 괴물의 모습을 제대로 보지 못했다. 움직임이 너

157

무 빨랐기 때문이다. 돌고 솟고, 때로는 몸을 굽혔다가 펴는 것이 도무지 인간 같지가 않다. 인간이 저렇듯 유연하고 빠르게 또는 몸이 저토록 휘어지고 비틀리는 것은 처음 보았다.

"에에익!"

분을 참지 못한 간부 하나가 토방에서 소용돌이 복판으로 뛰어내렸다. 마침 그 괴물이 가깝게 접근했기 때문이다.

"악!"

외침은 토방 위에서 터졌다. 놀란 외침이다. 장가는 방금 뛰어든 간부의 몸통이 두 동강으로 잘리는 것을 보았다. 허리가 잘린 것이다.

"으아악!"

다시 주위의 부하들이 비명을 지른다. 순식간에 둘이 또 베여 죽었다.

백상 14계가 심신비전 144계를 만나 새끼를 쳤다. 백상 9계가 심공 43계와 접목하여 또 다른 변화를 창출하고 그것이 신공을 만나 또 새끼를 치는 형국인데 심신(心身)의 주인인 화천도 모르는 사이에 내외공(內外功)이 쌓이는 것이다. 화천은 살육을 하는 와중에도 제 몸이 어떻게 움직이는지 전혀 예상도 못 한다. 한 가지는 알겠다. 두 손으로 칼을 휘둘러 분주히 죽일수록 몸 안의 공력이 증진한다는 것, 그것은 내외공을 활용할수록 불길이 번져 강해지는 이치나 같다. 화천은 어느덧 주위가 조용해진 것을 깨달았다. 토방 위에 서 있던 장가와 수하 세 명은 조금 전에 몸을 돌려 도망을 쳤지만 마당으로 몰려온 무리는 다 죽였다. 마당에는 30여 명의 시체가 널브러져 있었는데 끔찍한 광경이다. 그중 살아 있는 자는 서너 명뿐이었고 대부분이 무참하게 죽었다. 한칼에 몸통이 절단되거나 머리가 떼어져서 어설프게 칼질을 당한 몸통과는 현저하게 대조된다. 화천이 그 중심에 서서 잠에서 깨어난 표정을 짓고 주위를 둘러보고 있다. 온몸이 피에 젖은 몰골이어서 마치 핏물 속에서 빠져나온 것 같다. 인간 같지가 않은 것이다.

"장가가 현청 밖으로 도망쳤습니다!"

부하 하나가 달려와 소리쳤다. 가쁜 숨을 몰아쉰 부하가 눈을 치켜뜨고 궁가를 보았다.

"두목! 내 눈으로 똑똑히 보았소! 장가가 수하 두 놈하고 꽁무니가 빠지도록 달려 나갔소!"

"정말이냐?"

눈을 가늘게 뜬 궁가가 부하를 노려보았다. 조금 전에 장가를 죽이려고 나갔던 패옹이 부하들과 함께 몰살당했다는 보고를 들은 터라 믿기지가 않는다. 그때 부하 둘이 두 손을 앞으로 뻗고 달려왔다. 정신없이 달려온 터라 하나는 손에 무기도 쥐지 않았다.

"두목! 청루 앞에서 장가 부하들이 몰사했소! 한꺼번에 30여 명이 다 죽었소!"

사내 하나가 악을 쓰듯 보고했을 때 다른 하나가 말을 받는다.

"가 보시오! 다 죽고 장가 부하들은 한 놈도 보이지 않소! 장가도 죽은 모양이오!"

"내가 도망치는 걸 보았어!"

장가가 도망치는 것을 보았다는 부하가 옆에서 소리쳤다.

"셋이서! 현청 밖으로!"

"도대체."

미간을 좁힌 궁가가 어깨를 부풀렸다가 내리면서 주위를 둘러보았다.

"갑자기 몰살하고 도망치다니, 도대체 누가 그랬단 말이냐?"

내실 주방에서 몸을 씻은 화천이 옷을 갈아입었다. 내실에서 가져온 새 옷이다. 새 옷으로 갈아입고 머리까지 빗어 올렸더니 개운해졌다. 주방 밖은 유혈이 낭자한 지옥이었지만 이곳은 딴 세상 같다. 뒤쪽이 벽으로 막힌 하인들의 공간이어서 누구건 올 이유가 없었기 때문이다. 가다듬은 머리에 두건까지 썼더니 부잣집 아들 같은 행색이 되었다. 화천이 밖으로 나갔을 때 마침 사내 두 명이 사방을 힐끗거리며 다가오다가 소스라치게 놀란다.

"누구냐?"

그도 그럴 것이 두 사내도 온몸에 피 칠을 했고 하나는 다리에 상처를 입어 절름거리는 부상자다. 머리에 수건을 두른 것을 보니 궁가 무리다. 화천이 둘을 지그시 보다가 되물었다.

"이제 너희들이 남았느냐?"

궁가의 휘하에는 이제 20여 명이 남아 있었지만 장가가 떠난 지금 마차의 주인이 될 만하다. 화천은 아직도 더 살육을 해야만 했다. 화천이 마루에 뛰어내려 두 사내 사이를 바람처럼 달려 지나간다. 화천의 모습이 보이지 않았을 때 제 자리에 서 있던 궁가 부하 둘의 머리가 땅바닥에 떨어져 굴렀고 이어서 몸통이 쓰러졌다.

궁가는 30대 후반이 될 때까지 수많은 싸움을 겪었지만 지금처럼 치열한 격전은 처음이다. 또한 한 무리의 수장이 되어서 전투를 치른 것도 이번이 처음이다. 궁가는 청사 마당에 널려 있는 시체를 둘러보고 돌아왔는데 참혹한 장면에 자꾸 진저리가 났다.

"자, 떠나자!"

궁가가 안채 마당에서 소리쳤다.

"마부가 모자라니 너희들이 끌고 나가라! 현 내에서 마부를 고용할 수 있어!"

궁가가 서둘렀다. 귀신이 나올 것 같은 현 청사를 빨리 떠나려는 것이다. 아직 장가 무리를 몰살시킨 것이 누구인지도 밝혀지지 않은 상황이다. 부하들도 마찬가지다. 이심전심이 되어 마차에 소를 매달고 서둘렀다. 그러나 현 청사 내에 250량 가까운 재물이 쌓여 있는 데다 마차를 끌고 갈 소는 여러 곳에 분산되어 매여 있다. 복기단이 제 사복을 채우려고 따로 모아둔 재물은 현청 뒤쪽의 창고 안에 쌓여 있는 것이다. 궁가가 다시 소리쳤다.

"서둘러라! 이곳만 떠나면 너희들은 부자가 된다!"

250량의 세금을 다 국고에 넣는다면 지나던 개도 웃을 것이다. 조세 징수관이 죽어 자빠진 상황에 절반만 갖다 바쳐도 누가 따지겠는가? 나머지 절반은 산 자(者)의 몫이다. 그리고 궁가는 뒤쪽 창고에 쌓인 복기단의 몫을 차지하면 된다. 궁가의 얼굴에 저절로 웃음이 떠올랐다.

그 순간이다. 궁가의 머리가 땅바닥으로 떨어졌는데 얼굴은 여전히 웃음을 띠고 있다.

"어엇!"

주위에 선 부하들이 놀란 외침을 뱉었을 때 이곳저곳에서 머리가 떨어졌다. 한낮이다. 멀쩡하던 머리통이 갑자기 땅바닥으로 떨어지면서 목의 피가 석 자나 솟았으니 옆에 있던 자가 기절초풍을 안 할 리가 없다.

"으아악!"

사방에서 비명이 들리면서 곧 남은 부하들이 도망치기 시작했다. 손에 든 무기를 내던진 부하들의 발길은 현청 밖으로 향하고 있다.

5장
혼(魂)을 찾아서

　여관 방문을 닫고 있어도 밖의 소음이 다 들린다. 주민들이 모두 현
청으로 달려가 마차에 실린 온갖 재물을 약탈하는 소리다. 무법천지가
되어 있었어도 활기가 넘친다. 현청 안은 시체가 가득 쌓여서 끔찍하
다. 그러나 재물을 들고 나오는 주민들의 외침은 밝다. 서로 격려하고
부르는 소리로 고을이 떠들썩하다. 어디에 무엇이 있다고 서로 정보를
주고받기도 한다. 이제는 주민들이 약탈자가 된 형국이다. 화천의 얼굴
에 웃음기가 돈다. 궁가와 우두머리 급 수하 대여섯 명을 베었더니 나
머지는 현청 밖으로 도망쳐 버린 것이다. 화천은 의자에 앉아 눈을 감
았다. 가부좌를 틀고 앉은 채로 한쪽 손바닥을 방바닥에 짚고는 온몸
을 들어 올렸다. 기묘한 자세다. 그때 화천이 손가락 세 개를 뻗어 온몸
을 받쳤다. 그러더니 몸을 앞으로 내밀면서 쭉 뻗었다. 더욱 기괴한 자
세가 되었다. 그 순간 화천이 두 손으로 방바닥을 치면서 허공으로 몸
을 띄웠다. 몸이 허공에서 세 바퀴를 돌더니 둥글게 굽혀졌고 곧 방바
닥에 닿으면서 공처럼 굴러 벽에 붙었다. 인간의 몸으로써는 이루어질
수 없는 형태다. 곧 화천의 몸이 펴지면서 인간의 형태를 갖추고 벽에

붙어 섰다. 심신비전은 인간의 몸을 자유자재로 비틀고 꺾으며 늘리거나 줄일 수가 있는 것이다. 지금 화천은 몸을 공처럼 둥글게 말았다가 반대로 꺾어진 상태에서 복원시켰다. 눈을 감고 다시 회복된 숨길로 숨을 뱉으면서 화천은 이것이 본래의 인간 모습일지도 모른다는 생각을 한다. 그것을 외계인 스승께서 돌려놓아 주려는 것인지도 모른다. 바깥 소음이 더 커지더니 이제는 간간이 웃음소리도 들린다. 조세징수관이 백성으로부터 빼앗아간 재물을 다시 찾은 기쁨일 것이다.

"아씨, 큰일 났습니다."

아침에 마을로 아침 식사 준비를 하려고 내려갔던 백가가 가쁜 숨을 몰아쉬며 주리홍 앞에 섰다. 궁금한 표정이 된 공가가 백가 옆으로 다가왔다. 주리홍이 경박하게 서두는 모습이 못마땅한 듯 이맛살을 찌푸렸으므로 백가가 호흡을 가누고 나서 말했다.

"현청 안에 있던 조세징수관 이하 간부들, 그리고 현령까지 다 몰사했답니다."

숨을 고른 백가가 말을 이었다.

"그러자 조세징수관 휘하 무리가 두 패로 나뉘어 조세로 걷은 재물을 차지하려고 싸웠는데 서로 싸우다 다 죽었답니다."

이제는 주리홍도 놀란 듯 입이 반쯤 벌어졌다. 치켜뜬 두 눈이 반짝이고 있다.

"살아남은 몇 명은 귀신에 홀린 듯이 현청을 도망쳐 나와서 사라졌다는 것입니다."

어깨를 늘어뜨린 백가가 반쯤 입을 벌리고는 주리홍을 보았다.

"현 백성들이 모두 현청 안으로 달려 들어가 조세로 걷은 재물을 다가져갔다고 합니다. 뒤늦게 근처 갈마현령이 군사를 끌고 왔지만 이미 모든 마차는 비어 있었다고 합니다."

"용제현으로 가자."

주리홍이 자리에서 일어서며 말했다.

"괴이한 일이다."

"올해 안에 교세는 두 배쯤 늘어나게 될 것이다."

상관수가 웃음 띤 얼굴로 말했다.

"어지러운 시대일수록 교세는 확장되는 법이니까, 기다려라."

"하지만 교주님."

상아진의 얼굴은 차갑다. 청 안에 둘러앉은 10여 명의 방주들이 긴장한 채 두 사람의 대화를 듣고 있다. 상아진이 말을 이었다.

"그렇다고 계양산의 용문사 자리에 제2성전을 지을 필요는 없습니다. 그곳은 이미 백상교의 묘지로 되어 있지 않습니까? 벌써부터 귀신이 나온다는 흉지(凶地)에 마교 제2성전을 짓다니요?"

상관수에게 이런 식으로 대들 수 있는 자는 손녀 상아진뿐이다. 모두 숨을 죽였을 때 상관수가 쓴웃음을 짓고 말했다.

"방주들이 또 너를 꼬드긴 모양이군, 너는 그걸 알아야 돼, 방주들이 너를 이용하고 있다는 것을 말이다."

"아닙니다."

하고 방주 전균이 나섰으므로 상관수가 풀썩 웃었다.

"저것 보아라, 도둑이 제 발 저려서 나왔다."

청 안 분위기가 풀렸다. 상관수의 노련한 처신이다. 그러나 그 분위기를 알아채고 어수룩한 척 나선 전균도 일조를 했다. 그때 상아진이 말했다.

"아직 용문사에는 시체도 다 걷히지 않았습니다. 이런 상황에 그곳에 제2성전을 짓는다면 교민들은 물론 주민들의 반감이 일어날 것입니다."

"너희들은 하나는 알고 둘은 모른다."

정색한 상관수가 좌우를 둘러보았다.

"성전을 짓는 목적이 무엇인지 아느냐? 백상교의 혼령을 위로하려는 것이다. 백상교와 마교의 통합을 유도하는 방법이야. 그래서 성전 이름도 백상사로 지으려고 한다."

상관수의 얼굴에 웃음이 떠올랐다.

"그까짓 이름이 무슨 소용이냐? 교세가 가장 중요하다. 마교도 백상교로 바꿀 수가 있는 것이야."

처소로 돌아온 상아진이 따라 들어온 세 사내와 잠자코 대청의 원탁에 둘러앉는다. 상아진은 마교 교주 상관수의 후계자인 것이다. 처소도 상관수의 저택 바로 아래채로 독채를 썼고 휘하에 위사도 거느렸다. 마교 안에서의 직책은 없지만 모두 소교주(小敎主)로 부르고 있는 것이다. 상아진이 세 사내를 둘러보았다. 방주 위천과 신위, 마석이다. 셋 모두 마교의 핵심 간부로 상관수가 후계자를 위해 미리 배치시켜놓은 포석인 것이다. 무공이 뛰어났고 충성심이 강한 데다 40대 초중반으로 아직 젊은 방주들이다. 상아진이 교주가 되었을 때 마교의 기반을 더욱 굳힐 수 있는 인물들로 선별되었다. 상아진이 입을 열었다.

"아직 정현상의 딸 정명의 시체도 찾지 못했는데 계양산에 성전을 짓는다니, 할아버님은 너무 서두시는 것 같아."

166

그때 셋 중 선임인 마석이 대답했다.

"아씨, 할아버님이 서두시는 이유가 있습니다."

"뭔데?"

"계양산 터가 지금도 시체 썩은 냄새가 배어 있지만 명당(名堂)입니다. 오히려 이곳 유창산보다 넓고 좋습니다."

"풍수설을 믿나?"

쓴웃음을 지은 상아진이 의자에 등을 붙였다. 웃음을 띤 상아진의 모습이 요염했다.

"풍수가 좋은 터여서 그런 참극이 일어났단 말이야?"

"백상교에게는 흉지였지요, 허나 마교에게는 길지(吉地)가 됩니다."

그때 신위가 헛기침을 하고 나섰다.

"아씨, 제가 조금 이상한 소문을 들었습니다."

신위는 가는 눈을 더 가늘게 뜨고 상아진을 보았다.

"뭔데? 용문사 터에서 귀신이 나온다는 이야기는 그만해."

"아마 살아남은 도인이나 하인들 입에서 흘러나온 것 같은데 용문사 주방 불목하니로 화천이라는 애가 있었다고 합니다."

상아진의 시큰둥한 표정을 본 신위의 말이 빨라졌다.

"그놈이 열서너 살짜리인데 범상치가 않아서 정현상이 교주(敎主) 저택으로 데려갔다는군요."

"그놈 귀신이 돌아다닌다는 건가?"

"그런데 그놈이 백상교의 심신비전을 가져갔다고 합니다."

순간 상아진이 숨을 들이켰고 모두의 시선이 모였다. 그것을 본 신위의 말이 느려졌다.

"정현상이 그놈한테 심신비전을 주고 단련하라고 했다는 것입니다."

"별소리를 다 듣겠군."

이윽고 상아진이 말했을 때 위천이 입맛을 다셨다.

"백상교 잔존 교인들이 기를 쓰고 소문을 만들어 퍼뜨리면서 희망을 주려는 것이지요. 하지만 그런 소문은 곧 식습니다. 실체가 없으니까요."

"비전을 제 딸한테 줘야지, 왜 불목하니한테 넘긴단 말인가?"

마석까지 거들었으므로 신위가 어깨를 늘어뜨렸다.

"난 소문을 말했을 뿐이오. 어떤 소문이라도 검토를 해봐야 옳소, 각자의 주관으로 덮어놓는 것이 더 나쁜 법이오."

"맞아."

상아진이 웃음 띤 얼굴로 머리를 끄덕였다.

"그 소문도 머릿속에 넣어두라고."

그때 방안으로 하인이 들어와 말했다.

"전 방주가 교주의 말씀을 가지고 오셨습니다."

전 방주란 백상교에서 대용(大勇) 직임이었던 전균이다. 이번 백상교 절멸에 큰 공을 세운 후에 마교 방주가 된 것이다. 상아진이 머리만 끄덕이자 하인이 돌아가더니 곧 전균과 함께 들어섰다.

"아씨, 세 분 대형도 여기 계시군요."

두 손을 모은 전균이 붙임성 있게 웃었다.

"무슨 일이야?"

상아진이 묻자 전균이 허리를 굽혔다가 펴고 나서 말했다.

"교주께서 저한테 아씨를 모시고 용제현에 다녀오라고 하셨습니다."

"왜?"

"용제현에 폭동이 일어났다는 것입니다."

"뭐? 폭동?"

놀란 상아진이 눈을 치켜떴고 세 방주도 몸을 굳혔지만 전균이 빙글빙글 웃었다.

"예, 현청 안에서 조세징수관 이하 현청까지 모두 참살을 당했고 이어서 조세징수관 휘하 무리까지 싸움이 벌어져 모두 몰사했다는 것입니다."

아연한 넷은 입만 벌렸고 전균의 목소리에 열기가 띠어졌다. 눈까지 번들거리고 있다.

"그랬더니 현청 안에 쌓아놓았던 우마차 300여 량분의 조세가 현 주민에게 모조리 약탈당했다는 것입니다."

"저, 저런."

마침내 위천이 입을 열었다.

"큰일이야, 난리가 났다."

"지금 용제현에 갈마현령과 경비군이 와 있지만 속수무책이라고 합니다. 현 주민들을 다 잡아넣을 수도 없고 이미 조세로 걷은 재물은 흔적도 찾을 수가 없으니까요."

호흡을 고른 전균이 상아진을 보았다.

"교주께서 용제현 지리에 익숙한 저더러 아씨를 모시고 현 상황을 정탐하고 오라고 하셨습니다."

"우리도 모시고 가지요."

마석이 나섰을 때 전균이 두 손을 모았다.

"교주께서도 그러시더군요. 세 분 방주께서도 같이 가시는 것이 낫다고 말씀입니다."

"준비해."

자리에서 일어선 상아진이 말했을 때 전균이 상기된 얼굴로 말을 이었다.

"현청 안에서 조세징수관 이하 간부들과 현령까지 몰사시킨 것은 녹림패가 틀림없습니다. 녹림패가 주민들 사이에 끼어서 조세를 강탈해 간 것이지요."

상아진의 시선을 받은 전균의 두 눈이 번들거렸다.

"교주께서는 이번 사건으로 마교에 대한 나쁜 소문이 단숨에 지워졌다고 하셨습니다. 이제 강호의 관심은 누가 그들을 참살했느냐는 것으로 옮겨졌으니까요. 그렇지 않습니까?"

"과연."

마석이 머리를 끄덕이며 대신 물었다.

"그런데 어떤 녹림패가 그런 대담한 짓을 했을 것 같소?"

"글쎄올시다."

전균의 눈동자가 흔들렸다.

"서북방의 반란군일지도 모릅니다."

깊은 밤, 흐린 날씨여서 별도 보이지 않았고 대기는 무겁게 가라앉아 있다. 피가 굳어졌다가 습기를 만나 겉이 녹으면 지독한 비린내가 난다. 바로 죽은피의 냄새다. 화천이 지금 자욱한 피 냄새를 맡으며 서 있다. 자시(밤 12시)가 조금 넘은 시간이다. 사방에는 벌레 소리 하나 들리지 않는다. 지옥이란 곧 이런 곳인가? 혼령도 떠돌지 않는 공간, 모든 것이 끝난 공허, 절망의 땅, 화천이 발을 딛고 선 곳이 교주의 저택 뒤쪽, 만 길 낭떠러지가 눈앞에 펼쳐진 곳, 자신이 밧줄을 타고 내려갔던 위치다. 그러나 이제 저택은 불에 타고 허물어져서 처참한 잔해 더미로 쌓여 있을 뿐 전의 자취는 흔적도 없이 사라졌다. 화천의 옷자락이 절벽에서 휘몰려 올라온 바람에 펄럭였다. 바람결에 신선한 풀 냄새가 맡아졌다. 절벽의 아래쪽은 딴 세상 같다. 화천의 머릿속에 교주 정현상과 딸 정명의 얼굴이 떠올랐다. 교주는 죽었다. 시체는 수백 명씩 한데 모아서 태웠다는데 유골은 찾을 길이 없다. 그러나 딸 정명은 살아 도망쳤다는 소문이 떠도는 걸 보면 어딘가 숨어 있을지도 모른다. 화천은 길게 숨을 뱉었다. 그때였다. 뒤쪽에서 인기척이 났다. 먼 아래쪽, 예전의 대웅전이 있던 쪽이다. 3백 보쯤 떨어진 곳이었지만 화천의 청력은 예전의 10배는 더 증가되어 있다. 몸을 돌린 화천이 폐허 더미를 밟고 아래쪽으로 접근했다. 인기척이 점점 뚜렷해졌다. 돌멩이 떨어지는 소리도 들렸고 흙 쏟아지는 소리도 난다. 나무가 삐걱대는 소리가 들리는 것이 대웅전 한쪽을 파는 것 같다. 소리는 잠깐 그쳤다가 이어졌는데 주위를 경계하기 때문일 것이다. 깊은 밤, 이제 계양산 용문사에는 한낮에도 인적이 끊긴 상태다. 골짜기 아래쪽에 현에서 세운 경비군 초소가 있지만 그들도 이쪽은 얼씬도 하지 않는다. 귀중품은 다 가져간 데다 피에 덮여 한낮에도 머리끝이 쭈뼛거리는 으스스한 곳을 누가 오겠는가? 이윽고 50보 거리로 다가간 화천이 희뜩한 물체를 보았다. 사람이다. 가쁜 숨소리도 들린다. 남자다. 대웅전 옆쪽 기둥 아래쪽을 파내고 있다. 무엇 때문인가? 사람이 묻혔는가? 아니면 보물을? 더 다가간 화천이 어둠 속에서 사내의 얼굴을 보고는 숨을 멈췄다. 사내는 18대용 중의 한 명인 배승걸, 사찰의 관리를 맡은 터라 별명이 대목(大木)이었던 사내다. 목수(木手) 중의 대장이란 뜻으로 항상 지붕을 고치거나 담을 세우는 일을 감독하던 인물이 지금 무엇을 하고 있는 것일까?

"에흠."

다가선 화천이 가볍게 기침을 했더니 배승걸이 대경실색하고 뒤로 넘어졌다. 바닥이 잔해 더미여서 겨우 딛고 섰던 터라 놀라는 바람에 발이 미끄러진 것이다.

"어이구."

넘어지면서 기둥에 어깨를 받힌 배승걸이 신음하더니 벌떡 일어섰다.

"누구냐?"

어느새 배승걸의 손에는 장검이 쥐어져 있다. 배승걸이 무술 단련을 하거나 무공을 펼치는 것을 한 번도 보지 못했던 화천이다. 그러나 배승걸의 몸에는 살기가 충천했고 겨눈 칼의 검기도 강했다. 화천이 잠자코 배승걸의 앞으로 다가가 섰다. 어둠 속이었지만 이쪽이 두 손을 늘어뜨린 채 무방비 상태로 다가간 터라 배승걸이 주춤거렸지만 긴장을 풀지는 않았다. 배승걸이 눈을 치켜뜨고 다시 묻는다.

"너는 누구냐?"

화천은 자신의 얼굴과 몸이 예전의 14살짜리 화천과는 달라져 있다는 것을 안다. 지금은 장신의 호남 청년이다. 7년 5개월을 지냈으니 세상 나이로 스물둘인가? 화천이 목소리를 부드럽게 하며 물었다.

"그대는 무엇을 찾는가?"

"이놈, 네가 무슨 상관이냐?"

배승걸의 칼끝이 조금 올라갔다.

"넌 상관수의 수하 아니냐?"

화천이 천천히 숨을 들이켰다. 지금부터 새 인물로 나서야 한다. 예전의 불목하니 화천을 밝힐 필요는 없다. 그러나 이름은 그대로 남겨야겠다. 화천이 심신비전을 안고 절벽으로 내려갔다는 사실을 알고 있는 사람은 이제 한 명, 정명만이 남았다. 아직 생사가 불분명했지만 살아 있다면 화천의 이름을 듣게 되겠지, 정명을 위해서 화천 이름을 드러낸다.

"내 이름은 화천, 상관수와는 관계가 없는 사람이다."

"화천?"

배승걸이 눈을 치켜떴다. 불목하니 화천을 떠올린 것이 분명했다. 그러나 곧 이맛살을 찌푸리고 다시 묻는다. 칼은 그대로 겨누고 있다.

"무엇 하는 놈인가?"

"인도에서 온 백상교도다."

"무엇이? 인도에서?"

입을 떡 벌렸던 배승걸의 눈동자가 흐려졌다. 그때 화천이 물었다.

"이젠 내가 묻겠다. 그대는 지금 뭘 하고 있는가?"

"그건."

숨을 들이켰던 배승걸이 마지못한 듯 말했다.

"뭘 찾고 있었다."

"무엇을?"

"내가 먼저 묻자. 인도의 백상교도라고 했나?"

"그렇다."

불쑥 마하트가 떠올랐고 심신비전의 원전을 인도에서 외계인으로부터 받았다는 것이 떠올라 인도의 백상교도라고 했던 것이다. 비전을 익히면서 인도어도 통달하게 되었으니 인도인 행세를 할 수도 있다. 그러나 배승걸이 의심쩍은 표정으로 화천을 보았다.

"인도에서 어떻게 여기로 왔나?"

"그대는 백상교가 인도에서 기원했다는 것을 모르는가?"

되물은 화천이 말을 잇는다.

"백상교 시조 정운 대교주께선 인도인 사부 하람브라 님으로부터 심신비전을 받고 돌아와 백상14계를 창안하고 백상교를 일으키셨지 않은가?"

눈만 껌벅이는 배승걸을 보자 화천의 머릿속이 정리되었다. 백상교의 재기를 위해서는 믿음이 필요하다. 배승걸이 재기한 백상교의 첫 신도가 될 것이며 이렇게 전도가 될 것이다. 화천의 말이 이어졌다.

"나는 여행 중에 백상교가 전멸되었다는 소식을 듣고 이곳으로 온 것이야. 내 소명은 백상교의 부활이다."

"나는 백상교의 성물(聖物)인 코끼리 머리를 찾고 있었소."

배승걸이 처연한 표정으로 말을 이었다.

"그 성물을 갖고 백상교를 다시 일으킬 작정이었소."

"성물이 없으면 안 되나?"

화천이 묻자 배승걸은 긴 숨부터 뱉었다.

"백상교 흔적이라도 지니고 있어야 될 것 아닙니까? 그 코끼리 머리는 선대 교주께서 인도에서 가져온 것이라고 들었기 때문이오."

"그럴 필요가 없네."

화천이 말하자 배승걸이 시선을 들었다.

"인도 어디에서 오셨소?"

"마하트."

"내가 백상교 진리를 터득한 곳."

사람 이름을 지명으로 말해 주었지만 상관없는 일이다. 마하트란 이름만 각인시키면 된다. 그때 배승걸이 어둠에 덮인 앞쪽을 바라보며 말했다.

"이곳 주방 불목하니로 화천이란 애가 있었소, 그 애 이름하고 같아서 놀랐소."

"흔한 일이지."

"이미 교주 이하 다 죽었소. 나는 자재를 사러 밖에 나갔다가 목숨을 건진 것이오, 내가 백상교를 다시 일으켜 마교 놈들을 모조리 잡아 죽이고 싶지만 그건 안 될 것 같소."

"용제현청에 있던 조세징수관 이하 졸개들까지 다 몰사했다는 것을 아는가?"

"들었소."

어깨를 늘어뜨린 배승걸이 흐려진 눈으로 화천을 보았다.

"우리 원수는 마교 놈들이오. 징수관 무리는 반란군에게 몰살당했다니 그놈들도 천벌을 받은 것이오."

그 순간이다. 배승걸이 머리를 들고 주위를 둘러보았다. 바로 앞에 앉아 있던 화천이 없어졌기 때문이다. 그때 발자국 소리가 들렸다. 서너 명이다. 그 자리에서 엎드린 배승걸의 등에서 식은땀이 흘러내렸다. 이야기에 팔려서 인기척을 듣지 못했던 것이다. 아래쪽 초소병들인가? 아닌 것 같다. 20여 보 거리로 다가온 사내들은 이제 네 명, 모두 몸에서 차가운 살기가 뿜어져 나오고 있다. 야적인가? 그런데 화천이란 인도인은 어디로 사라졌는가? 인기척을 듣고 재빨리 도망친 것 같다. 그때 사내들은 거침없이 이쪽으로 다가온다. 대웅전의 기둥과 지붕이 쏟아진 잔해가 사방에 쌓여 있어서 은폐할 곳은 많지만 배승걸은 숨을 죽였다. 마치 이쪽을 알고 다가오는 것 같다. 거리가 10여 보쯤으로 좁혀졌을 때 과연 사내들의 걸음이 멈췄다. 그러더니 사내 하나가 말했다.

"거기, 숨은 놈, 나오너라."

배승걸은 어금니를 물었다. 그러나 백상교 18대용 중 1인으로 백상 14계의 8등급까지 통달했던 배승걸이다. 빼어난 무공은 갖추지 못했지만 어지간한 무공인 서너 명은 해치울 만한 실력이다. 배승걸이 몸을 일으켰다. 상대하는 수밖에 없다.

"누구냐?"

낮게 묻자 웃음 띤 목소리가 돌아왔다.

"너를 기다린 어르신들이야."

"건방진 놈."

어깨를 부풀린 배승걸의 얼굴에도 웃음이 떠올랐다.

"도적놈들이 텃세를 하는 꼴이군, 어디, 이리 오너라, 이 도적놈의 새끼야."

"네가 백상교 일당이렷다?"

능글거리며 다가선 사내의 몸에서 살기가 더 진하게 풍겨왔다. 어느덧 네 사내는 배승걸의 사방을 둘러싸고 있어서 빠져나갈 틈이 보이지 않는다. 거리가 다섯 걸음으로 좁혀졌을 때 사내들의 윤곽이 드러났다. 모두 검은 옷차림에 두건을 썼다. 손에는 제각기 칼과 검, 비수를 쥐었는데 일사불란한 움직임이다. 정면에 선 사내가 말을 이었다.

"우리가 닷새간을 기다렸다. 지금 네가 파내고 있는 것이 무엇이냐? 백상교 심신비전 아니냐?"

바로 이것이다. 상관수는 찾지 못한 심신비전을 결코 잊은 것이 아니다. 그래서 고수들을 숨겨놓았던 것이다. 그 순간이다. 배승걸의 몸이 뛰어올랐다. 목표는 정면의 사내, 백상 7계의 검술을 9할 이상 발동시켜 사내의 머리 위에서 떨어지면서 전후좌우로 칼을 12차례나 베고 찍었는데 번쩍이는 검광에 눈이 부셨다. 그만큼 빠른 검광이다.

176

"에엣!"

칼날 부딪치는 소리는 나지 않았다. 대신 뒤늦게 짧은 기합소리가 울리면서 검광 속에서 사내의 상반신만 드러났다.

"으윽!"

다음 순간 배승걸의 입에서 놀란 듯한 외침이 터지더니 떨어진 자리에서 뒤로 두 발짝이나 물러섰다가 넘어진 기둥에 걸려 비틀거렸다. 사내가 배승걸의 모든 초식을 피하고 나서 칼등으로 어깨를 쳤기 때문이다. 수모를 당한 배승걸의 얼굴이 일그러졌다. 어금니를 문 배승걸이 눈을 부릅떴지만 가슴은 절망감으로 미어졌다. 일합을 겨눴을 뿐인데도 이미 승부는 난 것이나 같다. 사내가 칼등으로 어깨를 친 것은 치욕이었다. 칼날로 쳤다면 이미 자신은 죽은 목숨이었을 것이다. 그때 겨우 몸을 세운 배승걸 앞으로 사내가 다가섰다. 두 걸음 앞이다. 동시에 주위를 둘러싸고 있던 세 사내도 거리를 좁혔는데 역시 두 걸음 간격이 되었다. 모두 한 칼에 치명상을 입힐 위치다.

"네가 파고 있던 것은 무엇이냐?"

사내가 물었을 때 배승걸은 숨을 삼켰다. 긴박한 순간이었지만 사내가 화천에 대해서 묻지 않는 것이 괴이했기 때문이다. 인도에서 온 화천이라는 백상교 사내와 꽤 오랫동안 이야기를 하고 있다가 이놈들을 만나지 않았는가? 그때 사내가 칼끝으로 배승걸의 목을 겨누었다. 칼등으로 어깨를 맞은 배승걸의 칼은 이미 손에서 떨어져 있다.

"자, 네가 뭘 팠느냐? 말해라."

배승걸이 눈을 치켜떴다. 이제 죽는가?

"마하트!"

그때였다. 배승걸은 하늘이 울리는 것 같은 외침을 듣고 몸이 굳어졌다. 저절로 머리끝이 곤두서면서 온몸의 모공이 솟아올랐다. 둘러선 네 사내도 마찬가지다. 움직임을 멈춘 넷이 일제히 몸을 돌렸지만 방향이 제각각이다. 배승걸의 앞쪽 사내는 뒤를, 옆쪽 사내는 앞을, 그 옆은 또 제 뒤를 본다. 그때 웃음소리가 울렸다.

"아하하하."

깊은 밤, 폐사가 된 용문사 안, 아직도 살점이 흩어져 있고 피비린내가 밴 대웅전 구석에 선 다섯의 몸이 굳어졌다.

"누구냐?"

기를 쓰고 앞쪽 사내가 소리쳤을 때였다. 배승걸은 숨을 들이켰다. 바로 눈앞에 화천이란 사내가 서 있었기 때문이다. 어디에서 사라졌다가 어디에서 나타났는가? 그때 앞쪽 사내가 들고 있던 칼을 다짜고짜 쑤셔 넣듯 찔렀다. 거리가 한 걸음밖에 되지 않아서 무공을 모르는 농사꾼도 눈감고 찌를 수 있을 정도였다.

"아앗!"

놀란 외침은 배승걸의 입에서 터졌다. 사내의 칼이 화천의 배를 뚫고 등으로 빠져나왔기 때문이다.

"이놈!"

득의에 찬 사내의 고함 소리가 울렸다. 사내는 자신의 칼이 살과 근육을 뚫고 들어가는 감촉을 느낀 것이다. 둘러선 세 사내의 눈빛도 강해졌다. 그 순간이다.

"어억!"

갑자기 사내가 고함을 지르더니 몸이 허공으로 치켜 올라갔다. 화천이 손을 뻗어 사내의 어깨를 잡아 올린 것이다.

"어 어 어!"

주위에서 놀란 외침이 터졌고 배승걸은 입만 딱 벌렸다. 두 눈이 찢어질 듯 치켜떠져 있다. 보라, 사내의 몸이 허공에서 대롱거리고 있다. 화천의 한 손이 사내를 추켜올린 것인데 기묘했다. 팔이 10자나 늘어나 있는 것이다. 옷을 뚫고 뻗어 나온 팔은 밧줄 같기도 했고 구렁이처럼 보이기도 했다.

"으아악!"

다음 순간 사내의 입에서 비명이 터졌다. 화천의 칼 든 손이 뻗어 나가 두 다리를 잘라버렸기 때문이다. 하반신이 없어진 사내의 몸통이 땅바닥에 떨어지면서 피비린내가 진동했다. 짧은 순간이었지만 배승걸을 비롯한 세 적당도 꿈을 꾸는 것 같았기 때문에 움직이지를 못했다. 사내가 떨어진 후에야 세 사내가 움직였지만 이미 늦었다.

"으아악!"

어둠을 찢는 비명이 울리더니 두 사내가 몸통이 두 토막으로 잘린 채 쓰러졌는데 마치 도마 위의 생선을 절반으로 자른 것 같다. 흰 내장이 쏟아져 나오면서 아직 산 육신이 꿈틀거렸으므로 배승걸은 서 있는 채로 배 속의 오물을 토했다. 화천이 어떻게 몸통을 갈랐는지 보이지도 않았기 때문에 이것도 현실 같지가 않다.

"어이구."

그때 신음이 울렸다. 살아남은 사내 하나가 주저앉은 채 머리를 두 손으로 움켜쥐고 있었던 것이다. 이것은 또 무슨 조화인가? 정신이 나간 얼굴로 배승걸이 우두커니 서서 그 사내를 보았다. 그 사내 앞에는 화천이 서 있었는데 언제 그런 처참한 살육을 했느냐 하는 표정이다. 칼도 어느새 칼집에 꽂혔고 태연하다. 배승걸이 어깨를 늘어뜨리면서 입을 열었다.

"도 도대체 어떤 조화를 부리셨소?"

그러나 대답하지 않은 화천이 머리를 싸매고 주저앉은 사내에게 물었다.

"넌 누구 지시를 받고 이곳에 왔느냐?"

"상아진 아씨요."

사내가 헐떡이며 대답했다.

"이곳에 숨어 백상교 잔존 세력이 비전을 찾으러 오는지를 감시하라고 했소."

"몇 명이 여기에 있느냐?"

"우리 넷뿐이오."

머리를 든 사내가 이제는 고분고분 말을 잇는다.

"상아진은 방장 넷을 골라 보냈습지요. 모두 무공이 뛰어난 자들로만 추렸는데 저는 진우복이라고 합니다."

배승걸은 사내의 눈동자가 흐려져 있는 것을 보았다. 홀린 것이다. 헛것을 보거나 마약에 찌들면 이런 눈빛이 된다. 숨을 들이켠 배승걸의 시선이 옆쪽의 화천에게로 옮겨졌다. 이 인도에서 왔다는 화천은 신인(神人)인 것 같다. 백상교의 발원은 인도가 맞다. 초대교주 정운이 인도에서 백상계를 받고 왔지 않는가? 배승걸의 심장이 거칠게 뛰었다. 아아, 그러면 백상교는 지난번보다 더 엄청난 기세로 부흥할 수가 있을 것 같다. 보라, 인도에서 온 교도 화천의 신공(神功)을, 꿈을 꾸는 것 같은 신술(神術), 팔이 열 자나 늘어나고 섬광보다 빠른 이 검술, 거기에다 정신을 빼먹는 혼술까지 쓰고 있지 않는가? 그때 화천을 향해 진우복이 말했다.

"예, 하루에 한 번씩 상아진이 보낸 전령에게 보고를 합지요. 매일 오시에 아래쪽 폐가로 전령이 옵니다."

"알았다. 그럼 너는 폐가에 가서 기다려라."

화천이 말하자 진우복이 몸을 일으키더니 허리를 굽혀 절을 하면서 엄숙하게 말했다.

"백상교 만세, 만만세."

진우복이 어둠 속으로 사라졌을 때 배승걸이 머리를 돌려 화천을 보았다.

"어떻게 하신 것입니까?"

"머릿속을 바꿔놓은 것이지."

화천이 발을 떼어 대웅전을 벗어나면서 말을 이었다. 피바다가 된 곳을 피하는 것이다.

"백상14계를 변형시키면 그렇게 만들 수가 있다."

"어, 어떻게 말씀이오?"

뒤를 따르며 배승걸이 다그치듯 물었다.

"저도 백상14계를 17년간 수행했지만 머릿속을 바꿔놓는다는 계는 보지도 듣지도 못했소."

그때 발을 멈춘 화천이 손을 뻗어 배승걸의 머리 위에 손바닥을 얹었다. 번개처럼 빠른 손놀림이어서 배승걸은 피하지도 못하고 눈만 치켜떴다. 그 순간 배승걸은 머리가 불 속에 놓인 것처럼 뜨겁게 느껴졌다가 금방 원상회복이 되었다. 화천의 손이 떨어졌기 때문이다. 그때 배승걸의 입에서 말이 튀어나왔다.

"정명 아씨는 분명히 이 근처에 계실 것이다. 살아 있다면 말이지."

배승걸이 숨을 들이켜고는 어금니를 물었다. 저절로 말이, 그것도 머릿속에 품었던 생각이 말로 튀어나왔기 때문이다. 화천이 옆쪽 불탄 요사채 토방에 멈춰 섰으므로 배승걸이 앞에 섰다. 그때 저절로 말이 이어진다.

"정명 아씨가 백상교의 유일한 희망이야, 아씨를 세우고 백상교를 일으켜야 돼."

배승걸의 얼굴에서 물벼락을 맞은 듯이 땀이 흘러내렸다. 저절로 튀어나오는 말을 기를 쓰고 참고 있기 때문이다. 그러나 말은 이어진다.

"코끼리 머리를 찾아야 된다. 그것이 죽은 교주, 동료 교인들에 대한 도리다. 그래서 죽는 순간까지 부흥을 위해 노력하는 것이다."

그때 화천이 손을 뻗었다. 거리가 10자(3m) 가깝게 되는데도 화천의 팔이 늘어나 조금 전같이 구렁이처럼 꿈틀거리더니 배승걸의 머리에 손바닥을 얹었다. 그 순간 배승걸의 머리가 뜨거워졌다가 식었다.

"바로 이렇게 만든 것이야."

화천이 진우복의 머릿속을 바꿔놓은 방법을 시연해준 것이지만 배승걸의 몸은 더 굳었다.

"신인(神人)이시오, 부디……."

숨을 들이켰던 배승걸의 눈에서 눈물이 쏟아졌다.

"백상교를 재건해 주시오, 신인이시어."

"시장바닥이 되었구나."

혀를 찬 주리홍이 주위를 둘러보며 말했다. 주리홍은 삿갓을 써서 얼굴을 덮었기 때문에 입만 드러났다. 훤칠한 키에 긴 장삼을 입은 데다 허리에 장검을 차서 토호 댁 서방님 행색이다. 좌우를 따르는 공가와 백가는 시종 행색이니 잘 어울렸다. 혼잡한 저잣거리를 헤쳐가면서 주리홍이 말을 잇는다.

"이틀 전만 해도 이 길에는 한낮에도 행인이 두어 명밖에 없지 않았느냐?"

"예, 모두 타지인(他地人)입니다."

바짝 다가선 공가가 목소리를 낮췄다.

"현청에 쌓인 세수가 다 털렸다는 소문을 듣고 도적떼까지 다 몰려왔을 것입니다."

"곧 온갖 사건이 다 일어나겠구나."

주리홍의 입술 끝이 쓴웃음으로 비틀렸다. 그러나 저잣거리는 활기에 차 있다. 마치 대도시 같다. 노소남녀(老小男女)가 다 밖으로 나왔는지 혼잡하다. 시장이 열렸고 물건이 활발하게 거래된다. 바로 강탈한 물자가 교환되는 것이다. 거리를 빠져나간 주리홍이 걸음을 멈췄다. 이제 광장을 건너면 현청이다. 광장에도 인파가 들어차 있었는데 아직도 현청 안에 강탈해갈 물품이 있지나 않을까 노리는 외지인들이다. 소문을 듣고 지금도 외지인들이 모여들고 있는 것이다. 청사 대문 앞에는 경비병 십여 명이 서 있지만 수백 인파를 몰아낼 엄두도 내지 못하는 것 같다. 사건을 듣고 출동했던 이웃 갈마현령은 태수에게 장계만 올리고는 다음 날 돌아갔기 때문에 용제현은 판관 하복이 현령 대리를 맡고 있다. 현 청사를 바라보면서 주리홍이 말했다.

"판관이 사건을 조사할 엄두도 내지 못하고 있는 것 같구나."

"예, 밀려든 인파에 겁이 나서 경비병들을 모두 청사 안으로 모아놓고 태수를 기다리고 있습니다."

공가가 대답했다. 주리홍이 삿갓을 조금 들어 올리고는 주위를 보았다.

"시선이 느껴진다."

입속말로 말한 주리홍이 삿갓을 내리더니 이제는 더 낮게 말을 이었다.

"우리를 감시하는 놈들이 있다."

"가운데 삿갓을 쓴 놈은 여자야."

두공이 말하고는 누런 이를 드러내고 웃었다.

"내가 여자 냄새는 10리 밖에서도 맡는다. 이것이 바로 색공(色功) 덕분이지."

두공(豆孔)의 별명이 색공(色功)이다. 본인이 색을 밝히기 때문에 스스로 붙인 별명인데 말대로 치마만 두르고 있으면 노소미추(老小美醜)를 가리지 않았다. 그러나 두공은 녹림7패 중의 하나인 적발산파의 부두(副頭)다. 부두목 급으로 지금 휘하에 12명의 부하를 이끌고 용제현에 나와 있는 것이다. 물론 조세징수관이 피살되고 엄청난 재물이 용제현에 쏟아졌다는 소문을 듣고 온 것이다. 조세징수관이 조세로 걷은 물자만큼 방대한 재물이 있겠는가? 그러나 제아무리 날고뛰는 녹림패라고 해도 조세로 걷은 물자를 탈취하지는 못한다. 제국이 극도로 혼란스럽다고 해도 그렇다. 만일 그렇게 된다면 제국은 제국의 위신을 걸고 군병을 동원하여 토벌할 것이기 때문이다. 그런데 이번에 용제현에서 조세로 걷은 물자를 현 주민들이 탈취해간 사건이 벌어졌다. 현 청사 안에서 조세징수관 이하 현령까지 모두 몰살당한 참극이 일어난 후에 징수관 휘하 무리가 서로 싸워 다 죽고 나서 벌어진 일이다. 이러니 소문을 들은 온갖 도적단과 녹림의 무리들이 몰려온 것은 당연한 현상이다. 그때 옆에 선 부하가 낮게 말했다.

"두목, 셋이 갈라섰습니다."

"나도 보았어."

과연 셋이 광장 옆쪽의 번잡한 시장으로 들어섰는데 제각기 갈라섰다. 하나는 포목상 안으로 들어갔고 하나는 곧 정육점 앞에 멈춰 섰다. 그러나 '남장녀'는 시장의 혼잡한 사람들 사이를 헤치면서 안쪽으로 내려간다.

"내가 저년을 맡겠다."

색공이 발을 떼며 말했다.

"저년은 범상한 년이 아냐, 두 놈도 무공으로 단련된 놈이다. 원둔과 비광이 각각 나눠 맡도록 해라."

색공은 강호에서 온갖 풍상을 겪은 지 20여 년이다. 한눈에 보아도 무공의 정도뿐만이 아니라 품에 지닌 돈주머니의 금액도 계산해 낸다. 여자로 말할 것 같으면 구멍이 위쪽이냐 아래쪽이냐에서부터 깊이까지 알아맞히는 수준이다. 입안에 고인 침을 삼킨 색공이 발을 떼었다. 색공은 비단 겉옷에 두건을 썼고 손에 부채를 들었으니 부유한 상인 행색이다. 다만 두 눈이 번들거리는 것이 조금 특이할 뿐이다.

시장거리를 걸으면서 화천이 배승걸에게 말했다.

"저기 저놈, 어깨가 넓고 회색 상삼을 걸친 놈이 보이느냐?"

"예, 보입니다."

배승걸이 눈을 가늘게 떴다.

"사부, 왜 그러십니까?"

이제 배승걸은 화천에게 사부라고 부른다. 나이로 말할 것 같으면 배승걸이 서른여덟이니 화천의 아비뻘이다. 화천이 동굴에서 한 달여 동안 7년 4개월을 보내는 바람에 헛나이로 스물둘이 되어 있는 것이다.

그러나 '사부' 소리가 어색했다가 몇 번 듣고 나니까 자연스럽게 들린다. 화천이 발을 떼며 대답했다.

"저놈이 앞쪽에 가는 여자를 쫓고 있다."

"예?"

"그런데 앞쪽 여자는 그것을 알면서 저놈을 유인하고 있는 것 같다."

"저는 도무지……."

사람도 많은 터라 배승걸에게는 앞쪽 20보쯤 거리의 회색 장삼을 입은 사내만 보일 뿐이다. 화천은 오늘 상제 두건을 썼고 검정 장삼을 입었다. 지팡이를 쥐었는데 성묘에 다녀오는 차림이었고 배승걸은 삿갓을 눌러썼고 등에 짐을 메어서 여행자 행세를 한다. 화천은 장삼 입은 사내가 미행하는 여자까지 알아보았다. 바로 태진각에서 만난 여자다. 시장 안으로 들어갈수록 인파가 많아져서 걸음을 뗄 때마다 사람에 부딪혔지만 회색 장삼과는 더 가까워졌다.

"사부, 저놈이 왜 여자를 쫓는 겁니까?"

아직 여자도 발견 못 한 배승걸이 물었지만 화천은 대답하지 않았다.

"사부."

다시 배승걸이 불렀을 때 걸음을 늦춘 화천이 옆쪽 생선가게 앞으로 다가가 섰다. 분위기를 눈치챈 배승걸이 주춤거리며 옆에 붙었을 때 화천이 말했다.

"네 오른쪽 대장간 앞에 서 있는 놈을 보아라. 그놈도 삿갓을 눌러쓰고 손에 삽을 들고 있다."

머리를 돌린 배승걸이 숨을 들이켰다.

"아, 저놈."

전균인 것이다. 화천은 인도에서 왔다고 한 터라 전균을 알아보면 배승걸이 놀란다. 그때는 아무리 신통력 핑계를 대어도 의심할 것이었다. 화천이 은근한 목소리로 물었다.

"저놈이 여자를 보는 시선이 수상했다. 아는 놈이냐?"

"알, 알다마다요."

어깨를 부풀린 배승걸의 목소리가 떨렸다.

"전균이라고 저놈이 우리를 배신한 놈입니다. 저놈이 살육의 원흉이오."

"쉿, 조용히."

그때 손님과 흥정을 끝낸 생선가게 주인이 둘에게 물었다.

"뭘 사시려우?"

"이걸로 하지, 세 마리."

잉어를 가리킨 화천이 힐끗 오른쪽을 보았다. 전균이 몸을 돌려 장삼을 입은 사내를 따라가고 있다. 전균은 여자와 여자를 미행하는 회색 장삼까지를 알고 있는 것이다.

상아진이 옆에 선 위천에게 말했다.

"온갖 도둑놈들이 다 모여 있군 그래, 저놈이 쫓는 여자도 수상해."

"그렇습니다."

위천이 딴전을 보면서 대답했다. 상아진이 위천과 전균을 데리고 현청 동향을 탐색하다가 색공을 본 것이다. 색공을 먼저 발견한 것은 전균이다. 상아진의 말마따나 용제현 현 내는 사천성뿐만 아니라 중원의 도둑놈, 강도, 무뢰배 무리는 다 몰려온 것 같았다. 엄청난 양의 세수가 주민들한테 강탈당한 터라 그들 무리에게 용제현 현 내는 보물단지처럼 보였을 것이다. 강탈당한 온갖 재물을 다시 강탈해도 관(官)에 고발도 못 하는 정황이 다. 벌써부터 강도 사건이 10여 건이나 발생했는데 드러난 것만 그렇지 빼앗기고 말도 못하는 경우는 그 몇 배가 될 것이다. 그래서 시장통의 행인 절반이 외지에서 온 도둑놈이라는 소문이 났다. 하지만 먹고 살려면 물물교환을 하든지 필수품과 주부식을 사야만 한다. 상아진과 위천은 양곡가게 앞에 서 있었는데 마침 비단과 쌀을 바꾸는 중이었다. 비단 반 필을 들고 온 사내는 근처 주민이었는데 이번에 현청에서 강탈한 비단이 분명했다. 주변은 흥정 소리로 떠들썩했고 구경꾼이 많다. 너도나도 다 강탈해간 터라 관에서 손도 못 대고 있는 상황이다.

"전균이 그놈 뒤에 붙었다. 우리도 가자."

상아진이 낮게 말하고는 발을 떼었고 위천도 뒤를 따른다. 그 뒤로 위천의 부하 일곱이 흩어져 있다. 상아진이 시장을 훑어보았다. 그야말로 절반이 도둑놈이다. 도둑놈, 강도는 눈빛만 보아도 안다. 살기는 쉽게 지워지는 것이 아니다. 쓴웃음을 지은 상아진이 손을 뻗어 수염을 쓸어내렸다. 인피가죽으로 만든 가면을 둘러쓰고 있어서 상아진은 40대쯤의 서생 모습이 되어 있다. 머리에 비단 두건을 썼고 흰색 장삼 차림이 잘 어울렸다. 아무도 스물세 살짜리 여자인 줄은 모른다.

40대의 서생이 수염을 쓸어내린 순간 화천의 얼굴에 웃음이 떠올랐다. 지금 화천은 건너편의 채소가게 앞으로 옮겨가 있었는데 시선 끝쪽으로 40대 서생이 드러난 것이다. 전균이 이곳에 혼자 왔을 리가 없다고 생각한 것이 적중했다. 전균의 뒤를 받쳐주는 본진(本陣)이 저놈들 둘이다. 그리고 40대 서생은 인피가면을 쓴 여자다. 손을 보고 확신한 것이다. 얼굴은 감췄지만 손까지 감추지는 못했다. 옆에 선 배승걸이 영문을 모른 채 자꾸 시선을 주었으므로 화천이 채소가게 주인에게 말했다.

"저기 마초 뿌리 두 근만 주시오."

그때는 40대 서생이 화천의 바로 뒤를 지나는 참이었다.

"싱싱한 것으로 골라줘요."

40대 서생이 힐끗 화천의 뒷모습을 보았다가 행인들 사이로 묻혔다. 그러나 화천은 등에 닿은 40대 서생의 시선을 느낄 수가 있다. 저 여자는 누구인가. 전균을 앞잡이로 부리는 여자라면, 그 순간 화천의 머릿속이 맑아졌다. 상관수의 손녀 상아진이 아닐까? 교주 정현상을 죽인 원수, 용문사를 쳐 백상교를 몰살시킨 원흉의 손녀이기도 하다.

"여기 은 한 냥이오."

채소가게 주인이 마초를 묶어 내밀면서 말했으므로 배승걸이 펄쩍 뛰었다.

"아니, 은 한 냥이라니? 가격이 다섯 배는 뛰었구먼."

"다 뛰었소. 안 살 테면 마시고."

주인 여자의 목소리가 높아졌다. 물가가 더 오른다는 증거일 것이다. 이미 잉어 세 마리를 꿰어 들고 있던 배승걸이 화천의 눈치를 보았다. 그때 화천이 머리를 젓고는 발을 뗐다. 남장녀는 이미 10여 보 거리로 떨어져서 머리만 겨우 보인다.

"비싸서 못 사겠어."

배승걸이 머리를 젓고는 화천의 뒤를 따른다. 남장녀의 뒤를 따르던 화천의 얼굴에 희미한 웃음이 떠올랐다. 바로 앞을 걷는 사내 넷이 남장녀 일행의 수하였기 때문이다. 남장녀는 한 걸음쯤 뒤를 따르는 사내의 호위를 받는다. 화천이 숨을 들이켰다. 남장녀는 과연 상아진일까,

인피가면을 벗기고 싶다.

　주리홍은 시장 끝에서 오른쪽 길로 꺾어진 후에 몸을 날렸다. 이십 보 거리에 다시 오른쪽으로 꺾어지는 작은 골목이 있다. 길을 가던 남녀가 힐끗거렸지만 이쪽은 통행인이 조금 적다. 눈 깜박하는 사이에 골목으로 뛰어 들어선 주리홍은 곧 몸을 솟구쳐 오른쪽 담장을 넘었다. 높이가 20자(6m) 가깝게 되는 담장을 뛰어넘어 안쪽 마당에 떨어진 주리홍이 호흡을 가누었다. 이곳은 시장 뒤쪽의 주택으로 대개가 상인들의 거주지다. 앞쪽에서 인기척이 났으므로 주리홍은 재빨리 옆쪽 모퉁이로 들어섰다. 그러고는 이제 낮은 담장 하나를 뛰어넘어 다시 옆쪽 주택으로 들어섰다. 앞쪽에 하인 하나가 등을 보이며 양곡 자루를 들어 올리고 있다. 양곡가게 뒷마당으로 들어온 것 같다.

　"없어졌다."

　당황한 색공의 얼굴이 금방 상기되었다. 색공은 지금 시장에서 오른쪽으로 꺾어진 길 위에 서 있다. 색공의 바로 오른쪽이 좁은 골목이지만 이미 남장녀의 자취는 사라졌다.

　"이런 개 같은 경우가 있나?"

　이 사이로 말한 색공이 다시 골목 안을 보았다. 앞쪽 길은 훤했다. 그녀가 들어갔을 만한 곳은 이 골목이다. 그러나 담장높이가 20자나 된다. 저 담장을 뛰어넘었다면 범상한 무공(武功)이 아니다. 색공 자신도 도약해서 담장 위를 움켜쥔 후에야 올라갈 수 있을 것이었다. 남장녀가 이 높은 담장을 뛰어넘어 들어갔을 리는 없다. 머리를 기울였던 색공의 눈빛이 강해졌다. 그의 시선이 비수처럼 꽂힌 곳은 담장 밑에서 반짝이는 물체였다. 서둘러 골목 안으로 들어간 색공이 반짝이는 물체를 집어

들었다.

"으음."

색공의 입에서 신음이 터졌다. 여자의 거울이다. 남장녀다. 그때 향기가 풍겨 왔으므로 색공은 거울을 코밑에 붙이고는 숨을 들이켰다. 그 순간 색공의 얼굴에서 웃음이 떠올랐다. 색향(色香)이다. 여인의 향내보다 더 달콤한 냄새가 있을 것인가? 여인의 체취에다 향기가 섞였다. 꽃 향기 같다. 그 순간이다. 색공의 두 눈이 치켜떠졌다. 다음 순간 입이 딱 벌어지면서 얼굴빛이 하얗게 변해졌다.

"어억!"

벌린 입에서 숨이 막힌 듯한 신음을 토하더니 순식간에 얼굴빛이 대추색으로 변했다.

"아악!"

신음을 뱉은 색공이 손에 든 거울을 떨어뜨리면서 손으로 목을 움켜쥐었다. 그러더니 온몸이 나무토막처럼 굳어지면서 돌담에 머리를 들이받고 넘어졌다.

"어엇."

골목 앞을 지나던 전균이 숨을 들이켰다. 미행하던 사내가 막 돌담에 머리를 받으며 넘어지는 순간을 본 것이다. 20보쯤의 거리였지만 검붉은 얼굴과 굳은 몸을 본 순간 전균이 재빠르게 몸을 피했다. 본능이다. 그때 뒤에서 묻는 소리가 들렸다.

"무슨 일이냐?"

상아진이다.

"위험합니다."

전균이 말했을 때 상아진은 이미 골목 앞을 지나면서 안을 보았다.

상아진이 전균과 함께 행인 속으로 파고들면서 말했다.

"기습을 당했어. 그년이 보통내기가 아냐."

"그 여자가 한 짓일까요?"

그때 뒤에서 다가온 위천이 대답했다.

"아씨, 아무래도 분위기가 심상치 않습니다. 피하시지요."

"지금 골목 안에서 자빠진 놈 일행이 있을 게야."

걸음을 늦추면서 상아진이 위천과 전균에게 말했다.

"그대들은 여기 남아서 저놈 일행을 잡도록 해, 난 뒤에 있을 테니까."

상아진의 얼굴에 희미하게 웃음이 떠올랐다.

"이건 꼬리잡기야. 우리 뒤에 뭔가 달려 있는 느낌이 들어."

셋은 지금 길가의 정육점 앞에서 구경꾼들과 함께 서 있다. 마침 가게 안에서 소를 잡고 있기 때문이다. 사내가 쓰러진 골목은 뒤쪽으로 30보쯤 떨어져 있었는데 아직 아무도 발견하지 못한 것 같다. 그 골목은 양쪽 담장만 이어진 채 인적이 드물기 때문인가. 상아진의 명을 받은 전균과 위천이 몸을 돌리더니 다시 골목 쪽으로 다가갔다.

"아니?"

앞장서 골목 앞을 지나던 위천이 눈을 치켜뜨고 주춤거리다가 골목을 지났다. 그 뒤를 따르던 전균이 힐끗 골목 안을 보고는 숨을 들이켰다. 사내가 없어진 것이다. 골목 안에서 담장에 대고 오줌을 누던 농민 하나와 시선이 마주쳤을 뿐이다.

"사부."

아직도 놀람에서 깨어나지 못한 배승걸이 숨을 고르며 화천을 보았다. 담장 안이다. 그들은 담장을 넘어 안쪽의 마당 세 개를 지난 그릇가

192

게 뒷마당 구석에 서 있었는데 땅바닥에는 사내 하나가 길게 누웠다. 바로 색공의 시체다. 배승걸에게는 조금 전의 일이 꿈만 같았기 때문에 아직 제대로 말도 뱉지 못한다. 골목 안으로 들어섰던 화천이 곧장 색공의 시신 앞으로 다가가더니 번쩍 들어서 담장 안으로 던져 넣었던 것이다. 그리고는 배승걸의 목덜미를 움켜쥐고는 뛰어올랐다. 배승걸은 제 몸이 거인의 손에 잡힌 강아지처럼 허공을 날아 담장 안으로 떨어지는 것을 보기만 했던 것이다. 그리고는 화천이 색공의 시신을 다시 이쪽으로 옮겨놓았는데 서너 번 같은 꼴을 당해야만 했다. 다른 것은 색공의 시신은 짐짝처럼 담장 너머로 던졌지만 배승걸은 목덜미를 잡고 같이 떠올랐다가 내려왔다. 그때 화천이 색공의 찌그러진 시신을 내려다보면서 손에 쥔 거울을 흔들었다.

"이놈은 이 거울에 뿌린 독분을 마셨다. 여자가 뿌린 독분이야."

화천의 얼굴에서 웃음이 떠올랐다.

"자, 지금부터 꼬리 자르기가 시작되었다. 이놈 뒤를 쫓던 전균 일당이 찾고 있겠다."

그래서 시체를 숨긴 것이다.

양곡가게 뒷마당에서 그 옆집 대장간 뒷마당으로 옮겨갔던 주리홍이 벽에 붙어서 있다가 그 소리를 들었다. 그때 다른 사내의 목소리가 들렸다.

"사부, 그럼 그 남장녀는 이 근처에 있지 않겠습니까?"

"아마 우리말을 듣고 있는지도 모르겠다."

사내의 목소리에 웃음기가 섞였다.

"독분을 묻힌 거울을 던지고 아마 이쪽으로 넘어왔을 테니까."

목소리가 다가왔으므로 주리홍은 숨을 삼켰다. 놈들이 적은 아닌 것 같다. 미행해온 도적무리를 추적해온 놈들까지는 안다. 그런데 이놈들은 그 뒤쪽의 존재들인가? 주리홍의 얼굴에 웃음이 떠올랐다. 꼬리를 잇는 약육강식의 그림이 떠올랐기 때문이다. 이놈들이 맨 마지막인가, 그 순간 주리홍이 마음을 굳혔다.

배승걸의 팔을 쥔 채 다시 담장을 뛰어넘었던 화천은 바로 앞쪽에 선 남장녀를 보았다. 거리가 다섯 걸음밖에 안 되어서 놀란 배승걸은 숨을 들이켰지만 화천은 빙그레 웃었다.

"넌 누구냐?"

주리홍이 싸늘하게 물었지만 두 손은 늘어뜨리고 있다. 적의를 보이지 않는 것이다. 화천은 주리홍의 시선을 받은 순간 치솟는 색정(色情)을 느꼈다. 백상계의 기본이 그것이다. 심신비전의 원천이라고 해야 맞다. 음기가 솟는 여자를 보면 색정이 치솟는 것, 그 반대의 경우도 마찬가지다. 화천이 한 걸음 다가가 섰다.

"나는 화천, 인도에서 온 백상교의 사부다. 그대는 누구인가?"

"백상교의 사부?"

주리홍의 눈썹이 치켜 올라갔을 때 화천이 머리를 끄덕였다.

"그대는 아직 양물을 받아본 적이 없구나."

"뭣이?"

눈썹을 모았던 주리홍의 눈동자가 더 커진 느낌이 들었다. 눈빛이 강해졌고 얼굴이 하얗게 굳었다. 뒤늦게 말뜻을 알아챈 것이다.

"이, 이놈이……."

"하지만 몸이 너무 무르익었다. 그대로 놔두면 쓸데없는 일이 일어난다."

"이놈이 미친놈 아닌가?"

"가끔 우습지도 않은 일에 웃음이 터지고 나뭇잎이 떨어지는 것을 보고 눈물이 흘러내리지 않던가? 모두 그 때문이야."

"도대체……."

"내 음경으로 그대 옥문(玉門)을 열어주면 가려운 곳이 없어지는 것처럼 시원해질 것이다. 그러고 나서 온몸이 뜨거워지고 극락에 오르는 황홀경을 맛볼 수 있어."

"이놈."

주리홍이 어깨를 부풀렸지만 제 귀로 나온 목소리가 갈라져 있는 것을 들었다. 이게 웬일인가? 그때 화천이 말했다.

"뒤를 쫓는 일당이 담을 넘었다. 우선 이곳을 피하기로 하자."

화천이 다시 배승걸의 팔목을 움켜쥐더니 주리홍에게 말했다.

"그대, 나를 따라 오는 것이 나을 거야. 내가 이 근방 지리를 잘 안다."

그 순간 화천이 뛰어올랐는데 배승걸이 손에 잡힌 강아지처럼 끌려 올라갔다. 기묘한 모습이지만 엄청난 위력이 느껴지는 도약이다. 주리홍은 엉겁결에 뒤를 따랐다. 우선은 이곳을 떠나야 한다는 것을 알았기 때문이다.

"여기 있다."

색공의 시신을 발견한 위천이 낮게 소리쳤다. 뒤를 따르던 전균과 상아진이 다가와 색공의 시신을 내려다보았다. 독을 먹은 데다 몇 번이나 담장 밖으로 내던져졌기 때문에 천하를 횡행하던 색공(色公) 두공의 시신은 찢어진 자루처럼 처참하게 망가져 있다. 이맛살을 찌푸린 위천이 좌우를 둘러보며 말했다.

"이곳까지 가져오다니, 괴력을 가진 여자입니다."

대꾸하지 않은 상아진이 한동안 시신을 내려다보고 나서 말했다.

"독분을 마셨어, 그러고 나서 던져졌기 때문에 몸이 만신창이가 된 거야."

"그렇다면 여자가 독분을 뿌렸다는 말씀입니까?"

위천이 묻더니 다시 주위를 둘러보았다. 가게 뒷마당에 인적은 없다. 그때 상아진이 앞쪽 담장을 바라보며 말했다.

"저쪽 담장을 넘어갔군, 이미 그년은 사라진 것 같다."

"제가 살펴보지요."

전균이 말하고는 몸을 날렸다. 담장을 가볍게 뛰어넘은 전균의 뒷모습을 보던 위천이 상아진에게 물었다.

"아씨, 곧 중앙에서 토포군이 내려온다는 소문이 사실인 것 같습니다. 세수가 몽땅 강탈당했다는데 관(官)이 가만있겠습니까?"

"이제는 용제현에서 한바탕 피바람이 불 것 같구먼."

혼잣소리처럼 말한 상아진이 다시 시신을 내려다보았다.

"난리가 나면 교인들이 증가하는 법이지, 우리 마교에 손해 볼 것이 없어."

그때 전균이 담장을 넘어왔다.

"아씨, 없습니다."

다가선 전균이 머리를 저었다.

"담장 셋을 더 넘었지만 수상한 놈들은 보이지 않았습니다."

이곳은 용제현청에서 북서쪽으로 10여 리 떨어진 골짜기 안이다. 작은 개울이 흐르는 골짜기에 다섯이 서 있었는데 바로 화천과 배승걸, 그리고 주리홍과 두 시종이다. 주리홍이 시장에서 둘을 불러내어 같이 온 것이다. 오후 신시(4시) 무렵, 다섯은 둘로 나뉘어 서로 마주보며 서 있었는데 물론 화천과 주리홍이 한 걸음쯤 앞으로 나섰다. 주리홍이 삿갓을 올렸기 때문에 얼굴이 다 드러났다. 절세의 미모다. 불을 품은 듯한 눈빛을 보자 화천은 또 색정을 느낀다.

"자, 말해라, 네가 나를 돕는 이유는 무엇이냐?"

주리홍의 목소리는 얼음 위를 훑고 가는 것처럼 차갑다. 그때 화천이 한 걸음 다가섰으므로 주리홍이 이맛살을 찌푸렸다. 거리가 한 걸음 간격으로 가까워졌고 골짜기를 훑고 올라가는 바람결에 둘의 옷자락이 펄럭였다. 화천이 똑바로 주리홍을 보았다.

"그대는 누군가?"

"밝힐 수 없다."

"도둑 무리는 아닌 것 같고, 내 그대를 도왔으니 말해주는 것이 예의 아닌가?"

"싫다."

"그럼 나도 말할 수 없지."

그때 주리홍 뒤에 서 있던 백가가 눈을 부라리며 말했다.

"무엄한 놈, 감히 어느 안전이라고……."

"닥쳐라."

백가의 입을 막은 주리홍이 화천을 쏘아보았다.

"내가 널 따라온 이유는 네놈 주둥이를 찢어 죽이려는 것이었다. 어디 다시 한 번 주둥이를 놀려보아라."

"지금 그대 옥문이 조금 젖어 있구나."

화천이 말했을 때 공가와 백가가 일제히 숨 들이켜는 소리를 내었다. 그러나 너무 놀라서 몸이 굳어 있다. 주리홍의 눈빛이 차가워졌고 화천의 말이 이어졌다.

"화가 나면 열기가 일어나고 자연스럽게 옥문에 신수(神水)가 고인다. 넌 신수가 무엇인지 잘 모를 것이니 설명을……."

그 순간 주리홍이 손을 뻗었다. 바로 한 걸음 앞이었으니 살수(殺手)가 바로 뻗쳐졌다. 손가락 끝이 곧게 펴져 있었는데 바로 종잇장도 구기지 않고 벨 수 있는 검이 된다. 뒤에 서 있던 배승걸의 시선에는 그 손끝이 바로 화천의 목을 관통하는 것처럼 보였다. 그 순간이다. 화천이 머리를 틀었으므로 손바닥이 목을 스치고 지나갔다. 그 순간 주리홍의 발끝이 날아 화천의 사타구니를 차올렸다. 그것도 화천이 예기하고 있었던 것처럼 한 걸음 옆으로 비켜나 발이 허공을 차올리게 만들었다. 주리홍의 세 번째 공격, 이번에는 양손이 칼날이 되어서 좌우로 후려치고 위에서 내려찍는다. 그것도 화천이 몸을 틀고 젖히는 바람에 바람만 일으켰으니 주리홍은 네 번의 헛바람만 일으켰다. 뒤에서 본 셋은 숨을 죽였다. 주리홍의 공격이 위력적이었지만 그것을 머리칼 한 올의 차이로 비키고 젖히는 화천의 몸놀림에 아연실색한 것이다. 그때 화천이 한 걸음 물러서더니 빙그레 웃었다. 반면에 주리홍의 얼굴은 더 표독스러워졌다.

"이놈, 결판을 내자."

주리홍이 허리춤에서 길이가 두 뼘쯤 되는 검을 뽑아들었는데 흰 칼날이 번쩍였다.

"이미 승부가 난 것 아닌가?"

화천이 웃음 띤 얼굴로 묻더니 허리를 굽혀 발밑에서 자갈 두 개를 집어 들며 말했다.

"그만해라, 분노를 제어하지 못하면 공력의 절반도 내지 못한다."

"이놈."

어깨를 부풀린 주리홍이 칼을 치켜들고 막 발을 떼었을 때다. 숨을 멈춘 주리홍이 엉겁결에 허리춤을 잡았지만 늦었다. 바지가 장삼 밑으로 흘러내렸기 때문이다. 장삼을 입고 있어서 망정이지 아랫도리가 다 드러날 뻔했다.

"아."

주리홍이 거친 사내들을 턱 끝으로 부리지만 아직 스물셋의 처녀다. 사람 앞에서 바지가 흘러내린 꼴을 당했으니 강안여자(强顔女子)라고 해도 부끄러울 터인데 자존심이 엄청난 주리홍은 오죽하겠는가. 그때 화천이 말했다.

"어서 바지를 입어라."

주리홍이 눈을 부릅떴지만 바지를 입지 않을 수가 없다. 허리를 굽혀 바지를 추켜올렸을 때 바지 끈이 풀려 있는 것을 보았다. 그때 속바지 안이 묵직했다. 엉겁결에 손을 넣었더니 자갈 두 개가 들어 있다. 그때 화천이 말했다.

"내가 털 값으로 자갈 두 개를 넣었다."

주리홍은 화천이 빈손으로 서 있는 것을 보았다. 조금 전에 허리를 굽혀 자갈 두 개를 집었던 것을 본 주리홍이다. 주리홍이 자갈을 버리고는 바지 끈을 매었을 때 화천이 손끝으로 쥐고 있는 것을 보였다.

"네 동굴 앞에서 털 두 개를 뽑아왔다."

손끝에 쥐고 있는 것은 털, 음모(淫毛)였던 것이다. 그 순간 주리홍이 이를 악물었지만 수치심으로 온몸의 기력이 사라졌다. 그때 뒤에 서 있던 공가와 백가가 일제히 뛰어올랐다. 주리홍의 수모를 갚으려는 것이다.

"으아앗!"

두 몸이 허공에 떠오르면서 지른 외침이 기괴하긴 했다. 배승걸은 화천 뒤에 서 있었는데 둘의 기세에 주춤 상반신을 젖혔지만 물러나지는 않았다. 그때였다. 둘의 몸이 허공으로 솟았다가 도로 떨어졌다. 그리고 보라. 둘의 바지가 발밑으로 흘러내렸는데 공가는 흘린 바지를 밟고 앞으로 엎어졌다. 그것이 차라리 나았다. 멀쩡히 서 있던 백가는 하반신의 알몸이 송두리째 드러났기 때문이다. 새끼손가락만큼 쪼그라진 양물이 옹색했다.

"어엇!"

놀란 백가가 손으로 양물을 가렸을 때 그것을 본 주리홍의 얼굴이 하얗게 굳어졌다가 곧 새빨갛게 되었다.

귀신에 홀린 것 같은 느낌은 뒤에 서 있던 배승걸도 마찬가지다. 도대체 어느 사이에 앞쪽 셋의 바지를 벗겼단 말인가? 앞쪽 여자의 음모(淫毛)까지 뽑아오다니, 기절초풍할 일이었다. 경황 중에도 귀골(貴骨)처럼 보이는 여자한테 동정심까지 느꼈다. 바지가 벗겨진 두 놈을 보면 자꾸 숨이 들이켜진다. 웃음을 참으려니까 그렇다. 사부의 무공은 듣도 보도 못한 신기(神技)다. 마술 같다. 그때 바지 끈을 매면서 쩔쩔매는 두 사내와 눈만 치켜뜨고 있는 여자를 향해 화천이 말했다.

"우리가 싸울 이유가 없다. 그래서 그대들을 진정시킨 것이야."

진정시키기는커녕 더 열이 받치게 만든 꼴이라는 생각이 들었다가 배승걸은 곧 이해가 갔다. 바지를 벗기는 것만큼 효과적인 방법이 없을 것 같았기 때문이다. 저고리를 벗기면 그냥 달려들 수가 있다. 바지가 내려가야 움직이지 못한다. 화천의 말이 이어졌다.

"그대의 뒤를 놈들이 꼬리를 물고 이어 있었어. 독을 먹인 놈 뒤로 마교의 무리가 따르고 있었다. 그래서 내가 그놈들이 오기 전에 시체를 치우고 그대에게 알린 거야."

주리홍은 아직도 어금니만 물었고 백가와 공가는 귀를 기울였다.

"마교의 교주 상관수의 손녀 상아진이 이끌고 있었다. 자, 본색을 밝히기 싫다면 오늘도 헤어지는 수밖에, 우리는 처리 할 일이 있어서 이만."

6장
귀신소동

그 순간 화천이 손을 뻗어 배승걸의 팔을 쥐더니 몸을 날렸다.

"아."

뒤쪽에서 바지 끈을 매고 있던 백가의 입에서 저절로 탄성이 일어났다. 보라, 두 신체가 허공으로 떠가고 있다. 도대체 저것이 무슨 경공인가, 경공이라면 발을 땅에 딛고 솟기라도 해야 될 텐데 그냥 떠서 날아가는 것이다.

"저런."

공가의 입에서도 마침내 신음이 일어났다.

"아씨, 저자는 귀신인 것 같습니다."

귀신은 죽은 혼을 일컫는다. 제 말이 어색했는지 공가가 정정했다.

"귀신무공(鬼神武功)입니다."

주리홍은 이를 악문 채 이제 희미하게 옷자락만 보이는 두 신체를 주시했다. 저놈이 제 음모를 뽑았다는 생각에 소름이 돋아났고 몸이 굳어 있었기 때문이다. 그렇다면 저놈이 내 음부에도 손을 댄 것 아닌가? 그 순간 온몸이 근질거리더니 사타구니가 뜨거워진 느낌이 들었다. 소스라친 주리홍이 숨을 들이켰을 때 옥문 안이 척척해진 느낌이 든다. 그놈 말대로 옥문에 신수(神水)가 고인 것인가. 그때 이쪽으로 머리를 돌렸던 공가가 숨을 들이켜더니 외면했다. 주리홍의 표정이 험악해져 있었기 때문이다.

용제현에 황군(皇軍)이 들이닥친 것은 바로 그 다음 날 오후였다. 황군은 모두 기마군으로 편성되었는데 절도사 왕강이 이끌었다. 왕강은 기마군 1만5천으로 진입하더니 1만여 명이 용제현을 포위했고 5천을 현청 거리에 집결시켰다. 40대 후반의 왕강은 대를 이은 무반(武班) 가문으로 동북방 반란군을 치던 중에 황제의 명을 받고 급파된 것이다.

"저택 한 곳도 빼놓지 말고 다 뒤져라."

왕강이 현청 마루에 서서 소리쳤다.

"세수를 강탈한 죄는 참형이다, 그러나 순순히 내놓는다면 죽이지는 마라."

명을 받은 군사들이 사방으로 흩어졌고 곧 용제현 현 도읍은 난장판이 되었다. 군사들은 집안을 뒤지면서 세수는 물론이고 집안 재물까지 다 드러내었으며 뛰기만 해도 남녀노소를 가리지 않고 죽였기 때문이다. 계양산 용문사의 참극이 일어난 지 보름도 안 되어서 이젠 용제현 도읍에서 대학살이 일어났다.

"대감, 손님이 오셨습니다."

작전 두 시진(4시간)쯤이 지나 저녁 무렵이 되었을 때 청 안에 앉아 있던 왕강에게 낭장 조서룡이 보고했다.

"누구냐?"

왕강이 거칠게 묻자 조서룡이 다가와 목소리를 낮췄다.

"황녀라고 하시오."

"무어?"

넓은 얼굴을 찌푸렸던 왕강이 다시 물었다.

"이런 곳에 황녀가 어디 있어? 미친년 아니냐?"

"내가 미친년으로 보이느냐?"

갑자기 청 뒤에서 울리는 목소리에 왕강은 소스라쳤고 조서룡은 주춤 물러섰다. 그때 서생 차림의 사내가 나타났는데 바로 주리홍이다. 다가선 주리홍이 왕강을 보았다.

"네가 동남절도사이며 유주 태수 왕강인가?"

"누, 누구요?"

왕강이 태수까지 지내고 있지만 구중궁월 깊숙한 곳에 박혀 있던 황녀를 본 적이 있을 리 없다. 그러나 주리홍의 위엄에 눌려 어중간한 존댓말을 썼다. 주리홍이 소매에서 상아로 만든 마패를 꺼내 내밀었다.

"이것이 황실인 표시다. 본 적이 있느냐?"

"말은 들었소."

마패를 받아본 왕강이 숨을 삼켰다. 황녀(皇女) 주리홍이면 황제인 천계제 주유교의 누이인 것이다.

"그, 그러시다면."

자리에서 일어선 왕강의 얼굴이 누렇게 굳었다.

"황녀를 뵙습니다."

왕강이 청 바닥에 납작 엎드리자 주리홍이 이맛살을 찌푸렸다.

"일어나라, 네가 한가하게 청에 앉아 있을 때가 아니다."

그때부터 황군(皇軍)의 작전이 달라졌다. 현을 철통같이 밖에서 포위한 것은 같다. 그러나 그때부터 안을 수색하던 황군은 재물 대신 사람을 모두 잡아들이기 시작했다. 용제현 현청 소재읍의 인구는 대략 1만여 명이다. 그들은 남녀노소 가리지 않고 모두 잡아들인 순간부터 도읍에는 격렬한 싸움이 일어났다. 사방에서 모여들었던 온갖 무뢰배, 도둑놈, 사기꾼, 강도단, 녹림 패거리들이 숨어 있다가 대항했기 때문이다. 황군이 수색해오자 제각기 재주를 부려 숨어 있었던 자들이다. 그러다 황군이 재물은 놔두고 인간 수색을 하게 되면서 은신처가 발각되었다.

"옳지, 황군이 제법 순서를 아는구나."

현청 뒤쪽의 산 중턱에 서서 화천이 머리를 끄덕이며 옆에 선 배승걸에게 물었다.

"저 안에 마교 연놈들이 들어 있을 것 같으냐?"

"도둑떼 사이에 끼어 있다면 잡히겠지요."

사방을 포위한 황군을 둘러보며 배승걸이 말을 이었다.

"황군의 기세가 무섭습니다. 과연 정예군 같습니다."

산 중턱에서는 황군의 외곽 방어선과 밖에서 안쪽으로 부챗살처럼 조여가는 작전이 다 보였다. 배승걸이 감탄할 만했다. 그때 다시 말을 이으려던 배승걸이 머리를 돌려 옆을 보았다가 숨을 들이켰다. 사부가 없어졌다.

전균이 머리를 들고 앞쪽을 보았다.

"사형, 놈들이 옵니다."

"빌어먹을."

투덜거린 광마가 몸을 일으켰다.

"빠져나가는 수밖에 없다."

"아니, 저놈들이 한번 훑고 간 곳을 또 수색하는구먼."

함께 있던 대두 하나가 먼저 발을 떼었다. 이곳은 현청 왼쪽의 어물 가게 뒷마당이다. 어물이 쌓인 뒷마당은 재물을 숨겨놓을 곳도 못 되는 데다 첫째로 비린내가 진동을 해서 잠깐 머물러도 숨쉬기가 힘들었다. 그래서 전균과 광마 일행은 이곳에 숨어 있었는데 한 번 훑고 갔던 황군이 다시 들어오는 것이다. 그때 광마가 낮게 물었다.

"대두, 어디로 가느냐?"

앞장섰던 대두가 옆쪽 담장으로 다가가고 있었기 때문이다. 공력(功力)의 미세한 차이로 생사(生死)가 뒤바뀌는 법이다. 대두(大頭)는 담장 밖에서 다가오는 발자국 소리를 듣지 못한 것이다. 그 순간 대두가 주춤했고 담장 밖에서 신체 세 개가 떠올랐다. 떠오르기 직전에 이쪽 광마와 전균, 대두 하나는 몸을 숨겼지만 앞장섰던 대두는 어물가게 뒷마당에 어정쩡한 자세로 전신을 드러낸 상황.

"아앗!"

떠오른 황군 셋은 제각기 무공을 갖춘 데다 살육전에 능한 별기군이다. 그들은 마당 복판에 서 있는 대두를 보았고 일제히 덮치듯이 내려왔다.

"쨍! 쨍! 창!"

칼날 부딪는 소리가 뒷마당을 울렸다.

전균과 광마, 대두 순으로 셋이 뒤쪽 담장을 넘어 날아가고 있다. 마교의 중추부는 황군이 진입하기 직전에 현청 도읍을 빠져나갔으므로 이제 셋이 남은 셈이다. 뒤쪽에서는 칼날 부딪는 소리가 세 번 울리더니 그쳤다. 한 번은 칼과 무거운 박도가 마주쳤다. 대두는 네 번째를 겨루지 못하고 당한 것이다. 박도를 막았을 때 칼을 든 황군이 베어 죽인 것 같다.

"이제 저쪽 담장만 넘으면 산이다."

전균이 바람처럼 달리면서 음성을 날렸다. 산이 병풍처럼 둘러막고 있어서 황군의 포위망은 산등성이로 쳐졌다. 그래서 허술하다. 전균이 민가의 담장 하나를 뛰어넘었을 때다.

"아이고!"

뒤에서 비명 소리가 울렸으므로 전균과 광마가 일제히 머리를 돌렸다. 뒤를 따르던 대두의 놀란 얼굴이 드러났다. 두 눈을 치켜뜨고 있는 것이 아직 무슨 영문인지 모르는 것 같다. 다음 순간 전균과 광마가 일제히 숨을 들이켰다. 대두의 두 다리가 없는 것이다. 공중에 떠 있는 몸뚱어리에 무릎 밑쪽 두 다리가 없어졌다.

"아악!"

그때서야 처절한 비명을 지르면서 대두가 땅바닥으로 떨어졌다. 전균과 광마는 그 서슬에 발을 더 구르지 못하고 마지막 담장 밑으로 내려앉았다.

"이런."

당황한 전균이 숨을 헐떡이며 광마를 보았다. 대두는 담장 저쪽으로 떨어져서 보이지 않는다. 그런데 누가 뒤에서 대두의 다리를 잘랐단 말인가? 오후 유시(6시) 무렵이어서 뒷마당에는 그늘이 졌다.

화천이 담장 앞에 서서 건너편을 보았다. 담장 건너편에 두 사내가 서 있는 것이다. 하나는 전균, 또 하나가 전균이 사형이라고 부르는 광마, 둘 다 무공의 고수였고 특히 전균에 대해서는 잘 안다. 화천이 14살짜리 불목하니였을 때 전균의 백상계 수련 현장을 어깨너머로 구경한 적도 있었기 때문이다. 전균은 자주 밖으로 쏘다녔기 때문에 화천에게는 선망의 대상이었다. 제2천장 소속의 포교 담당 대용이어서 언제나 바깥세상의 이야기를 물고 들어왔다. 전균이 다른 도인들에게 세상 이야기를 해주면 화천은 뒤쪽에 숨어 귀를 기울이곤 했던 것이다. 그 전균이 백상교를 배신하여 교주 이하 수천 명 도인을 몰살하는데 앞장을 섰다. 이윽고 화천이 머리를 저었다. 쉽게 죽이면 안 된다. 제 살을 뜯어 먹고 제 뼈를 갉아먹으며 제 창자를 구워 먹도록 만들리라. 그 순간 화천이 몸을 띄웠다. 단숨에 10여 보 거리를 날아 담장 중간을 발끝으로 차서 반동을 얻고는 담장 위로 올라섰더니 건너편 담장 밑에 서 있는 두 사내가 보였다. 전균과 광마, 둘은 놀란 표정으로 화천을 올려다본다.

"이놈, 넌 누구냐?"

먼저 낮게 꾸짖듯 물은 것이 사형뻘 되는 광마다. 광마의 어깨를 편 자세는 빈틈이 없다. 마교 교주 상관수 수하의 명장(名將) 반열에 오른 인물, 검은 얼굴이 더 검어져 있다. 그때 화천이 몸을 날려 둘의 다섯 발짝 앞에 떨어졌다. 10여 보 거리를 날았는데도 가죽신이 땅에 닿는 진동도 느껴지지 않는다. 그것을 본 둘은 일제히 숨을 삼켰다.

"내가 귀신이다."

화천이 억양 없는 목소리로 말했다.

"묘지에서 솟아 나온 귀신."

"미친놈."

뱉듯이 말한 광마가 와락 두 손을 펼쳤다. 그 순간 손안에 쥐고 있던 수백 개의 독침이 날아갔다. 가장 평범한 암습이지만 효력은 크다. 아무리 무공이 높아도 피해야만 한다. 그때 기다리고 있던 두 번째 기습이 시작된다. 바로 전균의 비도가 날아갈 것이다. 그런데 이게 웬일인가? 괴인은 수백 개의 바늘을 고스란히 받는 것이 아닌가?

"아앗!"

놀란 외침이 일어났으므로 비도를 양손으로 치켜들었던 전균이 눈을 치켜떴다. 일순간이 늦었다. 이게 무슨 일인가?

"아윽!"

또다시 광마의 외침이 일어났다. 그때서야 전균은 눈앞의 광경을 똑바로 보았다. 놀란 전균도 입을 딱 벌렸다. 보라, 괴인이 허공에 떠 있는 독침 하나를 두 손가락으로 잡더니 광마를 향해 뿌리는 것이 아닌가?

"으악!"

세 번째 외침, 이번에는 비명이다. 그 독침이 광마의 콧잔등에 박혔기 때문이다.

"으악!"

네 번째 비명은 전균의 입에서 터졌다. 사타구니를 쥐가 물어뜯는 것 같은 고통이 일어났기 때문이다. 괴인이 독침을 이쪽으로 뿌린 것이다. 그것도 사타구니에, 불알에 박혔다.

"으아!"

이제는 광마의 비명에 공포가 섞여졌다. 독침 하나가 눈알 하나에 박힌 것이다.

"아이고!"

이번에는 전균이 비명을 질렀다. 하필 두 번째의 독침도 잔뜩 오그라져 있는 양물 머리에 박혔기 때문이다. 뿌리가 뽑혀지는 것 같은 고통이 몰려왔으므로 전균이 몸부림을 쳤다. 이게 무슨 일인가? 허공에는 한참도 더 전에 광마가 뿌린 수백 개의 독침이 떠 있다. 그것을 괴인이 하나씩 잡아서 이쪽으로 뿌리는 것이다. 귀신이다. 귀신한테 홀렸다. 그때 또 비명이 울렸다.

"으아아악!"

"저 소리."

주리홍이 말했지만 공가와 백가는 서로의 얼굴만 보았다. 무슨 소리란 말인가? 그때 주리홍이 몸을 솟구치며 말했다.

"따르라."

누구 명이라고 가만있겠는가? 둘은 동시에 몸을 솟구쳤고 무림인(武林人) 넷이 뒤를 따른다. 넷은 절도사 왕강이 황녀에게 딸려 보낸 고수(高手)들이다. 황녀 주리홍인 줄 안 이상 가만 놔두었다가 사고라도 나면 큰일 난다. 그래서 휘하에서 추린 고수 넷을 붙인 것이다. 사방은 비명과 외침, 고함으로 떠들썩했다. 경공으로 몸을 띄운 발아래에는 치열한 싸움이 벌어진 곳이 많다. 그런데도 주리홍은 한곳을 향해 날아간다. 거의 2백여 보 거리를 단숨에 날아간 주리홍이 민가의 뒷마당에 뛰어내렸다. 이곳은 마을 끝 쪽, 뒤가 산으로 막힌 곳이다.

"아앗."

주리홍의 뒤를 이어 뒷마당에 닿은 백가의 입에서 놀란 외침이 터졌다. 마당은 피투성이고 바닥에 팔 하나가 떨어져 있다. 금방 떼어졌는지 지금도 팔꿈치 윗부분에서는 피가 흘러내리고 있다. 그런데 놀란 것은 다른 것 때문이다. 눈알 두 개가 그 옆에 떨어져 있었던 것이다. 어린애 주먹만 한 눈알도 살아 있는 것처럼 이쪽을 노려보고 있다. 그때 주위를 둘러본 주리홍이 입맛을 다셨다.

"산등성이 쪽으로 도망쳤다."

그것은 이미 쫓아도 소용없다는 말이었다.

"아씨, 이것이 누구입니까?"

백가가 묻자 주리홍이 턱으로 눈알을 가리켰다.

"눈알을 잘 보아라."

백가는 물론 공가와 고수 넷까지도 눈알을 굽어다 보고 나서 일제히 경악했다. 눈알의 검은 눈동자에 각각 바늘이 한 개씩 박혀 있었던 것이다. 그때 주리홍이 말했다.

"독침이다."

"과연, 그래서 눈동자가 녹아 번들거렸군요."

백가가 탄식했을 때 주리홍이 눈을 치켜떴다.

"이놈은 일행이 끌고 도망친 것 같다. 하지만 죽는 것이 나을 정도로 끔찍한 고통을 받고 있을 것이다."

"그럼 누가 끌고 도망쳤을까요?"

"일당이겠지."

그때 이번에는 공가가 물었다.

"아씨, 누굽니까? 혹시……."

공가의 시선을 받은 주리홍이 외면했고 이번에는 백가가 말했다.

"그, 귀신무공을 하는 놈 아닙니까?"

"아이구우."

광마가 처절한 비명을 질렀다. 겨우 산등성이의 포위망을 벗어나 반대편 기슭의 골짜기로 숨어든 전균도 독침의 고통이 지독해서 몸이 오그라드는 느낌이 든다. 그러나 이제 광마는 단말마의 비명만 지를 뿐 발을 뗄 기력도 소멸되었다. 광마의 모습은 끔찍했다. 두 눈알이 파내진 얼굴은 아이 주먹이 들어갈 만큼 구멍이 뚫렸고 피가 뿜어 나와 얼굴이 뭉개진 수박 같았다. 그리고 팔 한쪽이 떼어져서 뜯긴 살점과 힘줄이 피범벅이 된 채 덜렁거리고 있다.

"아이고, 나 죽는다."

땅바닥에 주저앉은 광마가 절규했다. 몸에 독침이 10여 개나 박혀 있는 것이다. 독침의 고통에다 눈알이 뽑히고 팔이 떼어진 고통은 필설로 형용하기 어렵다. 어금니를 문 전균이 몸서리를 쳤다. 광마의 눈알이 뽑혀질 때가 떠올랐기 때문이다. 그 귀신, 묘지에서 솟아 나왔다는 귀신의 몸짓은 괴상했다. 전혀 상상도 할 수 없는 방법으로 몸이 움직였다. 한 손이 쭉 뻗어졌는데 두 걸음 앞이었는데도 팔이 늘어났다. 바로 귀신(鬼身)이었다. 두 자나 더 늘어난 팔은 소매 속에 팔 하나가 더 들어 있는 것 같았다. 그 팔이 뻗어 나와 광마의 눈알을 거침없이 파내어 간 것이다. 그것도 두 번이나 광마가 몸을 피할 겨를도 없이, 마치 땅속의 감자를 캐가듯 눈알을 캐갔다. 그때마다 광마는 처절한 비명을 질렀는데 도무지 왜 피하지를 못했는지 알 수 없다. 그리고 팔은, 전균의 얼굴에서 식은땀이 줄줄 흘러내렸다. 귀신이 팔목을 잡더니 마치 땅에서 무를 뽑아내듯 당겼던 것이다. 그 처참한 비명은 지금 생각해도 끔찍했다. 팔이 팔꿈치 관절 부분에서 떼어져 나갈 때 근육과 살이 늘어졌다가 피를 튀기며 떨어졌다. 광마는 악을 쓰고 비명을 질렀지만 기절하지 못했다. 몸에 박힌 독침 때문인 것 같다. 그러니 자업자득이다. 제 독침에 제가 맞고 몸이 뜯겼다.

"아아아."

광마가 머리를 떨구더니 신음이 낮아졌다. 독침과 고통, 그리고 출혈로 죽어가고 있다.

"아아아, 넌 왜 그놈이……."

그때 광마가 유언처럼 남긴 말에 전균의 온몸이 소름으로 덮였다. 광마의 말이 맞다. 왜 그 귀신이 자신을 내버려 두었을까? 그 귀신은 광마의 팔을 뽑더니 힐끗 전균에게 시선을 주고 나서 몸을 띄워 사라졌던 것이다. 죽어가는 순간에도 광마는 전균이 함께 죽지 않는 것이 이상한 것 같았다. 그때 전균이 광마에게 다가가 발로 어깨를 밀었다. 그러자 바위 위에 앉아있던 광마의 몸뚱이가 아래로 떨어졌다. 비록 10자(3m)밖에 되지 않았지만 광마는 모든 공력을 잃은 데다 두 눈까지 멀었다. 아래로 떨어져 내린 광마가 바위에 머리를 부딪쳤다. 수박 깨지는 소리가 들리더니 머리통이 부서진 광마의 흰 뇌가 밖으로 쏟아졌다. 몸을 돌린 전균이 허공으로 솟구쳤다. 과연 그렇다. 그 귀신은 기회가 있는데도 왜 사타구니에만 독침을 던졌을까? 골짜기를 뛰어 건너면서 전균이 눈을 부릅떴다. 황군이 사방에서 몰려들고 있었기 때문에 더 손을 쓸 여유가 없었던 것 같다.

"사부."

화천을 본 배승걸이 펄쩍 뛰듯이 반겼다. 배승걸은 산중턱 그 자리에서 기다리고 있었던 것이다.

"자, 가자."

화천이 바람을 일으키며 산을 내려가기 시작했으므로 배승걸이 허겁지겁 뒤를 따른다. 현청 마을의 소음은 아직도 계속되고 있다. 재물을 찾는 것이 아니라 사람을 잡는 것이라 쫓고 쫓기는 추격전과 맞아 싸우는 살육전이 함께 일어났다. 기를 쓰고 화천의 뒤를 따르면서 배승걸은 온몸에서 솟구치는 원기를 느꼈다. 사부가 함께 있기 때문이다.

"사부, 어디로 가십니까?"

213

화천의 등에 대고 배승걸이 소리쳐 물었을 때는 인적이 뚝 끊긴 황야로 들어선 후다. 나는 듯이 달리던 화천이 속도를 늦추더니 배승걸을 보았다.

"너, 여자를 안아 보았느냐?"

"예?"

놀란 배승걸이 눈을 크게 떴다가 곧 헛기침을 했다. 그러다가 경공의 운신법이 틀어지는 바람에 앞으로 곤두박질을 쳤다. 얼굴이 벌게진 배승걸이 일어나 두 손을 부딪쳐 털었을 때 화천이 앞에 와 섰다.

"안은 적이 있구나, 그렇지?"

"예, 몇 번 있습지요."

시선을 내린 배승걸이 자꾸 손바닥을 털었다. 머리를 끄덕인 화천이 다시 물었다.

"좋더냐?"

"예?"

"좋았냐고 물었다."

"그거야, 뭐……."

"못난 놈."

입맛을 다신 화천이 다시 발을 떼었으므로 배승걸이 뒤를 따른다. 하지만 슬그머니 화가 치밀어 오른 배승걸이 어깨를 부풀렸다. 난데없이 못난 놈 소리를 들은 것이다. 그리고 갑자기 뭐가 좋으냐고 묻는단 말인가? 그때 화천이 입을 열었으므로 배승걸이 숨을 삼켰다.

"이놈아, 남녀 교합이 부끄러운 일이 아니다. 백상교의 근본 원리가 남녀 교합이란 것을 몰랐단 말이냐?"

"예? 그것은……."

214

배승걸이 입안의 침을 삼켰다. 백상교의 교리는 강락(强樂)이다. 소문
으로만 들었지만 비전을 심신색락(心身色樂)이라고 했던가, 그렇다면 남
녀 교합이 근본원리라는 말이 사실인가? 그때 화천이 말을 이었다.

"따라오너라. 오늘부터 교세를 늘려야 되겠다."

무슨 영문인지 알 수 없지만 사부를 따르는 수밖에 없다.

구보마을의 촌장 용곤은 40대 중반으로 힘이 장사인 데다 주색잡기
에 능했다. 대대로 이어받은 전답이 하루 종일 걸어야 끝이 닿을 정도
로 넓은 이른바 만석꾼이어서 아내가 셋, 숨겨둔 첩이 넷이나 되었지만
지금도 끊임없이 여자를 밝힌다. 그러나 성품이 인색해서 밀 한 되도
남한테 나눠준 적이 없다. 제집 곳간에 산처럼 양곡이 쌓여서 밑은 썩
어 가는데도 그렇다. 첩한테도 매달 먹을 양식과 옷가지만 내줄 뿐이라
1년을 넘기는 첩이 없는 형편이다. 그래서 도망간 첩이 버리고 간 아이
가 10여 명이 넘는다.

"용제현에 들어간 황군이 세수를 도로 빼앗을 것이다."

오늘은 지난달에 들인 세 번째 첩의 안방에 앉아서 용곤이 말했다.
용곤은 술상을 앞에 놓고 집사 마정기와 술을 마시는 중이다. 마정기는
용곤의 집안에서 대를 이어 집사를 맡아온 터라 주인과 손발이 맞았다.
혹독하고 인정머리가 없는 것은 주인보다 더한 위인이었는데 소작인
에게는 마귀처럼 굴었지만 주인에게는 길든 강아지처럼 아부를 했다.
한 모금 술을 삼킨 용곤이 말을 이었다.

"내가 낸 조세가 비단 5백 필에 쌀 2천 석이었어. 그걸 다 현의 주민
놈들한테 털렸다니 도로 찾아내고 싶었는데 잘 되었지."

"그럼요, 잘 되었지요."

50대 초반의 마정기가 쥐처럼 생긴 얼굴을 연신 끄덕였다.

"아마 다 잡혀서 주리를 틀리게 될 겁니다. 날강도 같은 놈들이지요."

"그나저나 조세징수관에서 현령까지 다 죽이다니, 도대체 어떤 놈들이 그랬단 말인가?"

용곤이 넓은 어깨를 펴고 마정기를 보았다. 용곤이 바친 세수 중 비단 5백 필은 조세징수관 복기단의 개인 몫이었다. 그것도 다 강탈당했다는 소문을 듣고 창자가 꼬이듯이 아팠는데 지금은 조금 나았다. 황군이 조세를 회수하고 있다는 소문을 들었기 때문이다. 이곳 구보마을은 현청에서 50여 리 떨어진 곳이라 소식이 반나절쯤 늦다. 오후 술시(8시)가 되어가고 있다. 그때 방문이 열리더니 첩 하 씨가 들어섰으므로 마정기가 자리에서 일어섰다.

"나리, 그럼 소인은 이만 물러가겠습니다."

소작인들에게 돈을 빌려주고 이자 합쳐서 받는 고리 장사를 하는 터라 마정기는 매일 용곤에게 그날의 입출을 보고하는 것이다. 마정기가 방을 나갔을 때 구석에는 그날 수금한 엽전 자루 두 개만 남았다. 2천 냥이다.

"술 더 하실래요?"

30대 초반의 첩 하 씨가 용곤의 옆에 붙어 앉으면서 물었다. 한 달 전에 들인 첩인데 남편이 병으로 죽고 아이 둘하고 살다가 용곤의 세 번째 첩이 된 것이다. 굶기를 밥 먹듯이 했던 터라 세 식구가 세끼 밥 먹는 것만으로도 감지덕지하고 팔려온 셈이다. 용곤이 하 씨의 허리를 당겨 안았다.

"허, 살이 붙었구나."

쓴웃음을 지은 용곤의 손이 치마 속을 더듬었다. 한 달 전에 안았을

216

때는 뼈가 드러났던 몸이 지금은 제법 살이 붙은 것이다.

"아이고, 벌써."

하 씨가 몸을 비틀었지만 하체는 더 붙였다. 용곤의 남성이 벌써부터 불끈대고 있었지만 성이 났다고 해도 길이가 두 치밖에 안 되었다. 세상만사는 공평해서 용곤에게 건장한 체격과 천근을 들어 올리는 힘을 주었지만 사타구니에 붙은 연장은 열 살짜리였다. 그러나 정력은 넘쳐나는 바람에 열 살짜리 연장으로도 정욕을 해소시킬 수는 있다. 하 씨가 손을 뻗어 용곤의 연장을 주물럭거렸다. 동그란 얼굴에 코도 작고 입술도 작았지만 하 씨의 방중술은 뛰어난 편이다.

"어허, 네가 하고 싶은 모양이구나."

용곤이 하 씨의 치마를 들치면서 웃었다.

"한번 죽여주랴?"

"먼저 한번 해주세요."

제 손으로 속곳을 벗으면서 하 씨가 가쁜 숨을 뱉었다. 용곤이 발로 술상을 밀고는 제 바지 끈을 풀었다.

"오냐, 죽여주마."

하 씨가 먼저 방바닥에 누우면서 두 손으로 얼굴을 가렸다. 경황 중에도 웃음을 보이지 않으려는 것이다. 용곤은 넣고 나서 열 번 찌르면 끝난다. 길이도 짧은 데다 금방 끝나는 바람에 하 씨는 밥을 한 술만 뜨고 상을 치우는 꼴을 매번 겪는 것이다.

화천이 구보마을에 들어섰을 때는 해시(10시) 무렵이다. 마을은 이미 정적으로 덮였고 30여 호 민가 중에 불이 켜진 곳은 세 곳뿐이었다.

"저곳이 좋겠다."

마을 입구에 선 화천이 불이 켜진 민가 한 채를 손으로 가리키며 말했다. 달빛에 비친 민가는 기와집에 대문도 컸다. 화천의 손끝을 본 배승걸이 아는 체를 했다.

"촌장 용곤의 본가입지요. 제가 이 마을을 자주 지났기 때문에 용곤과도 안면이 있습니다."

"오늘 밤 자비를 베풀기로 하지."

화천이 발을 떼며 말했더니 배승걸의 이맛살이 찌푸려졌다.

"사부, 밤이 늦어서 문을 열어주지 않을 것입니다."

그러나 화천은 잠자코 발을 떼었고 배승걸이 따르며 말을 이었다.

"용곤이 만석꾼이어서 저택 안의 하인 놈들을 무장시켜 사병(私兵)으로 키웁니다. 다 죽여야 할 텐데요."

"누가 문을 열고 들어간다더냐, 담을 넘어서 간다."

배승걸이 눈만 껌벅였으므로 화천이 쓴웃음을 지었다.

"집안에 물이 오른 계집이 몇 명 있는지 모르지만 너에게 색공(色功)을 전수해주마."

"사부."

화천의 옆으로 다가온 배승걸이 다급하게 말했지만.

"어, 어떻게 하시려는 것입니까?"

그때 화천이 배승걸의 목덜미를 움켜쥐더니 뛰어올랐다. 또 경공이다. 배승걸은 솔개에게 채인 병아리 꼴이 되어서 발밑으로 스치고 지나는 땅바닥을 보았다. 몇 발자국 만에 발밑으로 촌장 용곤의 저택 담장이 보였다.

문이 열리는 소리에 유화는 눈을 떴다. 뒤척거리다가 억지 잠을 자려고 방금 눈을 감았던 참이다. 불을 끈 방안이 어두웠기 때문에 유화가 누운 채로 물었다. 하녀 정인 것 같다.

"정이냐?"

대답이 없는 대신 옆에서 인기척이 났다. 이맛살을 찌푸린 유화가 머리를 조금 들었을 때다. 옆머리에 둔한 압박감이 느껴졌으므로 유화는 숨을 들이켰다. 온몸이 뜨거운 물속에 잠긴 것 같더니 곧 심장박동이 빨라졌다. 다음 순간 온몸에서 경련이 일어났다.

"아아."

저도 모르게 입에서 탄성이 뱉어지더니 하체가 뒤틀렸다. 그때 다시 반대편 옆머리가 뜨끔해지면서 딱 벌린 입에서 가쁜 숨만 뱉어졌다. 성대가 막힌 것 같다. 그때 옆에서 사내의 목소리가 들렸다.

"옷을 벗겨라."

놀란 배승걸이 숨을 들이켰다.

"사, 사부……."

지금 배승걸은 화천과 함께 유화의 방안으로 들어와 있다. 유화는 용곤의 세 번째 부인으로 저택 안에서 살고 있는 것이다. 유화의 머리맡에 앉은 화천이 뒤에 우물거리며 서 있는 배승걸을 손짓으로 불렀다.

"여기 앉아서 옷을 벗겨라."

손으로 유화 다리 쪽을 가리킨 화천이 눈을 부릅뜨고 말했다.

"여자의 몸이 조금 뜨거워져 있다. 이놈, 뭘 하느냐, 싫다면 넌 백상교도가 아니고 내가 사부도 아니다. 당장 일어나 사라져라. 이 병신 같은 놈아."

화천의 기세에 놀란 배승걸이 그쪽에 앉더니 유화의 옷을 벗기기 시작했다. 그러나 외면한 채 자꾸 손길이 어긋났다. 옷을 벗기는데도 끈을 풀지 못해서 한참을 더듬거렸다. 유화는 팔다리를 꿈틀거리기는 했지만 거부하지 않는다. 대신 가쁜 숨소리에 섞여 낮은 신음이 울렸는데 그것이 방 안의 분위기를 묘하게 바꾸었다.

"듣고 있느냐?"

이제 팔짱을 끼고 앉은 화천이 불쑥 물었으므로 배승걸이 건성으로 물었다. 이제 유화의 마지막 속곳이 벗겨지는 참이었다.

"예에?"

"여자의 신음 말이다."

"신, 신음이라고 하셨습니까?"

"네가 지금 듣는 소리가 쾌락의 신음이다."

그때 알몸이 된 유화가 다리를 비꼬면서 배승걸을 보았다. 어둠 속에서 유화의 두 눈이 번들거리고 있다. 검은 음부가 통째로 드러났는데도 유화는 다리를 벌렸다가 오므리기를 반복하고 있다. 화천이 말을 이었다.

"자, 너도 이제 옷을 벗어라."

"사, 사부."

"네 양물을 넣어라. 여자가 기다리고 있다."

화천의 눈빛이 강해졌다. 그때 배승걸은 옷을 벗었다. 이제는 배승걸이 서두르고 있다. 순식간에 알몸이 된 배승걸의 양물이 곤두서 있었으므로 화천은 빙그레 웃었다.

"좋아, 시작해라."

그 순간 화천이 팔을 뻗어 배승걸의 양물을 쥐었다. 화들짝 놀란 배승걸이 몸을 굽혔을 때 화천의 손에 힘이 주어졌다.

"억."

외마디의 외침을 뱉은 배승걸이 고통으로 입을 딱 벌렸다. 그 순간 손을 뗀 화천이 말했다.

"자, 네 양물에 힘과 끈기를 심어주었으니 이 여자를 극락으로 이끌고 갈 것이다."

배승걸은 제 양물이 건들거리고 있는 것을 내려다보았다. 그러나 더 이상 참을 수가 없어진 배승걸은 유화의 몸 위로 올랐다.

"어억."

배승걸의 양물이 들어온 순간 유화의 입에서 신음이 터졌다. 억눌린 탄성이다. 성대가 막혔기 때문에 숨소리가 뭉쳐져서 겨우 그런 소리가 나온다. 유화는 사타구니에 뜨거운 불기둥이 박힌 순간 머릿속이 하얗게 되면서 정신이 나갔다가 돌아왔다. 그 뜨거운 불기둥이 아랫도리를 뚫고 나가는 것 같다. 온몸이 불꼬챙이에 뚫린 채 허공에 매달린 것 같다. 그러나 다음 순간 온몸이 오그라지는 느낌이 든 유화가 두 다리로 배승걸의 하반신을 감았다. 양물이 빠져나가지 못하게 하려는 것이다. 배승걸의 양물은 용곤의 두 배쯤 되었기 때문에 유화는 제정신이 아니었다. 두 손으로 배승걸의 등판을 움켜쥔 유화가 몸부림을 쳤다. 몸 안으로 들어온 배승걸의 양물이 꿈틀거렸으므로 유화는 입을 딱 벌렸다. 난생처음 느껴본 쾌락이다. 그때 유화의 왼쪽 귀밑이 뜨거워지더니 입이 풀렸다. 가쁜 숨과 숨이 뭉친 신음만 뱉어지던 입에서 말이 나온 것이다.

"아이고 좋아."

"아이고 뜨거워."

"나 죽어."

"아이고, 살살."

온몸으로 엉킨 유화가 절규했다. 그러나 목소리가 밖으로 새어나가지 않도록 입을 배승걸의 가슴에 붙인 채 소리친다.

배승걸 또한 이런 쾌락은 처음이다. 자신의 양물이 이렇게 튼실한 상태가 되어 있는 것도 처음이다. 사부가 덥석 양물을 쥐었을 때 깜짝 놀랐지만 그 후로 변화가 일어난 것이다. 평소에는 삶은 돼지고기처럼 물렁했던 양물이 사부가 쥔 직후부터 쇠몽둥이가 되었다. 그리고 예전에는 20여 번 철썩거리고 나면 사정을 했던 것이 지금은 달라졌다. 도무지 나오려고 하지를 않으니 밑에 깔린 유화는 벌써 두 번이나 극락을 다녀오고 나서 세 번째 올라간다. 배승걸은 정신을 차리고 나서야 옆에 있던 사부가 사라진 것을 알아차렸다. 그러나 전혀 불안하지가 않다.

"아이고, 서방님."

이제 유화가 온몸이 땀투성이가 된 채 흐느껴 울면서 매달렸다. 방 안은 비린 정액의 냄새로 가득 찼고 실제로 유화의 몸에서 흘러내린 정액이 요를 흥건하게 적시고 있다. 배승걸은 온몸의 기력이 양물로 집중이 되어가는 것을 느꼈다. 그때서야 사부의 말을 실감했다. 백상교는 근본원리가 남녀교합이며 이것은 곧 색공인 것이다. 유화가 다시 세 번째로 극락에 오르고 있다.

마루에 나와 기둥에 어깨를 붙이고 앉은 화천이 문득 머리를 들고 하늘을 보았다. 별이 은가루를 뿌려 놓은 것처럼 반짝였고 둥근 보름달이 떴다. 그 순간 화천의 머릿속에 정명의 얼굴이 떠올랐다. 과연 살아남았을까. 용제현을 들락거린 이유 중 하나가 정명의 소재를 찾으려는 것이었다. 그러나 소문만 무성했을 뿐 흔적을 찾을 수가 없었던 것이다. 정명이 골짜기 쪽으로 대천 전기용과 함께 피신했다는 것도 알게 되었다. 그러나 전기용의 참혹한 시체만 낭떠러지 아래쪽 바위 위에서 발견되었을 뿐 정명의 생사는 알 길이 없다. 하늘로 솟았는가? 땅으로 숨었는가? 그때 뒤쪽 방안에서 배승걸의 무거운 탄성이 울렸다. 마치 천근만근의 짐을 지고 달리다가 내려놓는 것 같은 탄성이어서 화천의 얼굴에 웃음이 떠올랐다.

"네가 백상교도 하나를 잡았다."
마당으로 내려섰을 때 화천이 말했다. 배승걸은 허리끈을 매느라고 제대로 대답도 하지 못한다. 이제 둘은 유화의 침소에서 나온 것이다. 늘어진 유화는 손가락 하나 까닥거릴 힘도 남아 있지 않아서 입으로 거친 숨만 토해내고 있는 참이다. 그러나 쾌락의 여운이 온몸에 덮여 있어서 지금도 구름 위에 떠 있는 것 같을 것이다. 그때 앞쪽에서 인기척이 났으므로 화천이 배승걸의 어깨를 움켜쥐었다. 곧 앞쪽 쪽문이 열리면서 사내 둘이 마당으로 들어섰다.

"누구요?"
달빛이 환한 밤이어서 놀란 사내들이 대뜸 물었는데 용곤의 사병(私兵)들이다. 순찰을 나온 모양이었다.

"어이, 완가!"
사내 하나가 주위를 둘러보면서 누구를 부르더니 다시 화천과 배승걸을 보았다. 셋째 부인 유화의 집안에서 경비를 보던 사병 둘을 찾는 것이다. 그때 화천이 쓴웃음을 지었다. 사병 둘은 집에 들어섰을 때 이미 맥을 짚어서 뒷마당에 늘어져 있기 때문이다.

"둘 다 자고 있다."
느긋하게 말한 화천이 사병 앞에서 몸을 빙글 돌렸다. 사병 둘과의 거리는 10여 보나 되었지만 화천이 몸을 돌린 순간 눈 깜박하는 사이에 2, 3보 앞으로 다가붙었는데 마치 귀신이 떠 있는 것 같다. 숨만 들이켠 사병 둘이 미처 손도 들어올리기 전에 제자리에서 구겨지듯이 쓰러졌다. 화천의 손끝이 제각기 사내들의 귀밑을 찍었기 때문인데 옆에 서 있던 배승걸은 또다시 아연했다. 화천의 손이 천천히 뻗어 갔는데도 사내들은 피하지 않았기 때문이다.

"사부."

다시 발을 뗀 화천의 뒤를 따르면서 배승걸이 마침내 물었다.

"그것은 어떤 무공입니까?"

"귀신(鬼身) 무공이라고 부르더라."

쓴웃음을 지은 화천이 쪽문을 나가더니 주위를 둘러보며 말했다.

"그럴듯하지, 귀신이 소리 없이 움직이는 것 같을 테니까. 귀신의 몸짓은 아무도 막지 못한다."

"그것도 백상교의 무공입니까?"

"그렇다."

화천이 번들거리는 눈으로 배승걸을 보았다.

"내가 네 양물을 10배는 단단하고 질기게 만들어 주었다. 아느냐?"

"예, 압니다."

외면한 배승걸의 얼굴이 붉어졌다.

"제 양물은 그다지 강하지 못했습니다. 옥문에 들어가서 20여 번 절구질을 하면 끝났습니다."

"내가 네 양물을 제대로 만들어 놓았다."

"은혜가 백골난망이오."

"색락이 바로 극락이니라."

224

앞쪽에서 인기척이 났으므로 화천이 다시 배승걸의 목덜미를 움켜쥐었다. 그러고는 도약하자 배승걸의 거구가 마치 솔개에 채인 강아지처럼 하늘로 솟구쳤다.

손가락으로 옥문을 문지르던 하 씨가 마침내 하반신을 비틀며 이를 악물었다. 옥문에서는 이미 희고 진한 정액이 흘러내리고 있었는데 붉은 골짜기는 더 윤기를 내었다. 옆에 누운 용곤의 코 고는 소리가 더 커졌다. 오늘도 몸 위에 오르더니 하 씨 손가락보다 짧은 음경을 집어넣고 대여섯 번 절구질을 하다가 요란한 비명을 지르고는 끝낸 것이다. 음경이 작아서 옥문 안에서 들어간 기척은 느껴지지 않고 배만 세게 부딪치는 바람에 배만 아팠다.

"으으응."

하 씨가 탄성을 뱉고는 옥문을 힘주어 조였다. 그러자 손가락에 강한 압박이 왔다. 그때 옆에서 낮은 웃음소리가 들렸으므로 하 씨는 대경실색을 했다.

"아이고머니."

저절로 비명이 터졌고 하 씨의 온몸이 굳어졌다. 바로 앞에 한 사내가 앉아 있었기 때문이다. 건장한 체격에 부리부리한 눈, 굵고 곧은 콧날에 입술이 두툼하고 단정한 호남, 그러나 호남이기 전에 사내에게 제 손가락으로 옥문을 쑤시는 행동을 고스란히 들킨 것이다.

"누, 누구……?"

몸을 벌떡 일으켰던 하 씨는 사내가 어깨를 미는 바람에 요 위에 다시 넘어졌다. 옆에서 용곤의 코 고는 소리는 계속되고 있다. 그때 사내가 말했다.

"네 서방 놈은 무슨 짓을 해도 깨어나지 못할 테니 걱정하지 마라."

그러더니 사내가 손을 펴고 누워 있는 용곤의 귀 뺨을 쳤다. 꽤 세게 쳐서 '철썩' 소리가 났고 제가 맞은 것처럼 하 씨가 소스라쳤지만 용곤은 계속해서 코를 골았다.

"걱정 안 해도 된다니까?"

그러면서 사내가 이번에는 다른 뺨을 쳤다. 다시 '철썩' 소리가 났지만 용곤은 끄떡없이 코를 곤다.

"그, 그러지 말아요."

마침내 하 씨가 숨 가쁘게 말했다. 뺨을 치지 말라는 소리다. 그러니 이제 절반쯤 사내와 한통속이 된 것을 의미한다. 그때 사내가 웃음 띤 얼굴로 하 씨를 보았다.

"너한테 난생처음 사내 맛을 보여주려고 왔다."

"누, 누구시오?"

그때는 하 씨가 겨우 치마로 옥문을 덮었으나 일어나지는 못했다. 사내가 바로 옆에 붙어 있기도 했지만 몸이 굳어 있었기 때문이다. 그때 사내가 대답했다.

"나는 백상귀신이다."

"예에?"

"백상귀신이란 말이야."

귀신이란 말에 놀랐던 하 씨가 심호흡을 하더니 눈동자의 초점이 잡혔다. 그것을 본 화천의 얼굴에 웃음이 떠올랐다. 손을 뻗어 하 씨의 치마 위 옥문을 덮었더니 온기와 함께 습기가 느껴졌다. 화들짝 놀란 하 씨가 화천의 팔목을 쥐었다. 손을 털어내려는 수작이다.

"어허, 왜 외간 남자의 손을 쥐는가?"

화천이 눈을 흘기며 말했더니 하 씨의 얼굴이 붉어졌다. 그러나 손을 떼지는 않는다.

"손 치워요."

그때 화천의 다른 손이 치마를 걷어내었다. 그 순간 하 씨의 검은 숲과 옥문이 드러났다.

"아이고, 난 몰라."

하 씨가 하반신을 비틀었지만 교태다. 이제 화천의 손바닥이 옥문을 덮었다. 손바닥에 축축한 감촉이 느껴진다.

"가만있어봐라. 내가 뜨겁게 해줄 테니까."

화천이 손바닥을 조금 세게 누르자 하 씨가 입을 딱 벌렸다. 어느새 새끼손가락이 하 씨의 샘 안으로 들어갔기 때문이다. 하 씨 손가락보다는 두 배 크고 용곤의 양물보다 한 배 반은 큰 손가락이다.

"아이고머니."

신음을 뱉은 하 씨가 허리를 들썩이더니 옆에 누운 용곤을 보았다. 용곤은 여전히 코를 골고 있다.

"정말 깨지 않을까요?"

허리를 비틀면서 하 씨가 그렇게 물었으므로 화천은 빙그레 웃었다. 이제야 마음을 연 것이다. 뜻이 맞았다.

"내 바지 끈을 풀어라."

"아이고머니."

다시 놀라는 시늉을 했던 하 씨가 번들거리는 눈으로 화천을 올려다보았다.

"왜, 왜요?"

"내 양물이 이곳에 들어가야 될 것 아니냐?"

화천의 손가락이 샘 안에서 움직이자 하 씨가 허리를 비틀면서 신음했다. 이제 하 씨의 옥문에서는 뜨거운 생수가 흘러넘치고 있다.

"정, 정말 깨지 않아요?"

"귀 뺨을 한 번 더 때려볼까?"

"아, 아니, 그만요."

"허리끈을 풀어라."

그러자 하 씨가 서둘러 허리끈을 푸는데 더듬거리다가 시간이 걸렸다. 이윽고 허리끈을 푼 하 씨가 바지까지 끌어내렸으므로 화천은 다시 웃었다.

"아앗!"

그 순간 하 씨의 입에서 외침이 터졌다. 화천의 양물이 드러났기 때문이다. 한 자나 되는 거대한 양물이 마치 절굿공이 같았고 건들거리고 있는 것이 산 짐승 같다.

"아이고머니."

홀린 듯한 시선으로 양물을 보던 하 씨가 혼잣소리처럼 말했다.

"저것이 어떻게 들어가요?"

"들어가면 네 몸이 극락으로 치솟는다."

그때 마른 입안을 침을 모아 삼킨 하 씨가 초점이 멀어진 눈으로 양물을 보았다.

"죽어도 좋으니까 한번 넣어보세요."

"극락이 바로 그곳이다."

하 씨의 몸 위로 오르면서 화천이 말했다. 다리를 벌린 하 씨가 두 손으로 화천의 어깨를 움켜쥐고 헛소리처럼 말했다.

"나리, 진정 귀신이시오?"

"그렇다."

"그런데 왜 이렇게 몸이 뜨거우시오?"

"내 양물은 더 뜨겁다."

"아악."

그 순간 하 씨가 입을 딱 벌리고 신음했다. 양물이 들어가기 시작한 것이다.

"아이고 나 죽어."

하 씨가 화천의 어깨를 움켜쥐고 비명을 질렀다. 옆에 누운 용곤의 코 고는 소리는 계속되고 있었지만 이제 상관하지 않는다.

"아이고."

하반신을 들썩였던 하 씨가 턱을 치켜들고 소리쳤다.

"귀신 나리, 나 죽소."

"그럼 뺄거나?"

"아니오! 아니오!"

하 씨가 화천의 어깨를 끌어안았다. 깊게 들어간 화천은 다시 천천히 양물을 끌어올렸다. 끌어올릴 때의 쾌감은 들어갈 때보다 두 배는 강하게 전달되는 법이다.

"아아아악!"

하 씨가 이제는 거침없는 신음을 뱉는다.

"아이고 좋아!"

허리를 추켜올린 하 씨가 소리쳤다. 그러고는 사지로 화천의 몸을 감아 안는다. 방안은 비린 습기로 가득 차 있다. 하 씨의 정액 냄새다. 요가 정액으로 흠뻑 젖었고 하 씨의 온몸도 땀으로 목욕을 한 것 같다. 치마로 겨우 아랫도리를 가린 하 씨가 가쁜 숨을 뱉으면서 이제 옷을 다 입은 화천을 보았다. 하 씨는 누워서 손가락 하나 까딱할 수 없는 것이다. 반 시진 동안 하 씨는 다섯 번이나 극락에 올랐다가 내려왔으니 탈진 상태다. 하 씨가 겨우 숨을 고르고 나서 화천에게 물었다.

"나리, 백상귀신이라고 하셨소?"

"그렇다."

"백상교에서 오신 귀신이오?"

"그렇다."

화천이 손을 뻗어 하 씨의 치마 속으로 집어넣고는 옥문을 부드럽게 쓸었다.

"귀신의 양물 맛이 어떠냐?"

"나리를 따라갈 테요."

"귀신하고 같이 다닐 수는 없지."

"그럼 언제 다시 오시겠소?"

"대문 지붕 위에 빨간 헝겊이 걸려 있는 날 밤에 오지."

자리에서 일어선 화천이 웃음 띤 얼굴로 하 씨를 내려다보았다.

"그때가 귀신 만나는 날이다."

구보마을 입구의 바위 밑에 앉아 있던 배승걸이 화천을 보더니 반색을 하고 일어섰다. 어느덧 새벽 축시(2시)가 되어가고 있다.

"사부, 이제 오십니까?"

"너는 며칠간 이곳에서 묵는 것이 낫겠다. 내가 다녀올 곳이 있어."

화천이 말하자 배승걸의 얼굴이 대번에 일그러졌다. 마치 어미하고 떨어지기 싫어하는 아이 행색이다.

"사부, 어디를 다녀오시렵니까?"

"계양산 골짜기를 다시 한 번 훑고 나서 용제현청까지 다녀오겠다."

"계양산을 왜 가십니까?"

배승걸의 시선을 받은 화천이 길게 숨을 뱉었다.

"백상교 본산인 용문사가 그곳에 있었다니 폐허라도 둘러보고 오겠다."

"사부, 제가 안내하지요. 제가 잘 압니다."

"넌 용곤의 세 번째 부인한테 부탁하면 행랑채 한 칸은 빌려줄 것이다. 거기서 기다려라."

그 말에 얼굴을 붉힌 배승걸이 우물쭈물했을 때 화천이 발을 떼며 말했다.

"닷새면 돌아온다."

용문사 폐허에서 다시 정명의 흔적을 찾으려는 것이다. 18대용 중 하나로 용문사 사찰을 관리했던 배승걸보다 불목하니였던 화천이 구석구석을 더 잘 안다. 그때 화천의 등에 대고 배승걸이 말했다.

"사부, 몸조심합시오. 사부께서 백상교의 기둥이올시다."

배승걸의 목소리가 처연하게 들렸으므로 화천은 숨을 들이켰지만 돌아보지는 않았다.

"뭐? 귀신이라고?"

상관수가 버럭 소리쳤다. 마교의 본산인 유창산의 본당 안이다. 사방이 탁 트인 본당 안에는 방주와 당장 10여 명이 모여 있었는데 상관수의 앞에는 온몸이 피투성이가 된 전균이 앉아 있다. 상관수는 전균으로부터 광마가 죽은 전말을 들은 것이다. 상관수가 이 사이로 물었다.

"그놈이 묘지에서 솟아 나온 귀신이라고 했어?"

"예, 교주."

전균이 이를 악물었다. 다 이야기를 했지만 제 사타구니에 독침이 박혔다는 말은 못했다. 그것도 두 개나, 그러나 다른 외상은 없다. 옷의 피는 광마의 피다. 사타구니의 독침은 빼내었지만 지금도 양물이 떨어져 나갈 것 같은 고통이 온다. 그리고 문제는 양물이 늘어져서 삶은 돼지비계 같이 되어 있는 것이다. 머리를 든 전균이 상관수를 보았다.

"그런 무공은 처음 보았습니다. 몸이 비틀리는 것이 뼈가 없는 것 같고 쏘아진 독침을 정지시켜서 잡아 되쏘았습니다."

"그건 환영이야."

옆쪽에 앉았던 총방주 구문천이 말했다.

"환영을 본 것이라고. 약에 취해 있었지 않은가?"

"그렇지 않았소."

머리까지 저은 전균이 얼굴을 붉혔다.

"내가 약에 취해 있은 적은 없소."

그때 상관수가 좌중을 둘러보았다.

"그런 인상착의에 무공을 지닌 놈이 있었느냐?"

"본 적이 없소이다."

"처음 듣습니다."

이쪽저쪽에서 대답했을 때 옆쪽에 앉아 있던 상아진이 말했다.

"용제현에 나타난 수상한 여자와 한통속인지도 모릅니다. 제가 다시 용제현에 가 보겠습니다."

"이번에는 나도 가지요."

구문천이 말하자 상관수가 머리를 끄덕였다.

"총방주가 도와준다면 안심이 되겠군, 이번에는 조심하라."

본당에서 나온 상아진 옆으로 위천과 신위, 마석이 다가왔다. 셋은 항상 붙어 다녔는데 코를 풀어도 같이 푼다. 그중 선임인 마석이 상아진에게 물었다.

"아씨, 다시 갑니까?"

"그렇다. 지금쯤 용제현이 조용해져 있을 테니 구분해서 찾아내기 쉬울 것 같다."

"떠나지 않았을까요?"

"그놈이 묘지에서 솟아 나온 귀신이라고 했다는 말 듣지 않았느냐?"

상아진이 꾸짖듯 묻자 마석이 주춤거렸고 위천과 신위는 눈치만 보았다. 상아진이 발을 떼면서 말을 이었다.

"묘지에서 솟아 나온 귀신, 그럼 그 묘지가 혹시 계양산 용문사가 아닐까?"

셋은 숨을 죽였고 상아진이 발을 멈추더니 눈을 치켜떴다.

"용문사에는 죽은 귀신이 가득 깔려 있지 않으냐? 그중 한 놈일까?"

상아진이 이를 드러내고 웃었다. 섬뜩한 웃음이다.

"그놈이 우리한테 미끼를 던진 것 같다. 끌어들이려고 말이다. 그렇다면 끌려가 주지, 함정에 빠진 척해주는 거야."

셋은 숨도 죽였다.

주리홍이 그림처럼 앉아 있다. 오늘은 금박을 입힌 붉은색 장옷을 입고 머리에는 검정색 두건을 썼다. 얼굴 화장은 하지 않았지만 입술에만 핏물 같은 칠을 해서 섬뜩한 모습이 되었다. 귀기(鬼氣)가 흘렀지만 자꾸 또 보고 싶은 얼굴이 된다. 이곳은 현청의 객사 안, 주리홍은 이제 현청 객사를 차지하고 있다. 그때 방문이 열리면서 절도사 왕강이 들어섰다. 이제 왕강은 주리홍의 본색을 아는 터라 조심스럽기 그지없다.

"말씀드리오."

열 걸음 앞에 멈춰선 왕강이 무릎을 꿇고 앉아 신고를 했다. 오후 유시(6시) 무렵, 주위는 조용하다.

"올리시오."

주리홍의 옆쪽 벽에 꿇어앉은 공가가 말을 받았더니 왕강이 두 손을 청 바닥에 짚었다.

"수상한 자 167명을 잡았사옵고, 그중 신원이 확실한 자 36명은 방면했사옵니다. 나머지 131명은 각각 연고지에……."

"죽여라."

주리홍이 짧게 말하자 왕강이 숨을 들이켰다. 시선을 든 왕강에게 주리홍이 뱉듯이 말을 잇는다.

"모두 목을 베어서 벤 머리를 현청 거리에 걸어놓도록."

"예."

누구의 명이라고 어기겠는가, 황제의 누이인 것이다. 주리홍이 왕강을 노려보았다.

"그리고 지난번 계양산 용문사의 참극을 그대는 아는가?"

"예, 들었습니다."

왕강의 얼굴에서 진땀이 흘러내렸다. 숨을 죽인 왕강의 귀에 주리홍의 목소리가 쏟아졌다.

"유창산의 마교 일당과 조세징수관 환관 일당이 짜고 창고의 재물을 털어가기 위해서 꾸민 살육이라고 들었다. 아는가?"

"그것은 잘……."

"내가 의사당주로서 조사를 할 것이다."

"예."

"물러가라."

왕강이 진땀을 흘리며 물러갔을 때 주리홍이 머리를 들고 공가를 보았다.

"곧 소문이 날 것이다."

숨을 죽인 공가를 향해 주리홍이 붉은 입술을 벌리고 웃었다.

"마교 놈들이 어떻게 나오나 궁금하다."

폐허에 어둠이 덮이자 무너진 벽과 기둥이 꿈틀거리며 일어서는 것 같다. 습기가 가득 찬 대지에 곧 빗발이 뿌릴 것처럼 비린 바람이 스치고 지나간다. 화천이 계양산 용문사 폐허를 거슬러 오르고 있다. 이제 이곳은 묘지다. 아직도 캐내지 못한 시체가 수백 구가 넘는 터여서 시체 썩는 냄새가 천지를 진동한다. 화천이 주위를 둘러보면서 걸음을 뗀다. 모두 무너지고 불에 타 소실되었지만 화천에게는 낯익다. 지금 화천이 지나는 곳은 주방의 부식창고 자리다.

"누구 있소?"

화천이 어둠 속에 대고 소리쳤다. 습기 낀 대기 속으로 목소리가 날아갔다.

"혼이라도 있으면 나서시오. 내가 잡아 드리리다."

화천이 노래하듯 말했다.

"내가 그 한을 풀어 드리리다. 백상의 색공으로 말이오."

이제 화천은 우물가를 지나 대웅전으로 다가간다.

"백상의 선조는 저쪽 다른 세상에서 오셨다오."

화천이 다시 소리쳤다. 목소리가 대웅전의 한쪽 벽에 부딪쳐 울렸다.

"인간 세상에서 오신 것이 아니요, 백상교의 신은 이제 화천이 받들어 올릴 것이오."

그때 어디선가 울림이 일어났다.

"화천."

여자 목소리다. 약하고 떨리는 목소리였지만 화천의 감각은 인간의 1백배까지 솟는다. 숨을 죽인 화천이 몸을 돌렸다.

"누구시오?"

화천이 제 이름을 소리쳤다.

"화천광풍이 일어난다!"

"화천."

다시 부르는 소리가 이번에는 선명하게 들렸다. 우물 쪽이다. 화천은 몸을 날렸다. 대웅전 앞 우물은 넓고 깊어서 두레박으로 1백 자가 내려간다. 그러나 옆쪽 요사채가 우물 위로 넘어지는 바람에 우물은 반쯤 허물어졌다. 우물 속으로 빠져 죽은 시체는 건져냈겠지만 다가가자 시체 냄새가 진동을 했다.

"안에 누구 있소?"

화천이 다시 소리쳤을 때 안에서는 대답이 없다.

"내가 들어가리다!"

화천이 외친 순간이다. 눈앞으로 검은 그림자가 스치고 지났으므로 화천은 숨을 들이켰다. 그 순간 휘몰아치며 몰려오던 검풍이 그치면서 번뜩이는 섬광이 잠깐 드러났다. 화천은 몸을 띄웠다. 어둠 속으로 몸이 빠져 들어가는 느낌이 든다. 몸을 띄운 순간에 눈앞은 짙은 암흑이 되었으며 대기의 순환도 딱 그쳤다. 그 순간 화천은 자신의 몸통을 가르고 들어오는 검날을 보았다. 검날은 천천히 다가온다. 그러고는 자신의 허리를 비스듬히 베려고 한다. 그것을 본 화천이 빙그레 웃었다. 장검을 쥔 여자의 얼굴을 보았기 때문이다. 용제현 시장에서 본 남장녀, 전균과 광마를 이끌고 있던 상아진이다. 이제 인피가면을 벗은 얼굴이 드러났다. 가면을 썼어도 눈과 입은 속이지 못한다. 상아진은 오늘도 남장을 했지만 맨얼굴이다. 장검을 휘두르는 모습이 그림 같다. 악문 입술, 치켜뜬 눈, 칼날이 화천의 옆구리를 향해 다가온다. 그때 화천이 땅바닥에 떨어진 나무토막을 집어 들고는 허리를 비틀면서 상아진의 머리통을 쳤다. 상아진은 거의 움직이는 것 같지도 않게 칼을 휘둘렀지만 이쪽은 그저 나무토막으로 후려친 것이다.

"딱!"

머리통을 정통으로 얻어맞은 상아진이 입을 딱 벌렸을 때 화천이 숨을 내뱉으며 시간을 원상으로 돌려놓았다. 비공(秘功), 심신법을 혼용한 화천의 백상 심신공은 시간을 초월한다. 상대의 시간을 길게 늘려놓고 칼날이 다가오는 순간에 점심을 먹고 돌아올 수가 있는 것이다. 화천은 땅바닥에 혼절해서 쓰러진 상아진의 허리를 한 손으로 끼어들었다. 그러고는 어둠 속으로 몸을 날렸다.

"어엇!"

비명은 위천의 입에서 터졌다. 위천이 상아진의 바로 뒤쪽에 있었기 때문이다. 상아진이 휘두른 칼날에 사내의 허리가 분명히 잘리는 것으로 믿었던 위천은 기괴한 장면을 보았다. 사내의 몸놀림이 그야말로 전광석화 같았기 때문이다. 상아진의 검날보다 몇 배가 빨라서 눈을 뻔히 뜨고 있었는데도 움직임을 보지 못했다. 그저 상아진이 쓰러졌고 사내가 허리를 끼고 허공으로 떠오른 것만 보았을 뿐이다.

"따르라!"

하고 어둠 속으로 뛰어오르면서 위천이 소리쳤고 이어서 신위와 마석, 아래쪽에 있던 총방주 구문천까지 달려왔지만 이미 사내는 상아진을 안고 사라진 후였다. 그것이 마치 솔개가 병아리를 채가는 것 같았지만 위천은 그렇게 표현할 수는 없었다.

"누구냐?"

당혹한 구문천이 소리쳐 물었지만 위천은 물론이고 신위와 마석까지 입을 열 수가 없다. 다만 사내가 소리치듯이 화천광풍이라고 한 목소리는 기억을 했다.

"화천이라고 했습니다."

위천이 겨우 말했지만 아는 사람이 없다. 내막을 들은 구문천이 발을 굴렀다.

"큰일이다."

어둠 속에서 폐허가 된 계양산 용문사에 모인 마교 떼들이 우왕좌왕했다. 구문천이 다시 소리쳤다.

"찾아라! 귀신이라도 흔적이 있을 것이다!"

동굴로 돌아왔다. 처음 동굴로 들어설 때는 밧줄을 타고 천신만고 끝에 겨우 들어섰지만 지금은 상아진의 허리를 한 손으로 껴안고 절벽의 바위 모서리를 밟으며 뛰어내렸다. 마치 새가 날아오르는 것처럼 몸을 날려 천 길 절벽 중턱의 동굴로 들어온 것이다. 동굴 안으로 들어온 화천이 상아진을 바닥에 눕히고는 길게 숨을 뱉었다. 온갖 감개가 치밀어 올랐기 때문이다. 정명을 찾으려고 용문사 폐허에 들렀다가 백상교를 멸망시킨 주범 중의 하나인 상아진을 만난 것이다. 머리를 때려 실신시킨 후에 이곳으로 끌고 왔지만 계획은 없다. 화천이 동굴 바닥에 반듯이 누운 상아진을 내려다보았다. 혼절한 상태지만 호흡은 고르다. 머리도 깨지지 않아서 멀쩡했다. 한동안 상아진을 내려다보던 화천이 자리에서 일어섰다.

눈을 뜬 상아진은 문득 온몸에 따뜻한 기운이 덮여 있는 것을 느꼈다. 편안하다. 만족한 숨을 뱉은 상아진이 문득 손을 들어 가슴에 붙였다. 가슴이 허전한 느낌이 들었기 때문이다. 그 순간 상아진이 숨을 들이켰다. 젖꼭지가 만져졌기 때문이다. 머리를 든 상아진이 자신의 몸을 보았다. 알몸이다. 실오라기 하나 걸치지 않았다. 그 순간 자신이 용문사 폐허에서 사내를 베는 순간 머리에 충격을 받았다는 것을 떠올렸다. 상반신을 일으켜 앉은 상아진이 두 손으로 젖가슴과 음부를 가렸다. 이곳이 어디인가, 나는 왜 이 꼴이 되어 있는가. 어둡다. 바닥에 털가죽이 깔려 있는 어둠 속, 그 순간 상아진은 앞쪽의 희끗한 물체를 보았다. 사람, 놀란 상아진이 숨을 들이켰다. 사내다. 그것도 알몸의 사내가 앉아 있다. 그때 사내가 말했다.

"몸이 더운 느낌이 들지 않느냐?"

"누, 누구야?"

"화천광풍"

상아진이 몸을 일으켰지만 그것은 마음뿐이다. 허리 아래쪽의 기력이 빠져나가 상반신을 세울 수가 없다. 상아진이 가쁜 숨을 뱉으며 물었다.

"날 어떻게 하려느냐?"

"아직 더운 느낌이 덜 들었구나."

사내가 일어나 다가왔으므로 상아진이 질색을 했다. 그러나 어쩔 도리가 없다. 두 손으로 젖가슴과 음부만 가리고 상반신을 젖힐 뿐이다. 그때 사내의 손이 다가와 상아진의 귀밑에 붙었다. 그 순간 손이 닿은 부분에서 뜨거운 불덩이가 몸 안으로 쏟아지는 느낌이 들었으므로 상아진이 신음했다.

"아아아."

"이제 뜨거워진다."

손을 뗀 사내가 말했다. 이제 사내는 상아진의 바로 눈앞에 앉아 있다. 그것도 알몸이다. 화천이 지그시 상아진을 보았다. 상아진이 상반신을 흔들면서 더운 숨을 뱉고 있다. 이제 상아진은 몸이 뜨거워졌다. 그렇다고 이성을 잃은 것이 아니다. 그때 상아진이 옅은 신음을 뱉으면서 곰 가죽 위로 몸을 눕혔다. 그러더니 하반신을 꼬면서 꿈틀거린다. 화천이 웃음 띤 얼굴로 상아진을 내려다보았다.

"어떠냐? 다리 사이가 후끈거리지 않느냐?"

"으으음."

"넌 아직 처녀구나, 첫 방사를 치르고 싶지 않느냐?"

"으으음."

가쁜 숨을 뱉던 상아진이 손을 뻗어 화천의 팔을 쥐었다.

"나 좀 어떻게 해줘."

"무엇을 말이냐?"

"몸에 벌레가 기어 다니는 것 같아."

"옥문에서 용수가 넘쳐나는구나."

"그것을……."

상아진이 손을 뻗어 화천의 양물을 쥐었다.

"이것을 넣어줘."

"네가 아느냐?"

"빨리, 나 죽겠어."

"백상교주를 누가 죽였느냐?"

"나야."

상아진이 양물을 두 손으로 쥐더니 끌어당기려는 시늉을 했다.

"내가 죽였어. 어서 넣어줘."

화천이 상아진의 젖가슴 위에 손을 얹었다. 손안에 풍만한 젖가슴이 잡혔다. 젖꼭지는 이미 단단하게 발기되었다.

"아아아."

상아진이 상반신을 비틀면서 신음했다. 두 손으로 화천의 손을 누르고는 헐떡이며 말했다.

"아이고, 나 죽어."

"백상교주를 어떻게 죽였는지 말해라."

"나 죽겠어."

상아진이 두 다리를 꼬며 비틀었는데 다리 사이로 정액이 흘러내렸다. 화천의 눈빛이 강해졌다.

"말해."

"내가 뿌린 독분이 정현상의 기를 꺾어 놓았어."

"계속해."

"아이고, 나 죽어."

그때 화천의 손이 젖가슴을 더 세게 누르자 상아진이 소리치듯 말한다.

"그랬더니 정현상이 제 몸을 허공에서 터뜨렸어. 우리 다섯 명의 기력과 부딪쳐 폭발시킨 거야."

"다섯이 누구냐?"

"나하고, 조부님, 구문천과 전균, 광마야."

그때 화천의 손이 상아진의 음부를 덮었다.

"으아아."

이것은 탄성의 신음이다. 화천의 둘째 손가락이 상아진의 옥문에 꽂혔기 때문이다. 손가락에서 품어나간 양기가 상아진의 온몸으로 퍼져나갔다. 상아진이 사지를 비틀더니 곧 두 눈을 까뒤집고 늘어졌다. 기절을 한 것이다.

7장
상봉

"무엇이?"

대노한 상관수의 목소리가 청을 울렸다. 벌떡 일어선 상관수가 아래에 선 위천을 보았다.

"이놈, 너희들은 가만있었단 말이냐!"

위천이 새파랗게 질린 얼굴로 더듬거렸다.

"손을 쓸 수가 없었습니다."

그때 어느새 날아온 상관수가 위천의 멱살을 잡아 청 바닥에 내동댕이쳤다. 위천이 어깨부터 쑤셔박히듯이 바닥에 쓰러졌지만 신음도 뱉지 못한다.

"이놈! 구문천은 어디 있느냐!"

"지금도 수색하고 있습니다."

겨우 일어난 위천이 헐떡이며 말했다. 오후 미시(2시) 무렵, 위천은 밤길을 내달려 유창산 본당으로 돌아온 것이다. 나머지 일행은 지금도 상아진의 행방을 찾고 있을 것이다.

"그놈이 누구라고?"

"예, 화천이라고 했습니다."

엎드린 채 위천이 말하자 상관수가 발을 굴렀다.

"그놈이 귀신 무공을 쓴단 말이냐!"

"예, 도무지……."

위천은 이제 제정신이 아니었지만 괴한의 기괴한 몸놀림을 다시 한 번 말해줘야만 했다. 그때 둘러선 무리 중에서 전균이 나섰다.

"교주, 제가 당한 놈 같습니다."

상관수의 시선을 받은 전균이 어깨를 늘어뜨렸다.

"그놈이 분명합니다."

"가자!"

상관수가 버럭 소리쳤다.

"계양산으로!"

그때 청 밖이 수선거리더니 방장 하나가 들어섰다.

"교주, 용제현에서 전령이 왔습니다."

상관수가 눈만 부릅떴을 때 방장이 말을 잇는다.

"용제현에 의사당주가 와 있사온데 곧 이곳을 조사한다는 소문이 났습니다."

"의사당주?"

되물은 상관수가 버럭 소리쳤다.

"의사당주가 어떤 놈이냐!"

"년입니다."

바로 대답했던 방장이 번개처럼 닥쳐온 상관수에게 귀뺨을 얻어맞았다.

"어이구!"

볼에 금방 붉은 손자국이 난 방장이 청 바닥에 뒹굴었다.

"이놈아! 바로 말해!"

"예, 황제의 누이인 주 아무개가 의사당주로⋯⋯."

입안에서 피와 함께 서너 개의 이를 뱉어낸 방장이 말을 잇는다.

"지난번 계양산 참극이 유창산 마교와 조세징수관의 소행이라고 하면서 곧 이곳으로 온다는 것입니다."

상관수가 이제는 눈알만 굴리고 있다.

정신이 든 상아진이 머리를 흔들면서 상반신을 일으켰다. 그 순간이다.

"악."

상아진이 놀라 소리쳤다. 이제 동굴 안에는 촛불이 켜져 있어서 사물 윤곽이 다 드러났다. 눈을 치켜뜬 상아진이 손으로 자신의 배를 눌렀다. 여전히 알몸이었는데 배가 부풀어 올라 있었기 때문이다. 그래서 무의식중에 누르려고 했다. 동굴 안에는 상아진 혼자뿐이다. 괴인은 간 곳이 없다.

"아아아."

배를 누르던 상아진의 입에서 이제는 비명이 터졌다. 뱃속에서 꿈틀거리는 물체가 있었기 때문이다.

"아아악!"

아이다. 아이가 뱃속에서 꿈틀거리고 있다. 언제 아이를 가졌단 말인가? 그때였다. 동굴 입구에서 괴인이 들어섰다. 화천이다. 화천은 옷을 차려입고 있었는데 상아진을 보더니 빙그레 웃었다.

"이놈, 나를⋯⋯."

상아진이 사지를 오그리며 울부짖었다. 아이가 웬일이란 말인가. 그때 배 속에서 다시 아이가 꿈틀거렸으므로 상아진이 비명을 질렀다.

"아아아악!"

그때 앞에 선 화천이 말했다.

"넌 한 달 후면 아이를 낳는다."

화천의 얼굴에 웃음이 떠올랐다.

"뱃속의 아이가 누구 씨인가는 말해주지 않겠다."

구석으로 다가간 화천이 옷 뭉치를 들어 상아진에게 내던졌다.

"옷을 입어라."

"이놈!"

그때서야 얼굴이 새빨갛게 달아오른 상아진이 고함을 쳤지만 서둘러 옷을 걸친다. 화천이 옆모습을 보이며 말을 이었다.

"이제 널 세상으로 데려다주마. 나가서 아이를 낳고 질기게 살아 보아라."

옷을 다 입은 상아진이 머리를 돌린 순간 다시 뒷머리에 충격이 왔다. 허물어지듯이 쓰러진 상아진을 화천이 받아 안는다. 상아진은 아이를 밴 후에 바꾼 시공에서 9달을 지낸 것이다. 9달 동안 혼수상태로 지내면서 아이가 배 속에서 자랐다. 전에 화천이 비전을 공부하던 것과 같은 공간이다.

구문천이 손가락을 꼽아 점(占)을 쳤다. 36방(方)을 두 번 찍고 그중에서 시(時)를 빼면 동서남북 방향이 짚이는 것이다. 그런데 이번에는 서쪽이다. 한 시진 전에는 남쪽이 나와서 아래쪽 마을까지 내려갔다가 돌아왔다.

"총방주."

아래쪽에서 부르는 소리에 구문천이 머리를 들었다. 마석과 신위가 서둘러 다가오고 있다.

"기마군이 옵니다. 관군이오!"

과연 말굽 소리가 들리면서 땅이 울렸다. 그들은 아직도 용문사의 폐허 주변을 헤매고 있었던 것이다.

"위쪽으로!"

구문천이 소리치자 모두 위쪽으로 내달렸다. 위쪽에 은신할 곳이 많았기 때문이다.

"도대체 이 폐허에 웬 관군이야?"

내달리면서 구문천이 물었지만 아무도 대답하지 않았다. 구문천의 일행이 30여 명이나 되었으므로 꼬리가 길어졌다. 그래서 뒤쪽의 서너 명이 겨우 몸을 숨겼을 때 관군의 모습이 드러났다. 앞쪽 깃발은 검정 바탕에 흰 글씨로 충(忠)을 썼으니 곧 어림군이다. 황제의 친위대인 것이다. 기마군은 1백여 기, 대오가 정연했고 창 날이 햇볕에 반사되어 반짝였다. 기마군이 대웅전 근처에서 멈췄으므로 위쪽 무너진 담장 밑에 몸을 숨기고 있던 구문천이 이맛살을 찌푸렸다. 기마군과의 거리는 2백여 보 정도였다.

"아니, 어림군이 여기 웬일이야?"

"저기 장수가 나옵니다."

옆에 붙어 있던 마석이 말했다. 과연 기마군 사이에서 두건을 쓴 장수 하나가 나왔는데 주위의 군사들이 일제히 길을 비켜주고 있다. 장수의 흰 얼굴이 멀리서도 드러났다. 장수가 폐허를 둘러보면서 지시를 하는지 모두 굽실거리고 있다. 그때 구문천이 말했다.

"저건 여자다."

눈을 가늘게 뜬 구문천이 말을 이었다.

"어림군을 여자가 지휘하다니, 알 수가 없군."

그때 여자의 흰 얼굴이 이쪽으로 돌려졌으므로 구문천도 목을 움츠렸다. 여자가 말을 들은 것 같다.

"저 위쪽 끝에 절벽이 있느냐?"

주리홍이 묻자 어림군을 안내해온 용제현 관리가 대답했다.

"예, 천 길 절벽이어서 위쪽은 막혔습니다, 공주마마."

"마마 소리 듣기 싫다."

내쏘듯 말한 주리홍이 둘러선 어림군 장수들에게 말했다.

"불에 탄 마을도 보았지만 이렇듯 철저하게 불탄 흔적은 처음이다. 이건 일부러 빠짐없이 태운 것이야."

"그렇습니다."

장수 하나가 대답했다.

"도적떼가 훑고 간 곳보다 더 처참합니다."

머리를 끄덕인 주리홍이 말을 이었다.

"이 참상을 너희들에게 보여주려고 데려온 것이야. 이것은 조세징수관과 유창산의 마교 놈들의 짓이다."

"그런데 조세징수관과 현령까지 몰살시킨 것은 누구일까요?"

장수 하나가 묻자 주리홍의 입술 끝이 일그러졌다.

"내가 짐작이 가는 놈이 있다."

모두의 시선이 모였고 주리홍이 어금니를 물었다가 풀었다.

"귀신같은 놈이라 정체를 알 수가 없다."

어림군 120기가 도착한 것은 어젯밤이다. 주리홍의 전갈을 받은 어림군 총감 홍보가 어림군 5만 중에서 무공이 뛰어난 장수급을 추려 보냈는데 그중 낭장 3인과 비장 5인의 무공이 특출했다.

"아직도 시체 냄새가 납니다."

비장 하나가 말했을 때 옆쪽에서 웅성거리는 소리가 들렸다. 머리를 든 주리홍이 이맛살을 찌푸렸다. 배가 만삭이 된 임산부가 폐허 속에 나타난 것이다. 귀신처럼 솟아난 듯이 바로 20여 보 앞쪽의 무너진 요사채에서 나오고 있다.

"아니, 갑자기 어디서?"

낭장 하나가 말고삐를 채더니 여자에게 다가갔다.

"그대는 누군가?"

그때 주리홍의 시선이 여인과 마주쳤다. 시선을 모은 주리홍이 여인의 배로 시선을 내리고 말했다.

"실성한 여자 같다."

"웬 임산부야?"

돌더미 틈으로 눈만 내놓은 구문천이 이맛살을 찌푸렸다.

"갑자기 요사채 무너진 사이에서 나오다니, 괴이하군."

"어림군들이 둘러싸고 있습니다."

옆쪽의 마석이 말하더니 눈을 가늘게 떴다.

"저년이 아씨하고 같은 옷을 입었습니다. 검정 바지저고리에 가죽신도 같군요. 머리 묶은 것도 같습니다."

이제 어림군은 여자를 둘러싸서 보이지 않는다. 구문천이 길게 숨을 뱉고 말했다.

"큰일 났다. 아씨를 찾아야 하는데 저놈들 때문에 더 지체되겠구나."

"총방주, 저놈들이 말에서 내려 진을 치려는 것 같습니다."

마석이 말했지만 구문천도 보았다. 어림군이 일제히 말에서 내리더니 제각기 흩어지는 것이다. 오후 신시(4시)가 되어갈 무렵이다. 어림군이 흩어지는 바람에 임산부는 혼자 남았다. 우두커니 서서 이쪽저쪽을 바라보고 있다.

요사채의 무너진 서까래 뒤에 선 화천이 주리홍을 보았다. 거리는 30여 보, 이제 주리홍이 어떤 신분인지 확연히 드러났다, 그런데 곱다. 그리고 그 옆쪽 10여 보 거리에 만삭의 배를 가진 실성녀 상아진이 서 있다. 눈동자의 초점을 잃었는데 우두커니 서서 두리번거리고 있다. 그리고 또 있다. 위쪽 폐허에 숨은 마교 일당 30여 인과 이곳의 어림군 120여 명, 이곳에 다 모인 셈인가. 이윽고 화천이 손에 쥐고 있던 철환을 뒤쪽으로 힘껏 던졌다. 검은 철환이 섬광처럼 날아가더니 폭발했다.

"꽝!"

엄청난 폭음이 울리면서 뒤쪽 1백여 보 거리에 있던 담장이 무너졌다.

"어엇!"

놀란 외침은 아래쪽 어림군 진영에서 울렸다. 2백 보 거리의 위쪽 요사채가 폭발하면서 그쪽에 숨어 있던 괴인들이 드러났기 때문이다.

"웬 놈들이냐!"

어림군 장수 서너 명이 일제히 외치더니 제각기 칼을 뽑았다. 몇 명은 벌써 그쪽으로 내달리고 있다.

"저놈들 잡아라!"

곧 주리홍의 목소리가 사방으로 울려 퍼졌다.

"반항하면 베어 죽여라!"

"와앗!"

어림군의 행동은 일사불란하다. 제각기 말에 뛰어오르는 것이 비호 같다. 곧 요란한 말굽 소리를 울리며 어림군이 달려갔다.

"깔깔깔깔."

말굽이 일으킨 먼지가 자욱한 속에서 갑자기 여자의 맑은 웃음소리가 울려 퍼졌다. 실성한 여자다. 바로 상아진이다.

"어엇!"

구문천의 입에서 다시 놀란 외침이 터졌다. 어림군이 풍우처럼 내달려온다. 그러나 어쩌랴, 뒤쪽은 백상교주 정현상의 폐허가 된 저택이 서 있을 뿐 은폐할 곳도 마땅치가 않다. 그리고 그 뒤쪽은 천 길 낭떠러지인 것이다. 그야말로 배수의 진이다. 마침내 구문천이 결심했다.

"부딪쳐라!"

상체를 편 구문천이 허리에 찬 칼을 스르릉 빼 들었다. 이제 두 눈을 부릅떴다.

"어림군이라 하지만 잡병들이다. 우리야 일당백, 쳐죽여라!"

와락 소리친 구문천이 앞으로 나서자 30여 명의 부하가 함성을 질렀다.

"와앗!"

그 순간이다. 말굽 소리와 함께 어림군이 쳐들어왔다. 무서운 기세다.

"에에익!"

마교의 대두급 간부가 앞장서 뛰어들었다. 맨 앞의 기마군을 노린 것이다.

"으아악!"

다음 순간 어깨에서 허리까지를 비스듬히 베인 대두가 처참한 비명을 지르면서 쓰러졌다. 몸통이 두 조각으로 갈라졌다. 마상의 어림군이 내려친 칼에 맞은 것이다. 이들은 잡병이 아닌 것이다.

주리홍은 맨 뒤쪽에 서서 혼전을 관찰하고 있다. 좌우에 공가와 백가가 장수 차림으로 호위했고 뒤에는 낭장 셋이 나란히 서 있다. 혼전이 시작되면서 어림군이 압도적으로 기세를 잡았지만 중반에 접어들더니 혼전양상이 되었다. 무공이 뒤진 마교 무리가 초전에 섬멸되면서 강한 자가 이쪽을 밀어붙이고 있다. 이제 마교 무리는 10여 명으로 줄었지만 만만치가 않다. 어림군이 처음에는 7, 8명 죽거나 다쳤지만 지금은 강한 마교 무리에게 당해 금방 20여 명으로 전상자가 늘어났다.

"저놈."

주리홍이 손으로 날뛰는 마교 도인 하나를 가리켰다.

"저놈이 수괴다."

그 순간 뒤쪽의 낭장 둘이 일제히 달려 나갔다. 앞을 가로막는 마교 도인 둘을 단숨에 베어 죽인 낭장들이 지목한 괴인을 향해 덮쳤다. 그 순간이다.

"펑!"

폭음이 울리면서 서로 엉켜 있던 폐허 위에 검은 연기가 장막처럼 뒤덮였다.

"이런! 뒤로!"

주리홍의 날카로운 목소리가 울렸다.

주리홍의 목소리를 들은 순간 화천이 빙그레 웃었다. 화천은 아직도 요사채 기둥 뒤에 몸을 감추고 있었는데 이번에는 흑약탄을 던져 사방을 어둠으로 덮은 것이다. 낭장 둘이 덮친 도인은 바로 총방주 구문천이다. 낭장 둘의 무공은 비범했지만 구문천을 쉽게 제압하지는 못했을 것이다. 흑약탄을 던진 것은 구문천을 자신의 몫으로 남겨두기 위해서다. 주리홍의 외침을 들은 어림군이 일제히 뒤로 빠졌을 때 흑무 속에서 휘파람 소리가 들렸다. 마교의 군호일 것이다. 그러나 마교 일당은 이미 20여 명의 사상자를 내었고 남은 것은 10명 미만이다. 그때 다시 주리홍의 목소리가 울렸다.

"골짜기 아래를 차단해라!"

도주로를 막는 것이다. 화천이 머리를 끄덕였다. 도주로를 막으면 다시 마교의 희생자가 늘어날 것이다.

"모두 스물넷입니다."

비장 하나가 다가와 보고했다. 살육전이 끝나면 모두 눈에 핏발이 선다. 살기(殺氣)가 배었기 때문이다. 그때는 귀기(鬼氣)가 씌운 것처럼 보이는데 두 눈이 번들거릴 때면 짐승 같다. 바로 비장이 그렇다. 비장은 마교 무리의 사상자 숫자를 말하고 있는 것이다.

"아군은 열여덟 명이 죽고 열 명이 다쳤습니다."

비장이 외면한 채 말했다. 피해는 이쪽이 더 큰 것이다. 그때 다른 비장이 이어서 보고했다.

"부상자를 추궁했더니 유창산의 마교 무리가 맞습니다, 당주."

주리홍이 머리만 끄덕였고 보고가 이어졌다.

"수괴는 총방주 구문천이며 수하 당주 몇 명을 이끌고 도주한 것 같습니다."

"그런데"

주리홍이 눈을 치켜뜨고 수하 낭장과 비장들을 둘러보았다.

"그대들은 이상하지 않은가? 처음 폭약이 터진 것 말이야."

모두 숨을 죽여서 주위에 정적이 덮였다. 주리홍이 말을 이었다.

"그 폭약으로 마교 놈들이 숨어 있는 것을 알게 되었다, 그렇지 않나?"

"그렇습니다, 당주."

낭장 초관이 대답했다. 40대 후반의 초관은 어림군의 지휘자 격이다.

"누군가 마교 놈들의 위치를 알려 주었습니다."

둘러선 어림군 지휘부가 이제는 흑무가 가신 폐허를 둘러보았다. 그때 비장 하나가 생각난 듯 말했다.

"아니, 그 광녀(狂女)가 어디로 갔지? 보이지 않는구먼."

모두 그렇구나 하는 표정을 지었지만 말을 받지는 않았다.

화천이 앞에 앉은 상아진을 보았다. 상아진을 데리고 나온 것은 화천이다. 이곳은 계양산 골짜기 아래쪽의 외딴 폐가 안이다. 외진 음지에 위치한 집이어서 폐가가 되고 나서 길도 끊겼다. 상아진이 부른 배를 내민 채 화천의 시선을 받더니 빙그레 웃는다.

"서방님, 다시 한 번 만져주세요."

"나중에."

"한 번만요."

교태를 부리듯 몸을 비꼰 상아진이 무릎걸음으로 다가와 앞에 붙어 앉는다. 상아진의 부른 배가 가쁜 숨결로 오르내리고 있다. 화천이 손을 뻗어 상아진의 배를 쓸었다. 상아진이 두 눈을 감더니 다리를 쭉 뻗는다. 그러고는 가는 탄성을 뱉기 시작했다.

"서방님, 너무 좋아요."

"내일 아침에 네 집으로 데려다주마."

화천이 상아진의 배를 쓸면서 말했다.

"그때 네 정신을 제대로 돌려줄 테다."

"정신을 서방님이 돌려주세요?"

"그래, 하지만 넌 제정신이 되어서도 나를 보면 다리를 벌리게 된다."

"다리를 벌려요?"

"그래."

"서방님 제 옥문에서 물이 나와요."

상아진이 가쁜 숨을 뱉으면서 말했다.

"옥문이 가려워요, 서방님."

"넌 아직 한 번도 방사를 하지 않았다."

화천이 웃음 띤 얼굴로 상아진의 배를 쓸었다.

"내가 아랫마을에 가서 이름 모르는 사내놈의 정액을 찍어와 네 옥문에 넣은 거야."

상아진이 눈만 깜박였고 화천의 말이 이어졌다.

"제정신이 되었을 때 네 얼굴을 보고 싶다."

"무엇이?"

상관수가 어깨를 부풀렸지만 크게 놀라지는 않았다. 오전 진시(8시) 무렵, 상관수는 계양산에서 살아 돌아온 구문천과 마석 일행으로부터 보고를 받은 것이다. 청 안에는 이미 방주, 방장들이 다 모였다. 상아진이 실종되었다는 말을 듣고 계양산으로 떠나려다가 의사당주가 온다는 바람에 대비를 하고 있던 상관수다. 살아 돌아온 구문천 일행은 일곱 명뿐이었다.

"그렇다면 어림군이 이곳으로 오겠구나."

상관수가 말하더니 주위를 둘러보았다.

"우린 이미 준비를 다 했다. 이대로 죽을 수는 없다. 어림군을 몰살하고 종광의 반란군에 합류하겠다."

종광은 농민 반란군을 일으켜 이른바 유적(流賊)이 되어 있는 반란군 괴수다. 구문천이 어깨를 늘어뜨리며 말했다.

"의사당주의 어림군은 1백 인 정도가 남아 있었으니 충원을 받으려고 할 것입니다, 교주."

"이미 준비는 다 해놓았어."

어깨를 부풀린 상관수가 너털웃음을 웃고 나서 말했다.

"손녀는 이제 찾을 수가 없는가? 죽지 않았다면 만날 수 있겠지."

"송구합니다."

구문천이 이마를 마룻바닥에 부딪쳤다.

"죽음으로 교주께 죄를 갚겠습니다."

"아직 이르다."

그때 청 밖이 소란스러워졌으므로 모두 긴장했다. 방장 하나는 밖으로 뛰어나가기까지 했다. 어림군이 온 줄로 알았기 때문이다. 청으로 뛰어 들어온 사내는 방문을 지키던 방장이다.

"교주! 큰일 났습니다!"

버럭 소리친 방장이 청에 엎드리더니 헐떡이며 상관수를 보았다.

"아씨가, 아씨가 오셨소."

256

"뭐야?"

벌떡 일어선 상관수가 눈을 부릅떴다.

"왔다고? 살았느냐?"

"예, 살았습니다. 그런데……."

"어디 있느냐?"

상관수는 이미 몸을 날려 청 밖으로 뛰어나가는 바람에 방주의 대답을 등으로 들었다.

"예, 지금 고 방주가 모시고 오고……."

상관수는 더 듣지 않고 산문을 빠져나갔고 나머지 방주, 방장들도 일제히 뒤를 따른다. 그 숫자가 1백 명도 넘는다.

"그, 그것이……."

방주가 그들의 뒤에 대고 말을 이으려다가 이미 다 산문을 빠져 나간 터라 우물거렸다.

"배가……."

"흐악."

상관수가 숨을 들이켰다가 외마디 외침을 뱉었는데 그것이 비명 같았다. 지금 상관수는 상아진 앞에 서 있는 것이다. 유창산 본청 산문 앞의 광장에 두 사람이 마주보고 서 있다. 뒤를 따라온 1백여 명의 방주, 방장이 둘을 에워싸고 있었는데 모두 숨소리도 내지 않는다. 아연실색하고 있다는 표현이 맞다. 상관수의 눈이 상아진의 배에서 떨어지지 않는다.

"너, 그 배에 무엇이 들었느냐?"

겨우 상관수가 기를 쓰고 물었더니 상아진이 외면한 채 대답했다.

257

"아이입니다."

"이, 이런 일이……."

상관수가 입을 떡 벌리더니 상아진에게 바짝 다가섰다.

"아이라니? 네가 닭이냐? 며칠 만에 이렇게 되었단 말이냐?"

입에서 거품이 일어났고 주위에 둘러선 방주, 방장들은 면구스러워서 외면하고 있다. 이미 반쯤 실성한 상관수의 목소리가 주위를 울렸다.

"네가 정녕 내 손녀, 상아진이냐?"

"예. 맞습니다, 할아버님."

그때 다가선 상관수가 상아진의 배에 손바닥을 붙였다. 눈을 치켜떴고 입은 닫히지 않았다. 그 순간이다.

"어이구!"

펄쩍 뛰어 물러난 상관수가 제 손바닥을 보았다. 상아진의 배에 붙였던 손바닥에 태아의 발길질이 닿았기 때문이다.

"어이구, 세상에 이런 괴이한……."

어깨를 부풀렸다가 내린 상관수가 상아진을 노려보았다.

"이년아! 이게 도대체 무슨 일이냐!"

"저도 모릅니다. 자고 일어났더니……."

"어, 어디서? 어떤 놈하고?"

"꿈을 꾸었습니다."

상아진의 두 눈이 몽롱해졌다.

"꿈? 무슨 꿈?"

비명처럼 상관수가 묻자 상아진의 목소리가 유창산에 울려 퍼졌다.

"남자 양물이 컸습니다. 그 양물이 제 옥문(玉門) 근처를……."

그 순간 상관수가 손을 휘둘러 상아진의 뺨을 쳤다. 모두 숨을 죽였고 당연히 상아진의 머리가 한쪽으로 돌아갈 줄 믿었지만 아연했다. 상아진이 머리를 젖혀 피한 것이다. 그러더니 쨍쨍한 목소리로 묻는다.

"할아버님, 왜 그러십니까?"

"이, 이……."

그때서야 구문천이 나섰다.

"자, 이제 안으로 드시지요. 들어가서 자세한 말씀을……."

"의사당주가 용제현에서 군사를 기다리고 있습니다."

시장거리에서 만난 배승걸이 말했다. 다시 일상으로 돌아간 시장거리는 영업을 했지만 활기가 줄었다. 통행인도 적다. 둘은 양곡상의 안채 마루에 앉아 있었는데 한낮이다.

"어림군이 온다고 합니다, 사부."

"그동안에 마교 놈들은 다 도망을 치고도 남겠다."

쓴웃음을 지은 화천이 기둥에 등을 붙였다.

"더구나 사방에서 반란군이 일어나는 세상인데 백상교의 원수를 갚아준다면서 10만 마교를 상대로 어림군을 불러낸단 말인가?"

입맛을 다신 화천이 머리를 저었다.

"더구나 도성에서 이곳까지는 수천 리다. 오는 도중에 어림군은 반란군을 피할 수도 없을 테니 시일이 걸린다."

"사부."

배승걸이 지그시 화천을 보았다.

"구보마을 위쪽에 향천사라는 폐사가 있습니다. 그곳에 백상교를 다시 세우고 싶습니다만……."

"……."

"폐사지만 아직 요사채가 쓸 만해서 제가 한 달만 손을 보면 1백 명이 숙식할 교단을 만들 수 있습니다."

"……."

"용제현과 근처에서 독실한 교인을 모으면 당장은 50명쯤 채울 수 있을 것 같은데요, 사부."

"……."

"물론 자금이 필요합니다. 그래서 제가 시주를 걷으려고 합니다. 우선 구보마을에 가서……."

"필요 없다."

화천이 차갑게 말을 잘랐으므로 배승걸이 흠칫했다. 팔짱을 끼고 앉은 화천이 머리를 들고 하늘을 보았다. 7월 중순이다. 더운 날씨여서 하늘에는 새도 날아가지 않는다.

"자금은 마교에서 낼 것이다."

하늘을 응시한 채 화천이 말을 이었다.

"백상교는 유창산으로 옮겨가 새 역사를 쓰기로 하자. 유창산 마교 본당이 백상교의 교당이 될 테니까."

양곡상 천 씨는 독실한 백상교 신자여서 용문사가 불타기 전부터 18대용 중 한 분인 배승걸과 교분이 깊었다. 그래서 배승걸이 사부로 모시는 화천을 깍듯이 공경했다. 저녁 무렵, 천 씨가 화천의 저녁상을 내려놓으면서 말했다.

"교주 어른 식사 하시지요."

눈을 감고 수행하던 화천이 눈을 떴다.

"나한테 교주라고 했는가?"

질문을 받은 천 씨가 뒷머리를 긁었다.

"대용께서 교주라고 부르라고 하셨소."

천 씨는 40대 중반으로 기골이 컸지만 안색이 창백했다. 눈의 흰자 위에 붉은 실핏줄이 깔린 데다 입술은 푸른빛을 띠었다. 천 씨의 얼굴을 본 화천이 말했다.

"거기 앉게."

천 씨가 주저하면서 앞쪽 자리에 앉았을 때 화천이 물었다.

"몸의 양기가 보이지 않는군. 방사를 못 한 지가 오래되었지?"

놀란 천 씨가 숨만 죽였을 때 화천이 말했다.

"손을 내밀게."

주저하면서 천 씨가 손을 내밀자 화천이 덥석 팔을 쥐었다. 그 순간 천 씨가 입을 딱 벌렸다. 화천이 잡은 손에서 뜨거운 기운이 느껴졌기 때문이다. 그 기운은 팔을 통해 가슴으로 이어서 머리와 발끝까지 순식간에 번졌다. 그러자 온몸이 뜨거워지면서 땀이 쏟아지기 시작했다. 놀란 천 씨가 떨면서 말했다.

"나리, 이, 이것이 어떻게……."

그때 화천이 손을 떼면서 말했다.

"나가서 물을 동이째로 마시게, 물이 한없이 들어갈 거야. 온몸의 나쁜 기운이 땀으로 분출되니까 말이네, 어서."

화천이 재촉하자 천 씨가 벌떡 일어났다. 그러고는 방 밖으로 달려 나간다.

잠시 후에 천 씨가 배승걸과 함께 들어왔다. 그사이에 천 씨의 얼굴이 몰라보도록 달라졌다. 얼굴에 붉은 기운이 덮였고 입술도 붉은색이다.

"사부, 천 씨 얼굴을 좀 보십시오."

배승걸이 제 일이나 된 것처럼 말했을 때 천 씨가 방바닥에 무릎을 꿇고 엎드렸다.

"교주는 과연 신인(神人)이시오."

쓴웃음을 지은 화천이 지그시 천 씨를 보았다.

"지금 당장 네 처를 데리고 방에 들어가 보도록 해라."

"예에?"

천 씨가 눈만 크게 떴을 때 화천이 웃음 띤 얼굴로 말을 이었다.

"네 처의 알몸을 떠올려 보아라."

"예?"

그 순간 천 씨가 입을 딱 벌렸고 옆에 서 있던 배승걸은 그 이유를 알았다. 천 씨의 바지 앞부분이 불쑥 튀어나왔기 때문이다.

"아앗!"

놀란 천 씨가 저도 모르게 손으로 튀어나온 바지 앞부분을 쥐었다. 그러고는 시뻘게진 얼굴로 화천을 보았다.

"나리."

"어서 네 처한테 가보라고 하지 않았느냐? 너는 밤새도록 방사를 즐길 수가 있을 것이다."

바지 앞을 움켜쥔 천 씨가 천방지축 방을 나갔을 때 화천이 우두커니 선 배승걸에게 말했다.

"포교는 이렇게 하는 것이다."

"사부께선 신인(神人)이시오."

"너도 네 양기가 충실해졌지 않느냐?"

그러자 배승걸이 손바닥으로 붉어진 얼굴을 쓸었다.

"사부께서 제 몸에 양기를 넣어주신 후로 주체를 못 하게 되었습니다.”

“너도 포교를 해라.”

화천이 웃음 띤 얼굴로 말을 잇는다.

“백상교는 색(色) 보시를 하고 교인을 모으는 것이다.”

“도대체 이것이 어쩐 일이.”

상관수가 눈을 치켜뜨고 앞에 앉은 상아진을 보았다. 앉아 있어도 상아진은 배에 쌀 다섯 말이 든 자루를 넣고 있는 것 같다. 배에 손바닥을 대었다가 대경실색했던 상관수는 이제 손을 댈 생각은 없다. 방안에는 둘뿐이다. 밤 해시(10시) 무렵이다.

“그럼 네가 그놈한테 끌려간 후에 이 일이 벌어졌단 말이냐?”

상관수가 묻자 상아진이 머리를 끄덕였다.

“예, 그래요.”

“그놈 이름이 화천광풍이 맞느냐?”

“그렇게 저도 들었습니다.”

이제 상아진은 제정신이 돌아와 있다. 배만 부를 뿐이다. 긴 숨을 뱉은 상아진이 상관수를 보았다.

“잡히기 전의 기억은 또렷한데 그 후의 기억은 드문드문 끊깁니다.”

“…….”

“백상의 선조가 저쪽 다른 세상에서 왔다고 했어요.”

“…….”

“인간 세상이 아니라고, 백상교의 신은 화천이 받들어 올릴 것이라고도…….”

“…….”

"색공으로 풀어준다고도 했어요."

"색공?"

상관수가 자리를 고쳐 앉았다. 눈을 치켜뜨고 다시 상아진의 배를 보았다.

"색공이라고?"

"예."

"아이고."

상관수가 또 좌절했다. 상아진의 배는 색공의 산물일 것이었다. 무슨 색공이 닷새도 안 되어서 만삭의 몸을 만든단 말인가. 어깨를 부풀렸다가 내린 상관수의 눈빛이 강해졌다.

"너, 그 배를 어떻게 할 테냐?"

"어떻게 하다니요?"

"아이를 낳을 거냐고 물었다."

"방법이 없지 않습니까?"

"그놈, 화천이라는 놈의 아이를 낳아?"

상아진이 어금니를 물었을 때 상관수가 뱉듯이 말했다.

"애를 꺼내야겠다."

화천은 다시 계양산 용문사로 돌아와 있다. 끈질긴 수색이다. 벌써 몇 번째 오르내렸는지 모른다. 깊은 밤, 자시(12시)가 되어가고 있다. 이곳에 오면 화천은 다른 인품이 된다. 눈빛도 깊어지고 입술도 꾹 다물렸다. 오늘은 인기척을 내지도 않고 폐허를 훑고 있었는데 다시 교주 정현상의 관저로 올라왔다. 낭떠러지 위에 서자 찬바람이 솟구쳐와 옷자락을 날렸다. 골짜기에서 올라오는 바람은 신선했다. 곧 자신이 아래

264

로 내려갔던 위치에 닿자 화천이 머리를 숙여 내려다보았다. 전보다 백배는 더 강해진 시력이어서 골짜기 중턱 부근의 수증기가 흩어지는 장면까지 보였다. 한동안 아래를 내려다보던 화천이 이윽고 끝 쪽으로 다가갔다. 이곳에서 2백 보쯤만 내려가면 우측 용문사가 보이는 지점이 있는 것이다. 그렇다고 용문사로 넘어갈 수가 있는 것이 아니다. 2백여 자가 떨어져 있어서 새가 아닌 이상 건널 수가 없다. 그리고 아래는 발디딜 틈도 없는 낭떠러지다. 아래쪽에 깊은 소가 있지만 떨어진다고 해도 목숨을 부지할 수 없다. 화천은 절벽을 내려가기 시작했다. 다시 올라올 수는 있었기 때문에 내려가 보기만 하려는 것이다. 한 번 내려가면 다시 올라올 수 없을 테니 이쪽 지형을 아는 사람들도 시도조차 하지 않았을 터였다. 내려가기 시작하자 골짜기에서 올라오는 바람이 강해졌다. 전혀 다른 환경이다. 화천은 바위 모서리를 잡고 겨우 발 디딜틈만 나 있는 절벽을 한 발짝씩 내려간다. 오직 정현상의 딸 정명의 소재를 알려는 것이다. 이제는 행방보다 생사만 알아도 만족하겠다. 죽은 시체를 보는 것만으로도 신의 공덕으로 삼겠다.

"마하트시어."

절벽을 내려가면서 화천이 마침내 소리쳤다.

"마하트 이전의 절대자시어, 이 제자 화천에게 은혜를 베푸소서."

1백 보쯤 내려왔을 때 골짜기에서 솟아오르는 바람이 강해졌다. 몸을 흔들어댈 정도였다. 악력이 강한 인간도 바위를 잡은 손이 떨어질 정도였다. 그러나 화천은 한 걸음씩 끈질기게 하강했다. 바위는 미끄럽고 이끼에 덮인 곳이 많아서 몇 번이나 몸이 비틀렸지만 비전을 익힌 사지가 인간의 범주를 벗어난 동작으로 위기를 극복했다. 화천은 극한 상태에서 다시 심신비전의 무한한 비공(祕功)을 체험한다. 다시 70보쯤 내려갔을 때 오른쪽으로 희끗한 지형물이 보였고 바람결도 달라졌다. 이제 낭떠러지다. 오른쪽 용문사가 드러나는 곳이 모서리다. 그곳이 한계일 것이다. 용문사 쪽에서 이쪽의 천 길 절벽과 끝 부분의 모서리만 보인다.

"외계에서 오신 절대자시여."

다시 화천의 입에서 주문 같은 소원이 저절로 터졌다.

"백상교의 맥을 끊지 마소서."

이제 열 걸음만 내려가면 길이 끊긴다. 바람은 더 거칠어졌다. 그것은 용문사 쪽과 골짜기 쪽 바람이 교차하기 때문이다. 두 갈래 바람이 부딪쳐 광풍이 된다.

"화천광풍이다!"

화천이 버럭 소리쳤다.

"어디, 내 바람을 막아 보거라!"

몸을 뒤흔들던 바람에 허리끈이 풀렸다. 그것을 본 화천이 너털웃음을 쳤다.

"너희들이 막느냐!"

그때 화천은 왼쪽 바위 모서리에서 펄럭이는 풀을 보았다. 짙은 어둠 속이다. 바람이 한바탕 치솟았다가 가라앉고 반 호흡이 지나면 오른쪽 바람이 휘몰아쳐 온다. 그러다가 곧 가장 강한 세 번째 바람이 쏟아지는데 두 가닥의 바람이 합친 광풍(狂風)이다. 그 광풍이 오른쪽으로 다시 휘몰아치는 것이다. 화천이 눈을 부릅뜨고 그 풀을 보았다. 10자쯤(3m) 떨어져 있었는데 풀이 아니다. 찢어진 옷자락이다. 옷자락이 바위 모서리에 걸려 있는 것이다. 그곳까지는 거울처럼 반반한 바위가 직각으로 세워졌고 발 디딜 곳도 없다. 그 너머도 마찬가지다. 10여 보 앞까지 미끈했고 그 너머는 반대편 절벽으로 꺾어진다. 저 옷 조각은 왜? 화천이 광풍에 몸을 맡긴 채 옷자락을 응시했다. 잠깐 늘어졌던 옷자락이 펄럭이기 시작하더니 격렬하게 오른쪽을 향해 펄럭였다가 다시 가라앉는다. 신호 같다.

"으아아악!"

비명 소리가 바깥마당까지 들렸다.

"아아악!"

상아진의 비명이다. 깊은 밤이어서 비명은 더 멀리, 더 선명하게 들린다. 유창산 마교 본당은 엄청난 규모다. 교주 상관수가 통이 큰 때문이기도 했지만 터가 넓고 도인이 많아서 계양산 용문사보다 세 배는 크다.

"으아아악!"

상아진의 비명이 본당 담벼락을 치고 허공으로 솟았다가 유창산 교당의 사방으로 흩어졌다.

"참아라."

상관수가 눈을 치켜뜨고 말했지만 장막 밖이다. 장막 안에는 도인의 출산을 돕는 노파 셋이 들어가 있었는데 모두 상아진에게 달라붙어 있다. 상아진은 사지를 벌린 채 결박을 당한 상태로 하반신은 알몸이다.

"으아악!"

이제 상아진의 비명은 처절했다. 그것을 들은 상관수가 장막 밖에서 소리쳐 물었다.

"어떻게 되었느냐?"

"이제 꺼내기만 하면 되오."

노파 하나가 소리쳤다. 장막 안에서 피비린내가 뿜어져 나왔으므로 상관수가 안달을 했다.

"산모, 아니, 내 손녀의 몸은 괜찮으냐?"

"예, 괜찮습니다."

"빨리 꺼내라!"

"아아악!"

상아진의 비명이 다시 울렸으므로 상관수가 이를 갈았다. 장막 밖에는 상관수 혼자뿐이다. 부끄러운 일이었으므로 모두 밖으로 내보낸 것이다. 그렇다고 마교 간부들이 돌아가 편히 쉬고 있을 수는 없다. 모두 본당 밖의 청이나 숙소에 모여 전전긍긍하고 있을 것이었다. 그때였다.

"으악!"

"아이고머니!"

노파들의 놀란 외침이 울렸으므로 참지 못한 상관수가 장막을 젖히고 안으로 뛰어들었다. 사지를 떡 벌리고 알몸 하반신을 드러낸 상아진은 보지도 않았다. 다만 노파들이 손으로 가리키는 방바닥을 보았다. 방바닥의 검은 물체.

"으악!"

상관수의 입에서도 비명이 터졌다. 이것이 무엇인가? 방바닥의 검은 물체가 꿈틀거리고 있다. 그런데 머리는 사람인 것 같은데 몸뚱이는 뱀이다. 검은 뱀.

"으악"

그것이 다시 꿈틀거렸으므로 노파들이 다시 비명을 질렀다. 상관수는 눈을 치켜뜬 채 몸을 굳히고 서 있다.

화천은 오른쪽 절벽으로 몸을 띄우기로 결심했다. 허공, 천 길 절벽 위의 창공, 광풍이 휘몰아치는 대기 속으로 몸을 띄우기로 한 것이다. 이것은 투신(投身)이다. 정명을 찾기 위해서 몸을 던지는 것이나 같다. 바람이 밑에서, 다음에는 오른쪽에서 그러다가 광풍이 되었다. 그 순간 화천은 몸을 띄웠다. 몸에 힘을 주지 않고 광풍에 맡겨버린 것이다. 오히려 사지를 활짝 벌렸더니 몸이 돛이 되었다. 모퉁이에 걸린 옷자락을 번개처럼 지나고 거울 같은 절벽을 스치듯 지나더니 곧 모퉁이가 되었다. 이곳에서 만 리 허공에 떠오를 것이냐? 그 순간 화천은 모퉁이에서 뻗어 나온 손바닥만 한 바위를 보았다. 화천의 밝은 눈으로 겨우 보았으니 저쪽에서는 보이지도 않았을 것이다. 그 순간 화천이 손을 뻗어 바위를 쥐었고 광풍의 영향으로 몸이 휘익 반대편으로 꺾어졌다. 그 순간 화천은 하반신이 반대편 바위에 닿지 않는 것을 느꼈다. 머리를 돌렸더니 그쪽이 동굴이다. 몸의 하반신이 동굴에 들어가 있었던 것이다. 손을 놓자 몸이 동굴 바닥에 떨어졌다. 이곳은 바람이 앞으로 지나간다. 몸을 편 화천이 동굴 안을 보았다. 위치상 화천이 수련한 동굴은 더 오른쪽으로 1백여 보쯤 더 내려가 있을 것이었다. 이런 곳에 동굴이 있었단 말인가. 동굴은 폭이 10자(3m)쯤에 높이도 그 정도 되었고 안이 제법 깊다. 자연동굴이다. 화천은 숨을 죽이고는 한 걸음 안으로 들어갔다. 심장이 세차게 뛴 것은 희망 때문이다. 그렇지, 그곳에서 몸을 띄웠다면 이쪽으로 날아왔으리라, 그러다 천행으로 돌 모서리를 보았고 움켜쥐었을 때 이곳으로 떨어졌다. 천행이라면 그렇다. 다섯 걸음 들어가자 안에서 향내가 났다. 숨을 들이켠 화천의 심장 박동이 빨라졌다. 냄새가 익숙하다. 다시 두 걸음을 떼었을 때 화천은 안쪽의 희끗한 물체를 보았다. 사람이다. 단숨에 다가간 화천은 땅바닥에 반듯이 누워 있는 여자를 보았다. 정명이다. 그 순간 가슴이 벅찬 화천의 눈에 눈물이 고였다. 그러나 정명은 누워만 있다. 서둘러 심장에 손을 붙인 화천은 박동이 희미하게 있는 것을 느꼈다.

"신이시어."

화천의 입에서 저절로 탄성이 터졌다. 눈에 고여 있던 눈물이 주르르 떨어졌고 숨이 들이켜졌다. 그러나 정명은 눈을 감은 채 일어나지 않는다. 어둠에 눈이 익자 정명의 여윈 얼굴이 보였다. 용문사가 불탄 지 한 달이 되었다. 한 달 동안 어떻게 연명했단 말인가? 머리를 든 화천의 의문이 풀렸다. 동굴 안쪽에서 가벼운 소리를 들었기 때문이다. 새다. 새를 잡아먹고 연명했단 말인가? 곧 화천이 정명의 심장에 손을 붙이고 양기를 밀어 넣는다. 이것은 활력이다. 자신의 공력이 소진되는 방법이지만 그것은 얼마든지 보충이 된다. 그리고 지금은 이것저것 가릴 형편이 아니다. 그때 정명의 얼굴에 핏기가 돋아나는 것이 어둠 속에서도 보였다. 일어나라, 정명. 화천의 눈빛이 강해졌다.

정명이 눈을 뜬 것은 그로부터 한식경쯤이 지난 후였다.

"앗."

화들짝 놀란 정명이 상반신을 일으키려고 했으므로 화천이 어깨를 눌러 도로 눕혔다. 화천이 정명 바로 옆에 앉아 내려다보고 있었기 때문이다.

"낭자, 그대로 누워 있어요."

화천이 부드러운 목소리로 말했다.

"이제 몸이 다 회복되었지만 급하게 움직이면 안 됩니다."

"누구세요?"

다시 누웠지만 정명의 목소리는 굳어져 있다. 당연한 일이다. 이런 동굴에서 갑자기 사내가 나타나 앞에 앉아 있다니, 귀신으로 착각하고도 남는다.

"나는 화천광풍."

"화천?"

화천 이름을 잊을 리가 있겠는가? 정명이 눈을 크게 떴을 때 화천이 대답했다. 미리 준비해 놓았다.

"서역에서 온 화천광풍이오, 백상교의 시조인 절대자로부터 이어온 신공(神功)을 전수 받고 용문사를 찾았더니 폐허가 되었군요."

"신공을 받으셨습니까?"

"아직 미숙하오."

"화천광풍 님이라고 하셨나요?"

"그렇소."

"이곳에도 화천이라는 14살짜리 불목하니가 있었지요."

"동명이인이군."

"그런데 재주가 뛰어나 아버님이 심신비전을 주셨습니다."

"낭자, 호흡을 조절하시오."

다시 정명의 어깨를 누른 화천이 뜨거운 기운을 품어 내렸다. 놀란 정명이 눈을 크게 떴다가 곧 눈을 감더니 평온한 얼굴이 된다.

"자, 다시 양기가 들어가니 몸의 힘을 푸시오."

화천이 부드럽게 말했다. 그런데 이번 양기는 색기(色氣)가 조금 섞였다. 색기(色氣)는 몸의 활력을 배로 증진시키는데 한 가지 특징이 있다. 그것은 색기를 받는 상대에게 중독이 된다는 것이다. 즉, 지금 화천의 색기를 받은 정명은 이제 화천의 손길이 스치기만 해도 몸에서

271

색정이 발동하게 될 것이었다. 그것은 어쩔 수가 없다. 정명의 아름다운 얼굴을 내려다보면서 화천이 혼자 생각을 한다. 이 아름다운 여인을 누구에게 맡기겠는가. 내가 찾아낸 것이다. 내가 살려내었다. 그리고 우리는 어차피 같은 길을 갈 운명이다. 그때 정명이 눈을 감은 채 혼잣말을 했다.

"아, 몸이 뜨거워요."

눈을 뜬 상아진이 방안을 둘러보았다. 맑은 공기가 폐 안으로 흡입되었고 방안에서 향기가 맡아졌다. 문득 어젯밤의 통증이 기억에 떠올랐으므로 아랫도리를 보았더니 깨끗한 이불에 가린 몸이 드러났다. 하반신을 꿈틀거렸지만 통증도 느껴지지 않는다. 그러자 어젯밤 장막 안에서 사지를 묶이고 뱃속의 아이를 꺼내던 장면이 꿈처럼 느껴졌다. 꿈인가? 그때 방안으로 상관수가 들어섰다. 웃음 띤 얼굴이다. 상관수가 침상 옆에 서더니 말했다.

"다 끝났다. 넌 내일쯤부터 다시 평상시처럼 활동하게 될 것이다."

"할아버님."

제 아랫배를 내려다본 상아진이 조심스럽게 물었다.

"아이는 어떻게 되었습니까?"

"아이가 아니었다."

"그, 그럼요?"

"한 달 만에 아이가 만삭으로 변할 수가 있겠느냐? 헛배가 부르고 물이 꿀렁거려서 아이가 든 것처럼 보였던 것이다."

"저는 분명히……."

"네 배에서 물을 세 동이나 퍼내었다."

272

그러고는 상관수가 얼굴을 펴고 웃었다.

"노파들이 물을 뒤집어썼다."

그 노파들은 두 번 다시 사실을 밝히지 못할 것이다. 어젯밤 상관수가 다 죽였기 때문이다.

"몸을 띄웠어요."

정명이 가라앉은 표정으로 화천을 보았다. 동굴 안, 오전 묘시(6시)쯤 되어서 앞쪽은 부옇게 밝아져 있다. 지금 정명은 동굴에 떨어진 경위를 말하고 있다.

"더 이상 올라가지도, 내려가지도 못하게 되었지만 기다릴 수만은 없었습니다.

화천은 정명의 맑은 목소리를 음악처럼 듣고 있다. 자신이 몸을 띄웠을 때와 같다. 광풍에 몸을 맡긴 것이다. 정명이 말을 이었다.

"몸이 오른쪽으로 날면서 바위틈에 옷이 걸리더군요, 그래서 허공으로 뜨지 않고 바위 위로 미끄러져 날다가 바위 모서리를 잡을 수가 있었습니다."

천운이다. 그래서 하반신이 동굴로 꺾였을 것이다.

"다행히 동굴 안에 새들이 둥지를 틀고 있더군요, 많지 않아서 하루에 한 마리씩 잡아먹었습니다. 불쌍했어요. 그러다가 기력이 떨어져 누웠는데 화천광풍 님이 오셨습니다."

"천행이군."

화천이 지그시 정명을 보았다.

"용문사의 백상교도는 몰사했어요, 낭자."

"알고 있습니다."

"낭자의 부친 정 교주도 살해된 것이 확인되었소."

마침내 정명이 시선을 내렸고 화천의 말이 이어졌다.

"그동안 내가 몇 가지 일을 했소."

화천이 배승걸과 함께 처리한 일을 말해주었다. 광마를 처단하고 조세징수관 무리와 현령까지 몰살했다고 했더니 정명은 눈물을 쏟았다. 그러나 상아진의 뱃속에 괴물을 넣었다는 말은 하지 않았다. 상아진은 도망친 것으로만 했다. 이야기가 끝났을 때 정명이 조심스러운 얼굴로 화천을 보았다.

"나리, 어떻게 나가지요?"

"어림군이 오려면 한 달은 걸릴 것이다."

주리홍이 삿갓을 들치면서 옆을 따르는 공가에게 말했다.

"네가 상관수 같으면 어찌하겠느냐?"

"황송하오나."

어깨를 부풀렸다가 내린 공가가 주리홍을 보았다.

"머리를 없애겠지요."

"옳지."

쓴웃음을 지은 주리홍이 뒤를 따르는 낭장 한백을 보았다.

"들었느냐?"

"예, 당주."

한백의 털투성이 얼굴에 쓴웃음이 번졌다.

"세상이 혼란하니 그렇게 되면 도성에서 내려온 어림군은 그냥 돌아갈 것입니다."

"의사당 당주가 아니라 황제의 누이가 죽었어도 그렇겠지."

둘은 입을 다물었고 주리홍이 멈춰 서자 같이 멈췄다. 이곳은 용제 현청에서 서쪽으로 80여 리 떨어진 마을 안이다. 꽤 큰 마을이어서 양민으로 위장한 어림군 80명이 숨어들었지만 표시는 나지 않는다. 셋은 시장 끝에 서 있었는데 주리홍이 삿갓을 쓴 서생 차림이고 둘은 상인 행색을 했다. 주리홍이 한백에게 물었다.

"중랑장, 너는 반란군에 뛰어들면 상장군감이다."

"당주, 과한 말씀입니다."

30대 중반의 한백이 다시 이를 드러내고 웃었다.

"난세라 농사꾼이 대장군이 되고 그릇장사 하던 놈이 황제라고 칭하지만 모두 도적의 무리올시다. 대의(大義)가 없으면 모두 개처럼 죽지요."

"대의는 세우면 돼."

주리홍이 눈웃음을 치고 나서 말을 잇는다.

"환관이 재상 흉내를 내고 온갖 악행을 일삼는 세상이야. 무고한 백상교도 수천 명을 몰살하고 나서 재물을 빼앗아가는 조정이다. 이런 조정에 무슨 대의가 있느냐?"

이것이 황제의 누이 입에서 나온 말이었으므로 한백은 물론 공가까지 아연한 얼굴이 되었다. 그때 주리홍이 얼굴을 펴고 웃었다.

"이 세상이 제대로 잡히지 않으면 내가 차라리 대의를 세우고 죽겠다. 이 더러운 조정을 뒤집어엎겠단 말이다."

"여기서 닿을 수가 없어요."

정명이 머리를 저으면서 말했다. 정명의 시선이 닿은 곳은 위쪽이다. 위쪽 50자쯤 위로 손바닥만큼 튀어나온 바위가 있는데 그 위쪽으로 가

275

파른 절벽이 펼쳐졌다. 정명은 그 바위 조각을 말하는 것이다. 그렇다, 그 조각을 잡고 올라가면 절벽은 가파르지만 발 디딜 틈이 제법 있어 보인다. 그러나 어떻게 50자(15m)나 되는 거울같이 미끄러운 절벽을, 그것도 비스듬히 앞쪽으로 기운 절벽을 오른단 말인가? 동굴의 좌우, 아래쪽은 그것만 한 틈도 없다. 아래쪽은 수천 길 낭떠러지여서 구름이 덮였고 왼쪽으로 몸을 틀면 바람이 휘몰아쳐서 얼굴 대기도 힘들다. 오른쪽은 손도 붙이지 못할 절벽이 끝없이 펼쳐졌으니 정명이 절망할 만했다. 오시(낮 12시)가 되어갈 무렵이어서 한낮이다. 그러나 골짜기를 훑어오는 바람은 강하다. 그때 화천이 머리를 돌려 정명을 보았다. 웃음 띤 얼굴이다.

"그럼 여기서 내가 올라갈 때까지 기다리도록 해."

어느덧 화천은 정명한테 하게를 한다. 어쩔 수 없다. 어느덧 화천은 동굴에서 7년 4개월을 지내 22세의 청년이 되었고 정명은 그대로 18세의 처녀다. 화천이 몸을 돌리더니 동굴에서 밧줄을 들고 나왔다. 정명이 운공을 하는 동안 겉옷을 찢어 만든 밧줄이다. 화천은 위쪽을 유일한 통로로 보았던 것이다. 놀란 정명이 눈만 크게 떴을 때 화천이 밧줄을 허리에 묶더니 반대쪽 끝을 정명에게 넘겨주었다.

"이 끈을 쥐고 있다가 내가 다 올라가면 허리에 매도록 해."

그러고는 화천이 이를 드러내고 웃었다.

"내가 미끄러져 떨어지면 그 끈을 놓으라는 말이야."

정명이 화천이 내민 밧줄을 받았다. 그 순간 가슴이 찌르르 울리더니 온몸이 뜨거워졌다. 다리 사이가 따끔거리는 느낌이 들었으므로 저절로 몸이 비틀렸다. 화천의 색기가 밧줄을 통해서도 전달된 것이다.

손바닥을 쫙 편 화천이 거울 같은 절벽에 붙었다. 이어서 다른 손바닥을 그 위쪽에 붙인 순간 동굴에서 발이 떨어졌다. 그 순간 정명이 숨을 들이켰다. 화천의 두 발은 어느새 맨발이다. 허리춤에 신발이 끼워져 있다. 이윽고 화천의 손 하나가 떼어지더니 바위 위쪽을 짚었다. 때리듯이 짚는 바람에 바위 부스러기들이 우수수 떨어졌다. 몸을 피한 정명이 저도 모르게 끈을 움켜쥐었다. 그 순간 사타구니가 찌릿하면서 다시 몸이 비틀렸다. 몸에서 열이 나는 것 같다. 왜 이러는가. 그 순간에 정명이 입을 딱 벌렸다. 화천의 한쪽 팔이 위로 쭉 뻗었는데 늘어난다. 소매 속의 팔이 두 자(60cm)는 더 늘어난 것 같다. 그러더니 바위를 때리듯이 짚는다. 잘못 본 것이 아닌가 해서 눈을 감았다가 떴을 때 다른 손이 뻗어 나갔다.

"아."

저절로 정명의 입에서 놀란 외침이 터졌다. 저것이 팔인가. 소매 밖으로 긴 팔이 이제는 세자(90cm)나 늘어났다. 어느새 화천의 몸은 20자(6m)나 올라갔고 마치 거미처럼 움직인다. 다시 손이 뻗어 나갔는데 역시 길다.

"으으응."

너무 세게 끈을 쥐고 있는 바람에 정명의 몸이 비틀렸다. 왜 이러는가. 정명의 얼굴이 순식간에 새빨개졌다. 사타구니의 옥문이 척척해지더니 마침내 뜨거운 용수가 찔끔 새어 나왔기 때문이다. 그때였다. 바위가루가 우수수 떨어졌으므로 놀란 정명이 다시 위를 보았다. 화천은 이제 거의 다 닿았다. 마지막 손을 뻗는 중이다. 화천의 거미 같은 긴 팔이 바위 모서리를 움켜쥐었을 때 정명의 옥문에서 이제 한 움큼의 용수가 쏟아졌고 저절로 가쁜 숨이 뱉어졌다. 그때 위에서 화천의 목소리가 울렸다.

"이제 끈을 허리에 매."

"곳곳에 방을 붙이도록 해."

여관방 안에서 주리홍이 말하자 공가와 백가 낭장 셋이 일제히 머리를 들었다. 오후 미시(2시) 무렵, 주리홍이 지휘관을 모두 불러 모은 것이다. 모두의 시선을 받은 주리홍이 말을 이었다.

"나라에서 의인(義人)을 찾는다고 해라, 원한을 풀고 나라를 구할 의인과 만나고 싶다고 방을 붙여라."

"그렇게만 하면 됩니까?"

낭장 한백이 묻자 주리홍이 머리를 끄덕였다.

"장소는 현청에 통보하라고 적어라."

"그 의인이 말씀입니까?"

"그렇지, 그가 원하는 장소로 가서 만나겠다."

그러자 공가가 조심스럽게 물었다.

"나리, 그럼 그 괴인을 만나시겠다는 말씀입니까?"

"그렇다."

주리홍이 눈만 껌벅이는 한백과 낭장들을 둘러보았다.

"그자가 조세징수관 무리와 현령까지 다 몰살했다. 무서운 무공을 가진 자다."

"당주, 그러시면……."

한백의 표정을 본 주리홍이 쓴웃음을 지었다.

"조세징수관 복기단 무리는 죽을 짓을 했다. 현령도 어쨌든 동참한 대죄가 있다. 무고한 생명 수천 명을 살육한 죄다."

"그 괴인을 만나 어쩌시렵니까?"

이번에는 백가가 묻자 주리홍의 표정이 굳어졌다.

"이이제이(以夷制夷), 지금 마교 교주 상관수가 동분서주하고 있을 것이다. 놈이 내가 지원군을 기다릴 동안 가만있을 것 같으냐?"

주리홍의 목소리가 추상같았다.

"서둘러라!"

절벽 위로 올라왔을 때는 미시(2시)가 조금 지났을 무렵이다. 잡을 곳은 있었지만 거의 수직으로 가팔랐기 때문에 시간이 걸렸던 것이다. 정명 혼자라면 어림도 없는 일이었고 화천이 이끌었어도 수십 번 미끄러졌다. 이윽고 절벽 위의 공터에 올라선 순간 정명은 울음을 터뜨렸다. 바로 눈앞에 자신이 자란 생가(生家)의 폐허가 펼쳐졌기 때문이다. 한낮의 폐허는 더 처참했고 더 흉물스러웠다. 차라리 밤이 나았다. 여전히 인적이 뚝 끊긴 용문사는 벌레 소리도 들리지 않는다. 그 속에서 정명의 흐느껴 우는 소리만 울리고 있다. 정명의 옆에 선 화천은 잠자코 울음이 그치기만을 기다렸다. 먼 하늘 위로 솔개 한 마리가 점을 찍은 것처럼 떠서 움직이지 않았다. 마치 정명을 내려다보는 것 같다. 정명의 옆에 선 화천의 감개도 넘치고 있다. 마침내 정명을 찾았고 살려낸 것이다. 동굴에서 나왔을 때 가장 먼저 떠올린 것이 정명이다. 백상교가 멸망했다는 것을 안 순간에도 정명의 얼굴부터 떠올랐다. 지금까지의 모든 행동이 정명을 찾으려는 것에 바탕을 두었었다. 그리고 마침내 데려왔다.

"자, 그만."

화천이 정명을 내려다보면서 말했다.

"이제 다시 시작해야지, 낭자."

279

"어떻게요?"

울음을 그친 정명이 머리를 들고 화천을 올려다보았다. 눈물로 범벅이 된 얼굴을 본 화천의 가슴이 내려앉았다.

"백상교를 다시 부흥시키는 거야."

화천이 번들거리는 눈으로 정명을 보았다.

"낭자, 그대와 내가."

"저는 부족해요."

머리를 저었던 정명이 화천을 올려다보았다.

"나리, 나리의 능력으로 이 절벽 아래의 동굴에 있는 화천이라는 불목하니를 꺼내 오실 수가 있을까요?"

화천의 시선을 받은 정명이 길게 숨을 뱉었다.

"그 불목하니가 백상교의 비전을 갖고 있어요."

화천이 머리를 끄덕이며 정명을 보았다.

'내가 화천이다'라고 말해도 믿지 못할 것이니 평생 속이는 수밖에 없다. 그러려면 그 증거를 보여줘야겠지.

"낭자, 이곳 폐허에 숨어서 밤까지 기다리게."

"네? 그러면……."

화천은 정명의 눈빛에 가슴이 뛰었다. 자신을 생각해주는 것이다.

"내가 내려갔다가 올 테니까."

"나리, 괜찮으시겠습니까?"

"내 몸을 보았지 않나?"

"어찌 그렇게 될 수가 있습니까?"

"백상교 무공의 원천이 그렇다네, 몸의 기능이 상상을 초월할 정도로 향상되지."

"화천이 심신비전을 갖고 갔으니 통달했다면 나리처럼 될까요?"

"그건 모르겠지만 비슷해지겠지, 백상교 원리는 같으니까."

"그 무공은 어느 분이 창시하셨습니까?"

"이 세상의 어른이 아니시네."

"물론 돌아가셨겠지요."

화천이 숨을 들이켰다. 이 세상 어른이 아니라는 뜻을 그렇게 받아들였지만 구태여 설명할 필요는 없다. 몸을 일으킨 화천이 정명을 내려다보았다. 눈물 자국이 선명한 정명의 얼굴을 보자 화천의 가슴이 다시 뜨거워졌다. 색욕이다. 이것을 어찌해야 좋은가? 그러나 머리를 돌린 화천이 발을 떼었다. 절벽으로 다가가는 것이다.

"나리, 조심하세요."

뒤에서 정명의 목소리를 들으면서 화천이 몸을 거꾸로 뒤집고 거미처럼 절벽에 붙어 내려가기 시작했다. 동굴로 돌아가는 것이다. 빈 동굴로 자신을 찾아서 내려간다. 정명에게 증거를 보여주기 위해서는 어쩔 수 없다. 만일 이러지 않는다면 두고두고 찾을 것이기 때문이다. 오늘로 옛 화천은 지워야 한다.

거미처럼 절벽을 타고 내려가 동굴에 닿았을 때는 한 시진(2시간)쯤 걸렸다. 천 길 절벽을 거꾸로 붙어 내려가는 것은 인간의 체형으로 불가능한 것 같았지만 비전은 그것을 뒤집었다. '외계 절대자'께서는 인간 능력의 한계를 건너뛰게 해주셨다. 화천은 동굴 꼭대기에 닿는 순간 저도 모르게 절대자를 떠올렸다. 마하트는 절대자의 기록인이었지만 인간과 절대자의 교량 역할을 했다.

"마하트시어."

이름이 남은 절대자의 기록인이 마하트인 것이다. 저도 모르게 화천의 입에서 마하트에 대한 칭송이 쏟아졌다. 화천이 동굴 꼭대기를 두 손으로 움켜쥐더니 발을 띄워 한 바퀴 재주를 넘으면서 안으로 떨어졌다. 동굴은 그대로다. 현재 시각으로 동굴을 떠난 지 한 달쯤 되었어도 떠날 때와 같다. 안으로 들어간 화천이 불에 탄 비전의 재를 한 움큼 집었다. 그리고 '동굴의 세월'인 7년 4개월 동안 찢어지고 해져 넝마가 된 자신의 옷 조각도 모았다. 작아진 신발 한 짝도 주워 들고 작은 보따리를 꾸린 다음 한동안 눈을 감고 앉아 명상에 잠겼다. 머릿속에서 심신 비전 144장이 섬광처럼 지나가더니 곧 소용돌이 속으로 잠기는 것이 보인다. 붉은 소용돌이, 이제 비전은 온몸에 소화되어서 심전 72장과 신전 72장이 혼합되어 또 다른 모습의 비전이 탄생된다. 그래서 이루 헤아릴 수조차 없는 무공이, 변신이, 기능이 몸 안에서 축적되고 있다.

"아아, 절대자시어."

다시 화천이 절대자를 칭송했다. 외계 절대자의 능력은 무한하시다.

축시(2시)쯤 되었다. 저택의 무너진 서까래 밑의 한 평쯤 되는 바닥에 웅크리고 누워 깜박 잠이 들었던 정명이 인기척에 소스라치며 눈을 떴다. 어둠에 익숙한 터라 앞쪽에 앉아 있는 사내를 보았다. 서역에서 온 화천이다.

"동굴에 다녀왔어."

화천이 말했을 때 일어나 앉은 정명이 옷매무시를 가다듬었다. 그때 화천이 반 토막쯤 남아 있는 초를 땅바닥에 놓더니 곧 부시를 쳐 불을 붙였다. 그러고는 그 옆에 타서 재가 된 비전 조각과 옷 조각, 신발을 펼쳐 놓았다.

"동굴에서 찾아낸 흔적들이야."

화천이 제 옷 조각, 신발을 내려다보면서 말을 이었다.

"동굴 안을 보면 화천이라는 아이는 불에 타 죽은 것 같다. 이것은 책 조각이고 신발을 보니 아이가 있었던 흔적은 분명하고 동굴은 불에 그슬려 있었어."

정명은 재와 옷 조각에 시선만 주었고 화천이 저도 모르게 긴 숨을 뱉었다.

"그 아이는 불에 타 죽었어. 비전이라는 책과 함께, 하지만."

화천이 정명을 내려다보았다.

"내가 비전을 안다."

그때 정명이 머리를 들고 화천을 보았다. 불빛을 받은 두 눈이 번들거리고 있다.

"그럼 저에게 비전을 가르쳐 주세요."

정명의 얼굴에 필사적인 기운이 덮였다.

"저에게 능력을 주세요, 나리."

"너는 느끼지 못했는가?"

화천이 정명의 앞쪽에 앉으며 다시 물었다.

"내가 내민 끈이 손에 닿는 순간에 뜨거운 기운을 느끼지 못했느냐?"

"느꼈습니다."

정명의 여윈 얼굴에 붉은 기운이 덮였다. 색기(色氣)다. 그때 화천이 다시 물었다.

"온몸이 더워지면서 네 다리 사이가 좁혀지는 느낌이 들지 않더냐?"

그 순간 정명의 얼굴이 새빨개졌다. 서까래 밑의 공간은 굴 같아서 밖으로 공기가 새어나가지 않는다. 촛불의 불꽃이 그린 것처럼 흔들리지 않았다. 화천의 시선을 받은 정명이 아랫입술을 깨물었다가 대답했다.

"그랬습니다."

목소리가 떨렸다. 그때 화천이 손을 내밀었다.

"내 손을 잡아보아라."

정명의 눈동자가 흔들렸다. 그러다가 결심한 듯 화천이 내민 손을 잡았다. 그 순간 정명이 입을 딱 벌렸다. 뜨거운 기운이 쏟아져 들어왔기 때문이다. 그 기운이 곧장 젖가슴과 아랫배를 거쳐 골짜기로 모이고 있다. 저도 모르게 다리를 꼬면서 허리를 흔들었던 정명이 눈을 치켜뜨고 묻는다.

"이것이 무엇입니까?"

"백상교의 근본인 색기(色氣)다."

"제 몸이 왜 이럽니까?"

"남자를 받아들이려는 것이다."

"나리, 저 죽겠습니다."

정명이 가쁜 숨을 뱉으면서 소리쳤다.

"받아들이고 싶습니다!"

"너는 지금 몸이 쇠약해져 있다."

"그래도 거기에선……."

말을 그친 정명이 두 손으로 화천의 손을 움켜쥐었다.

"나리, 제 색욕을 채워주세요."

"안 된다."

그때 화천이 손을 빼자 정명이 제 손을 모아 쥐고 흐느껴 울었다.

"몸에 원기가 차 있을 때 색욕을 채우는 것이야. 그래야 색공이 축적된다."

이제 정명이 엎드린 채 가쁜 숨만 뱉었으므로 화천이 자리에서 일어섰다.

"네가 갈아입을 옷과 먹을 걸 가져와야겠다. 우선 며칠간 이곳에서 씻고 원기를 회복한 후에 속세로 나가기로 하자."

화천이 발을 떼며 말했다.

"이곳이 안전하다. 당분간 이곳에 숨어 있는 것이 낫다."

<1권 끝>

광풍 ❶ 환생

초판1쇄 발행 | 2016년 5월 30일
초판1쇄 발행 | 2016년 6월 3일

지은이 | 이원호
펴낸이 | 박연
펴낸곳 | 스토리뱅크

등록일자 | 2009년 11월 17일
등록번호 | 제313-2009-250호
주소 | 서울시 마포구 모래내로 83 한올빌딩 6층
전화번호 | 02 · 704 · 3331
팩스번호 | 02 · 704 · 3330

ISBN 978-89-6840-218-0 04810
ISBN 978-89-6840-217-3 (세트)